中公文庫

対談 日本の文学

作家の肖像

中央公論新社 編

中央公論新社

対談　日本の文学　作家の肖像　目次

対談　日本の文学　作家の肖像

泉鏡花の魅力

三島由紀夫
澁澤龍彦

鏡花と女性

三島　今日は、いわゆる鏡花ファンというのは、ちょっといやらしさを感じるんで、いやらしくない鏡花を理解してくれるであろう澁澤さんを引っ張り出したんですよ。

澁澤　鏡花ファンのいやらしさというのは、結局どういうんですかね。

三島　お互いにしか通じない言葉で喋り合う都会人だとか、いやに粋がっている人間だとか。それから鏡花自身が田舎者で、金沢から出て来て東京にかぶれて、江戸っ子よりももっと江戸っ子らしくということを考えた。またその周りに集まる鏡花ファンというのは、つまり通人で「鏡花はいいですね」と言う時に、もうすでに淫している。そういう鏡花支持者というのは好きでないですよ。

澁澤　ムード的な人だから、支持者はどうしてもそういうふうになりがちかもしれませんね。

三島　鏡花ご本人は、僕は知りませんけれども、やっぱりチヤホヤされることが好きだったんでしょう。水上瀧太郎なんか鏡花のパトロンですから、陰に陽に鏡花を支持して、その周りに、鏡花の前へ出たらば、鏡花世界だけに没入する人間が集まってたんだろうと思うんですよ。鏡花はおそらく外界に触れるということのなかった作家だし、外界に触れようともせず、触れるチャンスもなかったんじゃないかな。

澁澤　よく言われることは、要するに母親への思慕というようなことですが、芸者などの女主人公が必ず凛としているのは、古くてもまた新しいですね。

三島　女の凛々しさとか、女の男っぽさとか、なんかきりっとした感じ、ああいう美しさというのはずっと忘れられていたんだね。凛然として人を寄せつけない、そして惚れた男のためには体も張るけれども、金力、権力には絶対屈しないというイメージですね。

澁澤　それからもう一つは、必ず男が頼れる男の庇護者。頼りきっているわけでもないけれども。しかし、鏡花の男というのは二つのタイプがあって、一方はいやらしい男で、一方は弱々しい男と、必ずなっていますね。

三島　それで弱々しいほうに女は惚れて、女が庇護する。その弱々しいほうに正義があるんですよ。

澁澤　だから、三島さんはこのごろ、フロイドを目の敵になさっているけれども、フロイドの図式が非常にうまく当て嵌まるようなものがあるんじゃないですか。

三島　いや、全然当て嵌まりませんね。フロイドのほうが間違っている。フロイドは、つまりそういうものは母的なものというでしょうが、僕は女性的なものと規定してもいいと思う。女というもののフロイドの考えは、性欲を、もう一度近親相姦を通して、父だ母だというものへ結びつけなければならない。つまりセックスと支配権力構造というものをいつも考えるんだ。

澁澤　だけど鏡花の意識では、母ぐらいの線にしかいってなかったんじゃないですかね。

三島　鏡花の意識では、支配権力構造は別にあって、つまり、女の支配なり庇護というのは、この世の支配権力構造と違うんだろう。

澁澤　だからそれを描いちゃったわけですね。

三島　鏡花が特別なんじゃなくて、女ってそういうものかもしれない。

澁澤　アフロディテがそうですね。

三島　そう。女は可愛らしい、か弱いもので、がっしりした男がぐっと庇護して愛するというのは、ハリウッドとその前にはヨーロッパの騎士道なんかのイメージがきっとあるんだろう。アングロサクソン的なものだろうね。

澁澤　母とは違いますね。

三島　それは違うよ。そういうイメージで女というものを思っていて、それが一番ノーマルだと思っているだろう。

澁澤　それはそうですね。

三島　庇護しなくったって、本来こっちは庇護されるはずのものなんだからね。同時に恐怖を与えるでしょう。「高野聖」の女みたいにね。

鏡花の到達した境地

澁澤　僕は「照葉《てりは》狂言《きょうげん》」を最初に読んだんですよ。ものすごくロマンチックで、あれでまいりました。「龍潭譚《りゅうたんだん》」というのは、「高野聖」の完全な原型ですね。神隠しにあって、つつじの原っぱをどんどん行くと、変な羽虫が飛んでいて、それに刺されるんです。子供なんですけれども、それが幻覚になって、結局お稲荷さんのあるところへさまよいこんじゃう。ひょっと気がつくと部屋に寝ていて、非常に高貴な女に添い寝してもらってるわけです。

三島　何度もああいう原型からバリエーションを作っていますね。僕は今度、この全集を編纂するんで「縷紅新草《るこうしんそう》」を読み返してみて、本当に心をうたれた。あんな無意味な美しい透明な詩をこの世に残して死んでいった鏡花と、癌の日記を残して死んだ高見順さんと比べると、作家というもののなんたる違い！　もう「縷紅新草」は神仙の作品だと感じてもいいくらいの傑作だと思う。どんなリアリズムも、どんな心理主義も完全に足下に踏みにじっている。言葉だけが浮遊して、その言葉が空中楼閣を作っているんだけれども、その空中楼閣が完全に透明で、すばらしい作品、天使的作品！　作家というものはああいうところへいきたいもんだね。江戸文学なんかのドロドロしたものから出発しているんだけどね。

澁澤　随分気持悪いのもありますからね。

三島　それでいて、妙に新しい。サイケデリックみたいでしょう。変な字の使い方は別として、鏡花を今の青年が読むと、サイケデリックの元祖だと思うに違いない。

澁澤　今の人には、きっとついていかれないでしょう。文体にのれないんじゃないですか。

三島　僕も子供の時、非常に困りました。祖母が鏡花ファンで、初版本を揃えていましてね、中学二年ぐらいの時、「日本橋」の最初の三ページ読みだしたんですが、人間がどこへ行ったのかさっぱりわからない（笑）。

澁澤　「日本橋」は筋が重層してますからね。今でも、時々わからないのがありますよ。しばらく読んでいくと、アッそうかって……。だからかまわずどんどん読んでいくとしまいにわかりますね。

三島　「日本橋」は一種の大衆小説的なもので、「風流線」でもそうだけど、あれがわかるなんて、ある意味じゃあのころの読者はすごい言葉の教養があったのですね。澁澤さん、鏡花の芝居は嫌いですか。「天守物語」なんか。

澁澤　あれは最高傑作ですね。

三島　一度新派かどこかでやりたいと思っている芝居が一つあるんです。不思議な芝居で、ある奥さんが、亭主が嫌いになって逃げて行くんです。その奥さんは自分の若い時の恋人と会いたいんですよ。そこにだけ自分の生涯の幸福があると思っている。そして田舎へ逃げて行くと、たまたま彼女を追って、その恋人が追っかけてくるんです。そうしたらその話は幸福に終りそうなもんですが、田舎に変な汚ない爺さんがいて……。

澁澤　「山吹」ですね。あれはすばらしい。汚ない爺さんは、人形使いで彼女に鞭で打たれるんですね。

三島　すごい作品でしょう。彼女はその爺さんに愛着をおぼえて、別の世界へ連れていってくれそうな男はこれだと思う。過去の恋人は、ただの地上の恋愛にしか連れていってくれないけれどもね。

澁澤　その人は知的な興味しかなくて、つまり行動へ踏み出せない男ですね。最後にそういう台詞があります。

三島　それで女は爺さんの後について行っちゃうんです。今アングラなんかで、あれだけの芝居できませんよ。あの時代に書いたというのは、たいしたものです。

澁澤　あれなら簡単に上演できるでしょう。

三島　できると思います。鏡花は、あの当時の作家全般から比べると絵空事を書いているようでいて、なにか人間の真相を知っていた人だ、という気がしてしようがない。

澁澤　芝居の中には、そういうものが非常にナマで出ているんじゃないですか。

三島　もう露骨に出ています。澁澤さんが「山吹」を褒めてくれたのは嬉しいな。僕は今まで「山吹」を読んでいる人に会ったことがないんだ。

澁澤　「天守物語」とか、「山吹」とか、「戦国新茶漬」とか、「海神別荘」とか、「紅玉」とかみんなシュールレアリスムですね。結局、鏡花は理想主義者かなあ、天使主義者かなあ……ニヒリストじゃないでしょう。

三島　ええ。ニヒリストの文学は、地獄へ連れていくものか、天国へ連れていくものかわからんが、鏡花はどこかへ連れていきます。日本の近代文学で、われわれを他界へ連れていってくれる文学というのはほかにない。文学ってそれにしか意味はないんじゃないですか。永井荷風はやっぱりどこへも連れていってくれないですよ。

澁澤　じゃ谷崎潤一郎さんは。

三島　谷崎さんも、もうひとつ連れていってくれない。

澁澤　つまり地上しか……地獄へもいかないわけね。

三島　天国へもいかない。川端康成さんはある意味で、「眠れる美女」なんかでどこかへ連れていくね。

澁澤　地獄ですね。

三島　地獄ですかね。鏡花が連れていくのは天国か地獄かわからない。あれは煉獄だろうか。

澁澤　煉獄あるいは天使界か、とにかく地獄でも天国でもない、その中間の澄みきった境地じゃないですかね。

三島　スウェーデンボルグ流に言うと天使界かな。

澁澤　僕が恐いのは「春昼」。自分が出てくる。自分が出てくるというのは、鏡花の恐さの中によくありますよ。「眉かくしの霊」もそうですね。

三島　シモンズですか、文学で一番やさしいことは、猥褻感を起させることと涙を流させることだと言うんですよ。センチメンタリズムとエロですね。一方、佐藤春夫は、文学の真骨頂は怪談で、人を本当に恐がらせられたら、技術的にも文学として最高だと言うんだ。それはいろんな意味があると思いますがね。僕の説で言えば、むしろエロティシズムと怪談というのが文学の真骨頂で、涙を流させるのは、これは誰でもできますよ。

澁澤　鏡花は、どうしてあんなに医者が恐いんですかね。文化的英雄だと思っているのかな。

三島　知識階級に対する鏡花の劣等感というのは、あの時代の人間としてもちろんあったと思うな。だけど鏡花は、権威を恐がってみせて、自分は権威を恐がっているということを、フィクションの世界へ移しちゃうわけですね。だからもう権威はフィクションに移されちゃうんだ。それは悪魔であってもいいし、神であってもいいし、なにか抽象的なものになっちゃうんだよ。

澁澤　「夜行巡査」以来そうですね。

三島　そこが紅葉と違うところですね。紅葉は、金とか世俗というものをリアリストとして、身にこたえていた、あるいは見ていた。鏡花は、たとえあったとしてもそんなものに見向きもしない。

澁澤　そうですね、純粋観念だからな。

三島　純粋観念で、それを理解しようという気も起さない。それが近代文学者の食い足らなかったところで、キャラクターが類型的で世俗の権力や金力を代表する人間がまるで紙芝居ですからね。ただ悪い奴なんです。

澁澤　可哀そうなぐらい悪い奴ですね、肉体的にまで悪くしちゃうんだから（笑）。鏡花は病気だって書いていますね。この当時肺病はものすごく恐かったもんですね。気持悪いのは「酸漿《ほおずき》」という小説。芸者が病院に見舞いに行った帰りの電車の中で、汚ない婆がホオズキをグチャグチャやっていたんで、慌てて降りる。それからそば屋へ入って、天ぷらそばを一口スッと吸ったら、ホオズキがその中に入ってたという幻覚を見て、呑んじゃったつもりになって、家へ帰って来てからガーッと吐くんです。それ喀血なんです。それで喀血するたんびに、ああホオズキが出た、ああいい気持と言いながら……。

三島　ああ恐い（笑）。

芸術家の不思議について

三島　鏡花で面白いと思うのは、デフォームすることね。人間を変えちゃう。トランスフィギュレーション……。

澁澤　メタモルフォース（変性）ですか。

三島　「高野聖」のなんかのをどう思いますか。

澁澤　アニミズムとかよく言われるけれども……動物に変わっちゃうのは、どうなんだろうな。

三島　一種の願望だろう。主役のお坊さんは変わらせられないで、助かっちゃうんだけれども、鏡花自身は、あの美女に駆使される馬だとか、こうもりだとかにいろいろ変わっているんだな。

澁澤　ジャン・ジュネなんかもそうだな。変身する文学と変身しない文学というのがあるかもしれないな。三島さんはしないですよ。

三島　僕は絶対に形じゃないと嫌なんだ。筋肉だって形だろう。なんでもちゃんと形がなければ嫌なんだ。

澁澤　しかし変身だって、必ずしも形がないというアンフォルメルとは、ちょっと違うんじゃないですか。

三島　鏡花はスタイルとしては、アンフォルメルの作家じゃないと言える。非常にビジュアルで、一つ一つの形態がはっきり出てくるんですけれども、その形態が変化するという感じはある。

澁澤　やはり天使界や地獄のちょっと手前まで連れていくというのは変わる世界ですね、だから天使だって変わるんじゃないですか。

三島　スウェーデンボルグの天使は、両方の性をもっている、バイセックスなんですな。いろんなものを包含しているんですね。

澁澤　その範囲で変わるんですよ。神、悪魔までいかないで、天使から動物までの範囲で。

三島　鏡花は、煉獄界で、いろんな形で変わっていく。ですから、たとえばお化けと人間の交渉も、「天守物語」の中で一番人間的なのは、お化けになっちゃうでしょう。ああいうアイロニーで転換しちゃう。ラストでは、純粋な愛というものを表現するのは、お化けの女と人間の侍、それを保障するのが芸術家の木彫師ですね。それで芸術家というのは、鏡花の場合、変なヒューマニズムがありますから、人間的な情熱とか、誠実とか、恋、美、純粋なものを保持する側に立つんですよ。しかしその正義が必ずしも人間の形をしてなくともいいんだね。

澁澤　人間の形してない正義なんてありますか。

三島　それは鏡花の実に不思議なところだよ。鏡花の人間主義というのは実にアイロニカルで、最終的にはお化けにしか人間主義がないことになっちゃうんだ。

澁澤　だから人間主義じゃないんですね。

三島　人間主義じゃないんだけれども、鏡花は人間主義に毒されているところがちょっとあるんだ。鏡花の欠点をあげつらえば、最終理念というか、どん詰まりで信じたものは、人間主義みたいなものに毒されていた。もうひとつ通り越していたら、もっと凄くなったろうと思うな。

澁澤　本当にお化けになっていただろうな。

三島　お化けが一番人間的というところで、相対性の世界に生きていた。だから転換すれば同じになっちゃう。

澁澤　純粋観念だとはいいながら、ポーなんかの世界とは全く違うでしょう。

三島　ポーはやっぱりネクロフィリー（屍姦症）の世界で、生きている人間を好きでないね。

澁澤　冷たいですね。鏡花はホフマンに近いですか。ホフマンもああいうようなスタイルですね。

三島　ホフマンに近いでしょうね。ロマンティケルというのは、どこか快活ですね。僕はあれが好きなんです。鏡花は快活な作家で、死ぬまで快活だったと思いますね。スプリーンというもの、世紀末的な憂鬱というものは鏡花にはありそうでない。

澁澤　僕はたとえばノヴァーリスなんかもそういう点で好きですね。

三島　ブレンターノも、アイヒェンドルフなんかも快活ですね。それがロマンティケルの一つの要素だな。

澁澤　病気になっていても快活なんですね。肺病で快活だなんていいですね。

三島　鏡花はそれをもっている。川端さんにはない。川端さんはスプリーンですよ。人間主義の信念とか快活さという点から言うと、鏡花はデカダンの作家じゃないんだよ。

澁澤　僕もそれは本当に感じるな。

三島　デカダンの作家じゃないものが、どうしてこんなにお化けだの、病気だの、死だのに一生興味をもって過して、そして自分が読者ぐるみあんな天使的世界へ飛んでいったんだろう。本当に芸術家の不思議というか、奇蹟みたいなものを感じる。デカダンなら、あるいはニヒリストなら話はわかるんだよ、脱却できるんだから。デカダンぶりもしない。

澁澤　ある時期にはかなり血みどろですからね。「日本橋」だってずいぶん毒々しいでしょう。

三島　草双紙趣味みたいなもののありますね。鏡花は、土くさいもの、野蛮なもののバイタリティというものは全部嫌った人ですね。そういうものに美しさを全然感じなかった。

澁澤　アニミズムといっても、室生犀星とも違いますね。

三島　違いますね。一つは、田舎から出て来て洗練されたいという気が強かったからそうなったんだろうね。都会人だったら、逆なものに面白みを感じたかもしれない。

澁澤　体質的なものなんだろうな。

三島　それと教養の背景がほとんどない。草双紙とか馬琴の「美少年録」とかいう教養から出ている。いわゆる普通の意味の基本的文学的教養は、はじめにはなかったからアカデミズムに対する劣等感がずっとあったんだ。

澁澤　ずっと後になって柳田国男を読んで、非常に面白がったそうですね。

三島　そういうところはジュネにちょっと似てるね。

澁澤　「黒百合」というのが、また凄いですね。

三島　これを僕は、ノヴァーリスの「青い花」と比べたんですよ。

澁澤　なるほど。だからさっきのメタモルフォースの話とも関連するんだけれども、そういう点は一種の自然崇拝者ですね。とにかく植物や動物に変わったり、桃源郷みたいなところの、花が咲いたり、木が茂ったり、沼があったりするというのは、ノヴァーリスですよ。

三島　日本じゃドイツみたいな森がないのに、鏡花になると深山幽谷がしょっちゅう現われる。

澁澤　魑魅魍魎《ちみもうりょう》の世界ね。

三島　「黒百合」の夢の場面で、崖を登っていって、黒百合を採るところね、鷲が出てくるところなんかロマンチック文学としての典型的なものです。

澁澤　ああいうものを日本人が創造したというのは凄いな。外国には類型があるわけでしょう。

三島　類型は十分ある。ですから鏡花を読んでいくと、伝統文学ってなんだろうかと思う。鏡花の中に、連歌的な発想、非常にわがままでダイナミックな文体などいろいろあるんです。お能がある、浄瑠璃もある。それが日本の近代文学では、他に全く継承されなかった。鏡花だけにそれがずっと流れ込んでいる。

澁澤　三島さんは前からそれをしきりにおっしゃってた。

三島　文体一つでもそうですよ。つまり志賀直哉の文体がいいと言われ、一部の田舎者の文学青年が、やたらに尊敬しちゃった。それは悪い文体じゃない。だけど日本的なものがどんなに削られてしまったか。日本が、いかに誤解されるかということだね。しかし、明治から以後は、鏡花もそうだけれど、田舎者が文学の中心を占めて、田舎者の文学を押しつけてきた。田舎者が官僚になれば明治官僚になり、文学者になると自然主義文学者になり、その続きが今度はフランス文学なんかやっているんですよ。あなたじゃありませんよ

（笑）。

澁澤　ぼくじゃない。もっと偉い人ですよ（笑）。

（昭和四十三年十一月四日　赤坂・シドにて）

一葉・蘆花・独歩

大岡昇平
和田芳恵

長い人気の秘密

大岡　ぼくは明治文学でいちばん好きなのは、実は一葉と独歩なんですよ。そこで今日は和田さんにおいでを願って、特に一葉のことなどいろいろ伺いたいと楽しみにしているわけです。

和田　ご期待に添えますかどうですか。明治中期の作家のなかで、やはり一葉なんかいちばん優れた作家のうちに入るんじゃないでしょうか。

大岡　鷗外でも漱石でも藤村でも、それぞれ豪いけれども、読んでいていちばんいい気持になるというと二人ですからね。編集委員会でこの三人集を発案したのはぼくですから。好きなものばかり入っているわけです（笑）。一葉というのはどうしてあんなにいつまでも人気があるんでしょう。

和田　岩波文庫の長期のベストセラーは一つ星の「にごりえ・たけくらべ」だと聞いております。要するに、かつぎ伝えてゆく人が出たためでしょうね。例えば、馬場孤蝶《こちょう》の系統で慶応に多いんですが、久保田万太郎さん、小島政二郎さん、佐藤春夫さんもそうですし、早いところでは平田禿木《とくぼく》もあそこにおりましたし、ずっと何か手押し車に乗せて順々に送る役割の人がいて、ぼくもその最後のところにちょっと入っているんじゃないかと自身思っているんですけれどもね。

大岡　一般の人にも好かれ、男の作家にも好かれる。こんな女流作家はほんとうに珍しいですね。

和田　それともう一つは妹の邦子さんですか、なんというか後押しの非常にうまい方で、女性ですから、男では頼みに行きにくいようなところ、例えば露伴だとか鷗外だとか斎藤緑雨だとか当時の一流どころの作家に、格式ばらずに頼みに行けたということも相当あずかっているんじゃないでしょうか。残っていくためにです。

大岡　それにしても作品自身に力がなかったら、後押しもかつぎも成り立たなかったでしょうね。わたし、和田さんの書かれた伝記を拝見して、なるほどこれは甲州人だって感じましたね。

和田　一葉は東京で生まれて一度も山梨に行ったことがないんですが、付き合いがほとんどあちらでございますから。

大岡　わたしは偶然、河口湖に山小屋を建てまして、歩いてみてよくわかるんですが、彼女が甲州人の投機性とがっちりしたところを合わせ持っているというあなたのご指摘は、たしかにその通りですね。あのなんとも言えない身の処し方というものは、とても生粋の東京の人間にはできることではない。ほかの二人と比べてみて、やはり一葉がいちばんすさまじい生き方をしていますね。あんなことは独歩や蘆花なんかの文学青年にはできやしませんよ（笑）。

一葉文学のすごみ

和田　ぼくが最初一葉を調べてみようかと考えたのは、早く死んでいるからとか、作品が少ないとかいう単純な理由で、これはすぐ解決がつくからやってみようと思ったんです。以来三十年になるのですが、一体どういう人間だったのだろうかと考えると、まだまだ不明な問題が出てきますね。

大岡　人間的にいちばん複雑なのは一葉ですね。

和田　だからこのごろ、一葉というのは年齢的でなくて非常にひだの多い複雑な人間で、これを引きのばすと百か二百まで生きた人間と同じような長さを持っている。それはやや封建的ということともつながるわけですが、解放されたいという願望と未解放への忍耐……、そういうものがひだになって作品に陰影を与えているのではないでしょうか。

大岡　たいした女ですよ。どうも一葉評価の歴史をたどってみると、男性作家とは反対に女流作家はきまってよく言っていない。林芙美子も、平林たい子も。後世に至ってもいまだに嫉妬されているのは、これは大変な光栄じゃないでしょうか。

和田　ことに平林さんなんか一葉論を書いておりますが、プロレタリア理論的なもので見たので、点を入れていないのですね。

大岡　「われから」の中ですか、夫の家を出て行くときに、自分の心意気を一行で示すところがありますね。きいていますね、あの一行なんかは。

和田　「われをば捨てて御覧ぜよ、一念がござりまする」ですか。

大岡　ああいう効果をこのごろは出せないわけですよね。

和田　「十三夜」にもありますね。これは久保田万太郎さんの有名な演出があるわけですが、あれは嘘だと久保田さんに言ったことがあるんです。あの場合、家出してきたお関が、あきらめて帰る解釈なんですね。ぼくはそうじゃなくて、あの女は一度帰っていってもまた出るという解釈の方が正しいと思うんです。というのは、一葉の最後の小説「裏紫」というのは病気になっちゃって中絶しているんですが、それは姦通を扱っているんです。その前の「われから」も奥さんと書生の問題を扱っていて、男がしていいことを女がしてなぜ悪いというような内にこもっていたものがだんだん出てくる。「十三夜」はその前の過程にあるわけですよ。ですから「裏紫」を彼女の終点と考えていけば、父親に大泣きに泣けとかいわれて、それでおさまる女とは考えられないんですね。

大岡　そういう凄みが感じられますね。

和田　その方が自然だとぼくは思うのですが。

立派だった半井桃水

大岡　あなたがお出しになった一葉非処女説の仮定もそんなところと関連するわけでしょう。

和田　あれは久保田さんなんかに非常に叱られたんですが、林芙美子さんとか真杉静枝さんとか女の作家に最初聞いてみたら、あれは娘さんじゃ書けないでしょうねという意見なんです。男の側は全部あれは娘の書いたものだという。恐らくそうでしょうね。ただ男の場合ですと娘であってほしいという願望があって、女の人にはそうでなくてほしいという願望（笑）があるのだと思うのですよ。まあ、そう仮定したら一葉の実態がわかると考えたわけです。やはり本に書いて問題になったことで、荷風先生から聞いた話ですが、半《なから》井《い》桃《とう》水《すい》が一葉を尾崎紅葉の弟子に売りこもうとした時、「月々のものも必要だろうから」と言ったというんです。それは当時紅葉の玄関番をしていた星野麦人《ばくじん》という人の言い伝えで、一葉が桃水の妾だったという説です。いま流に解釈しては明治の人はちょっと違うと考えても、自分が月々の生活を見ないでいて、頼む相手が紅葉だけに、月々の仕送りをしてくれと言うものであろうかどうかということですね。久保田さんは人情家だからなと言って、逆に荷風先生はぼくの説を支持してくれたわけです。まあ、そういうものを思わせる生き方をしていた、相当新しい女だったという解釈もできるんじゃないでしょうか。現代の女が望むようなことを頭の中では望んでいたし、うまくいったらなんかやってもいいじゃないかというような気持が……。

大岡　占い師（久佐賀義孝）との付き合いのしかたなんか、なんならいっしょに寝てもいいとほのめかすような調子は、娘にはちょっとできないかもしれませんね。

和田　からだが娘であっても、精神的には娘でないものが考えるような形だと見ていいんではないでしょうか。

大岡　しかし、半井桃水というのは公平に見てよくできた、えらい男ですね。

和田　日記に登場する人物のうちでいちばん立派なのは桃水ですね。日記が出たころ、桃水は小唄のお師匠さんと結婚していまして、日記を見てはじめて一葉がそんなにも思っていたということがわかった、私はぜんぜん知りませんでしたと言っているんですが、作家ですからわからないはずはありません。大人だなと思いました。大正十一年、山梨の慈雲寺に碑が建てられた時、桃水も行ったのですが、みんな日記を読んでいるものですから、半井桃水は悪い人間だというので、同行の馬場孤蝶や生方敏郎が帰ったほうがいいという態度を示したそうです。桃水は持っていった「闇桜」の原稿を見せて、会の途中でさっと引きあげていった。日記でもってなんか悪い役をふられているわけです。黙って帰っていって、一葉をほんとうに擁護しているんですね。

大岡　できないことですね。

和田　とにかく一葉は入門して四ヵ月目にもうお金を頼んでいるんですから。そういうことを言いやすいような苦労人という面はきっとあったんでしょう。

大岡　ところで、一葉は美人だったんでしょうか。猫背で、そんないい女ではなかったと見ていいんだろうと思うのですが。

和田　それが一葉に講義を受けた穴沢清次郎という人の話ですと、色っぽかったかどうかわかりませんが、非常にきれいな人だったというんですよ。目がことにきれいだった。多読だったせいか近視乱視で、本を読む時眼鏡をかけていたらしいんですが、ふだんかけないと目の悪い人はちょっときれいですね。どうもそのせいじゃないかと思うのですが。目のまわりのソバカスが目立って、顔だちはよかったが、ただ髪の毛がかなり赤くて少なかった。これは日本髪には不利だったでしょうね。

大岡　写真は偶然きれいなのが残ったということですか。むろん修正されているんでしょうが、あれでもせむしのような様子がみえますね。

和田　行った連中がみんな理屈を言っているんですよ。島崎藤村など「文学界」の連中それに上田敏、また川上眉山《びざん》のように結婚したがった者まで、ぞろぞろ行っていてみんなきれいだと言わないわけですね。だからどっちとも言えませんが、長谷川時雨さんが「日本麗人伝」ですか、あとで美人伝と直したもの、その中で、一葉はきれいな女だったという推定を下しているわけです。あの人は勘で言っているんですけれども、手あぶりを真中において男と話していて、はじめは静かに下を向いているというんです。しかし、自分が意見を述べるときになると、ちょっと喉の下のところを見せるように顔を突き出して、熱中してくると、手あぶりをひざでぐいぐい押してきた（笑）。こういう人はきれいに相違ないというんで、それは恐らく馬場孤蝶か誰かに聞いたんじゃないでしょうか。

文学は私生児系統を尊ぶ

大岡　そうとう色っぽいなあ（笑）。それは知らなかった。話があっちこっちしますが、生き方といえば独歩のやり方にも随分ちゃっかりしたところがありますね。佐々城信子を手に入れるために短刀でおどかしたというのは少しオーバーな表現であるとしても、二人の愛の巣を営むために、里方のつてでもって北海道へ土地を捜しに行ったり……文学者というのは、ほじくり出してゆくといろいろそういうところがあるんですけれど、ただ独歩の書いたものは全部なんとも言えず面白いですからね。やはり文学というものは、きたならしい人間の仕事であってもかまわない。天分だと思うのですよ。同じようなことをやっていても、だめな人は俗なところばかり出てくる。手っ取り早くきわものを狙うとか、大衆うけするものばかり書いてしまう。

和田　独歩の出生はいろいろ言われているようですが、生まれたのは千葉ですか。後年になってなつかしそうにたびたび行っておりますね。

大岡　生まれは銚子ですが、父親は播州の龍野《たつの》藩の下級武士ですね。

和田　下村千秋というプロレタリア作家がおりましたね。あの人の弟さんが銚子の高等女学校の教頭をやっておりまして、夏休みに役場へ行き独歩の古い戸籍を全部調べたんですね。それが昭和十四年の八月だったと思うのですが、「朝日新聞」の千葉版に出まして、戸籍上でもって淡路まんの連れ子として入っていることが明らかになった。これが文献的にいちばん早い確かめであったような気がするんですけれども。わたし当時、市川におりまして見たんですが、東京版には出なかったですね。

大岡　あの出生の問題、結局いまの最終的結論はどうなっているんですか。

和田　やはり連れ子説は間違いであって、専八とまんの間の子であろうということらしいんですけれども。まんの妹さんがずいぶん長く生きていたのですが、治子（独歩未亡人）さんが確かめないうちに死んでしまったということを自身なにかに書いていたようですね。

土地の調べでは、まんの前夫というのは漁師であったが道楽もので、ばくちも打つし、それで旅宿の女中になっていたらしいんです。そこへ難破して来た専八と意気投合した。

大岡　専八は藩の役人ですから、難破したらすぐ帰らなければならないはず……。

和田　あれが面白いですね。船のお金を扱う役だったんでしょう。

大岡　だけれども、当時は変動期で、綱紀がゆるんでいますからね。ああいう時期だからできたんでしょう。その後は裁判所の役人になって山口の方へ行っているでしょう。独歩も育ったのは山口ですね。

和田　山口というと作家は他に？

大岡　あそこは大体文士のいないとこでしてね。自分の領分のほうへ引っぱり込むと中原中也、それから嘉村礒多、この二人くらいなんです。林芙美子が下関の生まれ、家は古くは萩の方です。独歩は自分の出生の秘密ということに関して、自分で非常にロマンチックに考えていた。文学というのは、正統でなくて私生児系統の方を喜ぶ性質がありますからね。だからそんなことで、自身でロマンチックな空想をつくり上げた。それで独歩の場合は、多少そのほうをむしろ喜んでいたと言ってはおかしいけれども、そういうことを文学の種にしていたというようなこともありますね。

三人の共通点

和田　それに比べると蘆花は相当家柄がいいんでしょう。

大岡　熊本藩の代官、惣庄屋《そうじょうや》。神風連のような国粋的なものもあったけれども、一方で熊本バンドがあるし、非常に明治時代の先端を切っていた地方の生まれですね。一葉はちょっと飛び離れていますけれども、独歩と蘆花はからみ合っています。

和田　自然に対する考え方だとか、そういうことはほんとうに近いですね。大岡さんは「牛肉と馬鈴薯」はいつごろお読みになったですか。ぼくは若くて読んだせいか案外つまんないと思ったんです。

大岡　中学生の時ですか、あれはよくわかんなかったですよ。新潮社の小型本の標題小説、あれと「独歩集」とどちらを先に読んだかな。ぼくらの世代は本を読み出したのは大正十二年の震災のころからですけれどね。そのころ春陽堂から「独歩集」「一葉集」などが出ていた。蘆花がちょっと前でしたか、とにかく中学時代に愛読しました。

和田　ぼくは「不如帰」を小学校五年の時に読んでいるんです。姉が買うというので、ぼくが半分金を出さされて、民友社に直接注文しました。「北海タイムス」に本田美禅という人の「闇また闇」という小説が載っていまして、その後に読んだ大人の小説として二回目です。

大岡　文語体だからぼくの時代の小学校ではとても……。

和田　逗子の海岸で浪子が人間はなぜどうとか、「海は実に凪《な》げるなり」なんて空で覚えましたね。

大岡　よほど早熟だったんですね。

和田　そうじゃなくて、わたしの母が娘のころ読んで、結核になりたいと思ったという話を聞いたことがあるんですよ。それで姉なんかも買おうと思ったんじゃなかったかと思うんです。よく「小説をお読みになった最初は」などと訊かれて、みんなえらい立派な本を読んでいるように話してますが、あれは嘘じゃないかなと思うんです。案外変な動機でつまらないものを読んでいても、みんな忘れていて、はじめから外国のすぐれた翻訳小説を読んだみたいな気になっているんじゃないですか。

大岡　ぼくは小学校五年の時に病気になりまして二ヵ月くらい入院していましたが、「日本少年」「少年倶楽部」なんかケロッと読んじゃうでしょう。あとは、要するに子供の読む本がなかったんですね。「講談倶楽部」なんか読んでいた。半井桃水というのはそのころから名前を覚えていますよ。

和田　貸し本つくりの本が桃水の専門でございますから。

大岡　大正八年ころまだ書いていますね。後になって一葉のことで、その名が出てきたので驚いたんですけれども。

和田　「不如帰」は別ですが、ぼくは蘆花のものでは「灰燼」なんかから入ったような気がする。

大岡　わたしも「自然と人生」のほうを先に読みましたから。大正の終りごろにはまだそこらにあった本ですから。「武蔵野」のほうが「自然と人生」より先に出て、同じ民友社にいても蘆花は独歩にはいわゆる純文学という点で一目おいていたようですが。けれども、「自然と人生」のほうがはででしたね。

和田　入りやすさという点から見ていきますと、やや通俗だなというものを三者がともに持っているんじゃないでしょうか。純文学、大衆文学云々より入り方の問題はありますね。

大岡　「思出の記」なんか、子供の時寝床の中で読んで、面白くてやめられなくて、例の墓の前でおっかさんに叱られるところなんて涙サンゼンですよ。やはりそういうものが、子供の時文学に入る最初なんでしょうがね。とにかく蘆花が本を出せば必ず百版を重ねる。これは大変なことですよ。ただ、おしまいころはトルストイズムと結びついて、ちょっと教祖的になっていくでしょう。「日子《ひこ》・日女《ひめ》」となってくると、こっちもだんだん育ってきますからね（笑）。

和田　「寄生木」なんか今の評価はどうでしょうか。

大岡　あれはいまの大衆作家がやっているドキュメンタリーですね。だんだん軍人社会に対する興味がなくなりましたからね。

和田　そういうことは非常にありますね。「不如帰」では結核がもうこわい病気でなくなりましたし。一葉の場合でも、やはり女が解放されて、悩みがとれちゃう。「たけくらべ」ぐらいは子供の世界ですから残るでしょうが、社会的に解放されれば、問題意識が弱くなる弱点は三人共通にありますね。

大岡　三者とも明治社会でそれぞれ苦しんでいた。共通しているのは、テーマが明快ではっきりしているということですね。

（昭和四十三年九月二十日　紀尾井町　福田家にて）

島崎藤村の詩と真実

亀井勝一郎
瀬沼茂樹

藤村文学の背景

亀井　瀬沼さんは、藤村に会ったことがある？

瀬沼　見かけたことはあるんですけれど、口をきいたことはないんです。亀井さんは、何度もお会いになっているんでしょう。

亀井　いや、何度もというわけじゃない。ただ一度、昭和十四年にある雑誌からの依頼で個人訪問に行ったことがあるんだよ。その時は、二、三時間、ゆっくり話を聞いたという感じだった。実に窮屈だったよ。

瀬沼　藤村自身は、人は自分に近づいてほんとうのことを言ってくれない、だから非常に困る、と言ってるんですがね。しかし、近づいて打ちとけられないようにしているのは、藤村自身なんですよね、ほんとうは。

亀井　お酒でも飲んで冗談を言うような人ならいいけれどもね。もっともあの時、藤村は六十七、八歳、ぼくは三十くらいだったから、窮屈な感じをいだいたのは当然だったろう。ああいう窮屈な人がよく「藤村詩集」のような柔らかい詩を作ったものだとおもう。

瀬沼　いつも自分を押えつけていたから、逆に詩歌の場合に現われていることもあり得るわけですね。とにかく藤村は田舎の人で、気さくじゃないですから、つきあいにくい人だったとおもいますよ。

亀井　友達というもの、いないんでしょう。

瀬沼　親友として大事にしていたのは田山花袋だったとおもいます。花袋以外にはちょっと考えられない。

亀井　それから文学上の弟子もいないでしょう。親しく教えを乞うとか、文学についていろいろな示唆をうけるような人がいなかったようですね。

瀬沼　しかし、女の人にはわりにていねいでしたね。

亀井　男はだれでも、女の人には親切にするよ（笑）。ぼくは馬籠には八回行ったんだけれども、あそこの風景を見ていると、信州の山を背景にした実に窮屈で、重苦しいものと、美濃・尾張の非常にやわらかな瀟洒《しょうしゃ》なものと、この二つの要素が馬籠で結合するんだ。文化的にみると山国の古い文化と京の文化の流れがあるわけなんですね。これは「夜明け前」によくあらわれている。風土がすぐに文学に影響しないにしても、藤村にはこの二つのものが入りまじっている。一面において非常に瀟洒ですよ。

瀬沼　ハイカラだったわけですね、あの時代としては。

亀井　明治学院時代の写真をみると、服装なんかハイカラでね、長い靴下をはいてちょっとキザな感じもうけるけれど。

瀬沼　あれは一時期のうわついた心でしょう、よく青年にみかける……。

亀井　若い時代に詩を書く場合には、すこし軽薄さがないといけないね。

瀬沼　じゃないと詩は書けない？（笑）

亀井　ある人のゲーテ論を読んでいたら、「若きヴェルテルの悩み」を書いた二十代のゲーテを実に軽薄だと言っている。非常な努力家で偉い人だけれど、彼の軽薄な面が作品にやわらか味を与えてうまく出ているというんだ。文学にはやっぱり一種の軽薄さが必要なんだ。軽薄であることをうまく生かすことが文学の手だとおもうね。藤村の詩にはそういうところもある。山国育ちであるだけに、キザっぽくみえることもあるんだ。それから藤村文学の形式の上で見逃すことのできないのは、父親との血のつながりということ。父親というのは「夜明け前」の青山半蔵だけれど、その根本には血統に対する恐怖観念があるでしょう。自分も気ちがいになるのではないかという恐怖……。

瀬沼　あれは子供のころに教えられたんですね。「春」を書くあたりから、それを父祖の欠点という言葉で逃げている。

亀井　おやじの病いが出てきたんじゃないかということ、「春」「新生」なんかにみんな出ているところを見ると、藤村文学の大切な要素として見なければいけないね。また村の旧家には淫蕩の血が流れているんだよ。それに対する恐怖心と反発が、藤村を聖人にさせる理由じゃないかとおもうんだ。一方では倫理となってあらわれる。

瀬沼　藤村の家系の血がにごっているというのは、木曽みたいな山の中で、同族結婚をくりかえしていると、ああいうふうになるんじゃないんですか。血の秘密をあまり押えつけているから、「新生」のような事件になって爆発するんですね。

亀井　ぼくは島崎藤村を考えるとき、あくまで作品によって評価すべきであって個人的にせんさくすべきでないと、平野謙の藤村論を念頭において書いたことがあるけども、しかし、藤村は日本の家の犠牲だよ。

瀬沼　それがよくわからないと、藤村文学はよくわからないところがあるんですよ。ほめれば含蓄のある言い方をしているわけですね。しかしその私生活がわかると、なるほどとうなずけるところがある。

亀井　日本の〝家〟を典型的に描いた作品が、ぼく流に考えて三つあると思うんだ。一つは藤村の「家」。もう一つは谷崎潤一郎の「細雪」、これは関西の家。それから岡本かの子の「生々流転」、これは関東の家。そうしてみると藤村のは、いかにも信州の家だ。北海道には家の観念があまりないんだ。

瀬沼　あけっぱなしで……開拓地だからかな。

亀井　家より社会なんでね。

瀬沼　藤村には社会という観念はないですね。世の中という、非常にあいまいな観念であらわれている。

亀井　文学伝統からいっても、日本の作家は社会的事件を描くのは下手なんだ。お家騒動を描くのは昔からうまいんだが、社会騒動は下手だよ。

瀬沼　いまだに、でしょう（笑）。

亀井　いまだに。藤村の作品は日本の特殊性を示しているから、やっぱり根強いともいえるね。

瀬沼　地方へ講演に行ってみてわかるんだけれど、藤村の文学がいちばん人気があるんですよ。というのは普通の日本人のありきたりの生活感情がよく書けているわけですね。なにも抽象的なことがないわけなんだね。だからおかみさんたちは、すぐ藤村、藤村と言いますよ。藤村流の生活的な考え方は根強いんじゃないですか。

亀井　いまでも中国で人気があるのは「破戒」だよ。「破戒」と漱石の「坊っちゃん」と芥川の「河童」。この三つがくりかえし読まれている。

瀬沼　中国で「破戒」が歓迎されるのは、大家族制度や階級制度が残っているからだね。同じような社会構造に生きているということだ。

亀井　それと少数民族が非常に多いということだ。

藤村の詩と真実

瀬沼　「藤村詩集」をはじめて読んだのは、いつごろ？

亀井　中学の三年生ごろ読んだな。

瀬沼　中学生時代にたいてい「若菜集」と「落梅集」とを読んでいるわけです。いろんな形で物思う青春みたいなものが出ているんで、自分の気持を代弁してもらっているわけだね。また、あれは誘惑するよ。藤村自身には寄せつけない一面があるが、そういう誘惑するところがあるんですよ。

亀井　女性を誘惑するのには、「藤村詩集」にかぎるんだ（笑）。いまの詩人はむずかしいことを書くから、だめなんだ。

瀬沼　歌えないですよ、いまの詩は。いい気になって歌えなければね。口が自然にほころびてこなければ。

亀井　日本の伝統だもの。和歌で誘惑したんだからね。

瀬沼　相聞歌ですね。……「若菜集」以前には、ああいう詩集はないんですね。

亀井　藤村の詩精神は散文のかたちで「夜明け前」まで生きている、そのバリエーションが。

瀬沼　散文そのものにもリズムがあるでしょう。ロマン的な精神が流れているわけですね。それが詩の精神ですよ。ただ「落梅集」以後、藤村が詩作をやめたのは、おそらく、自分の詩が同じ調子になっていくのが気に食わなかったんだな。それがいやだったんじゃないかな。藤村は自分の文学に対して非常に潔癖なんですよ。同じようなものをつくるまいとしてね。そのくせ、中身の同じものがたくさんありますけれども。それで、自分の詩が惰性でいくことをきらってやめたんじゃないか。それからもう一つは、詩人じゃ食えないということ。

亀井　それはありますね。

瀬沼　春陽堂で詩集を出して、もらった印税は十円か二十円ですものね。それじゃ食えないし、またいつまでも小諸にいたくない、独立したい。というのは小諸義塾が町立になって、じきに廃校になるわけですよ。そろそろ出なければならない。それで、いろんな理由が重なってきていた。だけど、藤村という人は、抽象的なものの考え方をしませんね。いちばんおかしいのは、「春」で、勝子をくどくところね。二人で会って、二人の身の上の苦しいことばかりしゃべっている。普通なら、くどきの文句を言うだろうと思うんだけどね。くどきの文句を言わないで、身の上話ばかりしている。くどけない人だったわけでしょう。二度目の結婚をするときに、手紙に書いて息子さんたちに了解を求めたという話があるでしょう。子供も一人前になったんだから、「自分はこんど加藤静子さんと結婚したいと思う、きみたちはどう思うか」と聞けばいいわけでしょう。それができないんですよ。「ちょっとあとでこれを見ておいてくれ」と、自分のことを手紙に書いて封筒に入れて渡す。つまりそういうことさえも言えないんだな。

亀井　田山花袋が死ぬとき、死んでいくときの気持はどうかね、と言ったのは、事実ですか。

瀬沼　あれは事実。藤村自身がはっきり書いています。いろんな噂を立てられていますけれども、それはみんな間違いで、藤村が「死んでいく気持はどうか」と言ったときに、花袋は喜んでしゃべったわけですよ。「真実を追及するものとしてお互いにやってきた。死にぎわの気持なんていうものはだれも書いていないから、ひとつ聞いておきたい」「それじゃ言っておこう」といったわけで、デマでも何でもないし、ひどいことでも何でもないんだ。花袋はむしろ喜んで話したのです。花袋とは長いつきあいであって、文学上の仕事も一緒にやってきたわけだ、同じような方向にむかって。あの二人の作品は、追いつ追われつしていますよ。たとえば「破戒」に相当する作品が花袋の「田舎教師」ですものね。

「破戒」と「春」の意味

亀井　藤村は、小説の書き出しの文章には実に工夫しているね。

瀬沼　「破戒」を書いているときに、一生けんめいあの文体をつくろうとして努力した。あの有名な一句、「蓮華寺では下宿を兼ねた」あのうまさ。いまの人にはよくわからないらしいんだな。ああいう言い方をつくったのは、藤村が練習した結果できたものですよ。花袋の「田舎教師」にしても、「四里の道は長かった」というあの書き出し、実際はそれほどないとかいう人もあるけれども（笑）、そうじゃなくて、感じを出す文体、スタイルをつくる力があったと思うんですよ。「千曲川のスケッチ」を書いたときは、作家としてできあがっていて、相当こなして、全部書き直したんだから、いっそう整った文章になっている。

亀井　藤村のスタイルに反撥を感ずる人もある。「木曽路はすべて山の中である」……何だ、あたりまえじゃないか（笑）。

瀬沼　あたりまえのことを、何か意味ありげに言うというので、反撥を買うんだね、重苦しいと。あの当時の他の文章を見ていると、美文調で飾った文章で、修飾過多ですよ。それに対して、ああいうふうにズバッと実体をつく文章をつくった。新鮮だったわけですね。

亀井　そうだ。

瀬沼　「破戒」を書いていた小諸時代の生活はたいへんなんですね。寒いところでね。奥さんがまた、文学少女なんだ、自分も書きたい気がある。それを実現できないわけでしょう。それを押えなければならない。教師の月給は非常に安いし、子供はどんどんできる。たいへんですよ。

亀井　明治維新後、函館の町に二軒の網問屋ができたんだ。それは秦さんの家とぼくの家で、隣り同士なんだよ。藤村の奥さんの秦冬子さんはそこの二番目のお嬢さんで、ぼくの父親と同じくらいだな。そのころの北海道というのはハイカラだから、キリスト教の教育をうけさせた。できる女性は必ず東京かどっかに行くんだよ。いちばんハイカラなんですね。

瀬沼　しかも、明治女学院に入るんですものね。

亀井　ぼくは、秦冬子、藤村の細君というのは気の毒な人だと思うね。東京に出てきて、勉強して才能を伸ばすという社会環境はないわけだ、女性としては。しかし、伸ばしたかったんでしょう。ことに自分も書きたかったでしょう。藤村と結婚して小諸に行って、つまらないことになったと思ったろうね。

瀬沼　藤村はまた、そこで晴耕雨読だからね。耕すほうもやるんですからね。それから東京にきて「破戒」を出すころはたいへんな評判だったんですね。新聞雑誌が、藤村先生はいまこれを書きつつあるとか、前宣伝をのせているんですよ。藤村が東京に出てきて、いよいよ大作をひっさげてきたという評判が立ったから、出版屋も、自分のところで出さしてくれといって、金尾文淵堂みたいな有力な出版社がやってきたけれども、自分で出したいといった。自費出版するというのは、藤村一家の企業的冒険心の現われだと思うんですよ。しかも「破戒」が出てみると、続々と圧倒的な讃辞があつまってきた。島村抱月、国木田独歩、田山花袋、夏目漱石というふうに。文壇的地位はこの一作によって確立したということができる。ところで長篇第二作の「春」は、単なる青春を書いた小説じゃなくて、ほんとうは先駆者のかなしみを書こうとした小説だとお考えになりませんか。

亀井　ええ、それはありますね。一団の先駆的青年集団の小説、そういうふうに読まなきゃいけないだろうな。

瀬沼　早く生れすぎた嘆き、という言葉が出てきますね。メレジュコフスキーの「先駆者」に暗示を受けているところがあるんです。そういうことを言うと、外国の文学の影響だということになっていけないですけれども、自分たちはいろいろな意味で先駆者だったということを言いたくて書いている。透谷の死を書いて、自分たちがもう一つの道を探そうとしているところを、書いているんじゃないかと思うんですけどね。

亀井　「春」を読むときに重大なポイントだな。藤村はそれほど先駆者だったということを強調してないから、ちょっとわからないけどね。先駆者の精神の悲劇というのは、つまり考える人間の悲劇だな。封建的ないろんな束縛がある。しかし、自発的にこれから自分でものを考えていこうとする。そうすると一般世間からは浮き上ってしまう。それは政治的な先駆者もあるし、文学者もあるけれども、あのころ作家であるということが、世の中から白眼視されたんだから。

瀬沼 そうですよ。文学が正業と認められていない時代において作家になろうというんだからね。

亀井 ぼくが文学をやりたいと思ったときだって、親族会議を開いて「うちのせがれは文学をやる、どうしたものか」と、いまでいう非行少年ぐらいのことになっちゃった。性格破産者か、とんでもない謀叛人か、あるいは女たらしか。そういう面は大正ぐらいまでありましたね。

瀬沼 昭和のはじめごろまであったんじゃないですか。

亀井 今はですよ、親が「ああ、それは金になる」(笑)。現在はちょっと想像できないほど妙な環境だね。

瀬沼 新聞記者と文士は家が借りられないほど、正業と考えられないんだ。みんな変なやつだと思われていた。だから、漱石が大学の先生をやめて、新聞社の専属の小説家になったのは、たいへんな謀叛をやっていることだった。正常な道を踏みはずしたことだった。有島武郎が北海道で先生しているころは、あの家でも大歓迎だったけれども、小説家になったら、家中がおこっちゃって、せっかく育ててきたのになぜこんなことになる、と大問題になった。ましてや、明治時代はそうですよ。文学を志すものは、よけいもの、あるいは無用者にならざるを得ない時代なんだよ。亀井さん、「春」と「桜の実の熟する時」とくらべると、どちらがよろしいと思いますか。

亀井　「桜の実の熟する時」は、かなしい小説だな。どちらがいいかといえば、「春」のほうがいいでしょう。だけど「桜の実……」も好きだな。

瀬沼　「春」と比べてみて、「桜の実」とは実はサクランボであって、サクランボは実は小さなリンゴじゃないですかね。そのリンゴというのは、キリスト教の知恵と罪だというわけでしょう。それが「破戒」の中にも書かれている。山のふもとの林檎畑に行ったときに、あそこで、初恋の詩と同じようにお妻《さい》さんが出てくるでしょう。お妻に会ったところを思い出す場面はどうしてもキリスト教的な意味の、女との罪を含めているんじゃないかと思うんだ。そういう読み方をすれば、いろんな問題が引き出せるんじゃないか。彼の内幕の苦しみというものね、単なる社会問題だけでなく、そういう苦しみも入っているわけだ。それがわりに細かく描かれているでしょう。

亀井　「桜の実の熟する時」を書いたとき藤村は神様を求めていたんだ。それは明確だな。ちゃんと書いているよ、自分の神様のイメージというものを。自分がその前に行って頭を下げて告白したい、そういう親しい神様がほしい。――それが青山半蔵になるんだ。

瀬沼　人神ですよね。

亀井　だから「新生」の苦しみに直面して、彼はカトリック教会に行くわけでしょう。何か告白の対象がほしかった。だから「桜の実の熟する時」というのは、その意味で非常に重要な作品だね。「新生」と、「夜明け前」と一緒に論ずるときは。

（昭和三十九年四月二十八日　中央公論社にて）

「夜明け前」をめぐって

臼井吉見
野間　宏

探し求めた故郷馬籠

野間　木曽にはしょっちゅう行かれましたか。

臼井　馬籠は六回くらいかな。木曽も福島あたりは毎年行くのですがね、馬籠ははずれですから。

野間　僕は島崎楠雄さんに案内していただいて馬籠を歩き、ずっと木曽福島の方まで行きました。馬籠にはじめて行ったのですが、家が両側に一列しかないのは、裏側に家を建てると、そこに暗殺者なんかが隠れる恐れもあるから禁止していたということですが。

臼井　どうでしょうかね、それは。そういうことがあるかもしれないけれども、あそこでは第一戸数が増えないでしょう。

野間　増えないですね。それから三分の一くらいが旅館ですね、昔から。七十戸のうち旅館が二十戸近くあるのですね。規模の小さいのにはびっくりしました。

臼井　そうでしょう。

野間　しかもそういう実に小さいところから日本全土を見ていくという発想法を、藤村はとったということですね。

臼井　それが藤村文学の一番の本質じゃないですか。馬籠は藤村の意識から、終生離れなかったですからね。一つには子供の時に去ったということもあるかと思います。

野間　十歳ですからね。なんかおぼろげながら知っている、むしろ非常に知らないという感じですね。

臼井　だから非常に観念的な故郷じゃないですか。

野間　そう、最後にどうしても馬籠を探さなければ具合が悪いというか、父親ということもありますけれども、自分自身を探すのには、もう一回馬籠へ行って探し回らないとわからないというようなことで知った故郷ですね。

臼井　あの狭い谷間の街道に沿って、びっしり身を寄せ合ったような、なんともいえないところですが、十歳にして離れなければならなかったのだから、自分の経験の中だけの故郷ではないですね。最後まで未知なるものだったのではないかな。

野間　そう、未知なるものですね。

臼井　そこに重要な意味があるのじゃないかな。

野間　青野季吉さんとの対談でも「書きながら、もうわけがわからないところへ入ってゆく」と藤村は話してますね。それは小説創造の意味も含まれているんですけれども、未知なるものの中へ入ってゆくということを話してますね。かき分けて突き止めないと、自分自身も日本もわからないという感じですね。僕は「夜明け前」というのは、非常に好きな作品なんですけれども、馬籠に行かなければわからんというのでなしに、行くとはるかに作品の大きさとか優れているのがよけいせまってきますね。

臼井　それをもうちょっと聞かせてください。

野間　つまり以前は、藤村の他の作品「破戒」とか「千曲川のスケッチ」とかに出ている風物と「夜明け前」のそれとはそれほど変らないという感じで読んでいたところがあるんですね。ところがそうでないということです。藤村は街道をずっと歩いて、それから二百年前に建ったという家などに行って木曽路を自分のものにしていくわけですね。いわゆる木曽五木とかあそこにある栗の木とかがどういうふうにあるのかという、つまり自然と人間との関係をあの作品の中で、はじめてはっきりと問題にして出してきていると思うのです。

臼井　「夜明け前」の描写というのは、少なくとも青年期を村でずっと暮らしていて、あるいは暮らさないまでもしょっちゅう帰るというふうだったら、違ってきたと思う。馬籠本陣の家柄に優越した意識を注ぎこまれながら、十歳にして東京に出て日本橋の吉村家にあずけられ他家のめしを食っているのですからね。他人のめしを食うというのは、村の下層階級の連中のやることですよ。普通の丁稚《でっち》小僧とは違って、大事にはされたけれども、他人のめしを食ったことには間違いないのですね。だから、そういう藤村にとっては、どこまでも未知のもので、せつない憧れとして、いつでも自分の心に繋がるものとして、そういう目で見た故郷ですからね。だから故郷といっても、普通のそれとは違ったものなのですね。

野間　そうそう、長塚節の「土」とは違うのですね。

臼井　違う違う。「土」の描写は非常に細かいのだけれども、あの客観性はやはり地つきの地主のはっきりとした安定したものがありますね。おんなじ自然にしても、なにもかも自分の手の中のもの、そこにたしかに存在するものとしてのそれですね。

野間　藤村の場合、庄屋ではあるんだけれども、いわゆる草叢というか、そういう感じが出ておりますね。庄屋ではあるが、自分のまわりにひろがっている同時になにか大きなもの、それを自分で知っていこうというものがありますね。

藤村文学と漢学

臼井　あのね、藤村が日本橋の吉村家に厄介になった時に、武《たけ》居《い》用《よう》拙《せつ》というのがいっしょにいるのですよ。これは儒者で、木曽の山村家の禄を離れてからは、松本附近に出て来て塾を開き、青年に非常な影響を及ぼしたんです。信濃奨匡社《しょうきょうしゃ》二万四千何百人の代表になって、決死の勢いで東京に乗り込んでくる連中の書いた国会開設請願書は、それは堂々たる文章で、全国の国会開設請願書のなかでもずばぬけているんですよ。そういう青年を養ったわけですよ。武居用拙の残したものを見ると、作文教育を徹底的にやるんですね。この用拙の藤村への影響がどういうものかということですね。藤村は用拙のことを書いているのですよ。「ふるさと」なんていう子供の本にも書いているし、そのほかのものでもちょくちょく書いている。そのほか栗本鋤雲《くりもとじょうん》とか、漢学の影響がどのようにあるかということですが……。

野間　国学のほうはよく言われますがね。

臼井　国学と言っても、藤村は一つの観念としてはむろん親からの影響があるんだけれども。藤村の文学を作っていく根本には、僕は国学より漢学のほうが働いているんじゃないかと思うのですよ、それを意識しているかどうかは別として。明治を一貫しているものは、僕は漢学と侍《さむらい》だと思う。国学をやった連中はだめですよ。ものを論理的に考えるという訓練は、漢学が養ったものですね。だから明治の文化の先駆者になったものは、キリスト教にしても社会主義にしても、下地はみんな漢学ですよ。漢学で訓練された頭脳が、はじめてキリスト教も社会主義もちゃんと受け入れ、つかんでいる。漢学というものの訓練は非常に合理的なものだったと思うのですよ。国学はなにも生まなかったと思うのです。これはもう少し論証しなければならないのだけれどもね（笑）。だから藤村における漢学というものも、調べる人がいたらいいと思うのですけれどもね。

野間　そうですね、漢学の問題はまだ出てないですね。

臼井　そして、なんといったって漢学はインターナショナルだ。

野間　そうそう、つまり漢学を通じてすべてが、インドからも入ってくるし……。臼井さんは国学派のような感じがしていたんだけれども、大転換を遂げて「夜明け前」でも書き出すんじゃないかな（笑）。それから「大黒屋日記」ですが、ああいうものを書いているということ。

臼井　あれもむろん漢学の素養ですよ。あれこそ日本の教養そのものだな、伝統というものだ。

野間　ただ、国学がないというけれども……。

臼井　宣長は特別だね。

野間　しかしあれはどういうのかな。「夜明け前」は、ぼうっと書いているけれども、宣長が女中部屋に毎晩行って、女中さんに蹴られたという（笑）、そういうところは見逃さずに藤村は書くんですね（笑）。

藤村におけるナショナリズム

野間　藤村は末っ子でありながら、父親がどういうふうに藤村を考えていたかということを、ひとりでに耳にして、ヨーロッパで父親をどうしても見出していくということはおもしろいですね。

臼井　父親と同時に近代日本というものはどういうものかということ。父親だって、やはり故郷と同じで、膝元で育ったのではないから、しかも家庭の父親というより公《おおやけ》の人間だった父親だから、距離がおのずからあるわけですね。ですからやはり自分で探っていかなければわからない父親ですよ。家庭内の肉親としての父親ではないからね。フランスに行った時に戦争が起って、そこで藤村が目にしたものは、フランスのナショナリズムの大変な高まりですね。それを見て、そこから日本を考えるわけだ。そうすると明治の改革、つまり西洋化というものは間違いじゃないかと思うわけでしょう。ナショナリズムを根こそぎにしてしまった近代日本についての反省、その一つとして父親の国学というものを考える。この近代日本の問題と自分の身体のつながりとしての性欲、自分と同じように性欲に悩んだ父親というものを考える。

野間　近代日本と自分ということ、そこで「夜明け前」の大きさということを僕は考えますね。ナショナリズムのことですが、青山半蔵が非常に重要視している回覧文書がありますね、平田門下の。その中に、建武の中興は草叢の中からでなく、上の思し召しから出たことで、だから失敗した、しかし今度はそうでなくして、上の心はかわっても万民の心がかわらなければ、武家の世の中に帰っていくようなことはないという言葉があるのですね。それは非常に重要ですね。「夜明け前」には、いわゆる非常に狭い意味のナショナリズムの道があって、それが「東方の門」にいくという批判が歴史家にあるのですが……。

臼井　僕もいくらかそういう考えだ。

野間　たしかにその面はあるのだけれども、しかしやはり僕の見方は違う。上の心がかわっても万民の心がかわらなければ、という思想なんだと思いますね。ただしかし「破戒」以来追求してきた自分、あるいはそういうやり方じゃどうしてもわからない自分自身を、馬籠にもう一回探しに行かなければならないというふうに考えて生み出してくるわけです。その最初にはいちおうナショナリズムというような考え方を決めていたかも知れませんが、しかし必ずしも決まった線路の上で出て来たのではなしに、五里霧中のなかを探ってそれが結晶してきたのだ、と思います。あの作品はちょっと見ますと、非常に最初から準備し、コースを敷いて、線を引っぱって作り上げたように見えやすいのですが、僕はそうではなくて、創造して、未知の中に入って探してきている、そういう作品と見たわけです。それでそのナショナリズムにしても、フランスに行って、神道までいって実践運動をする父親がはじめて偉く見えてきた。つまり思想と実践という関係がフランスからきている。だから狭い意味のナショナリズムでなく、フランスというものを一回通っているというふうに僕は見るのです。

臼井　そうですか。ナショナリズムという言葉で言ってはまずいのだけれども、まあフランスでナショナリズムを考え、近代日本はいろんなものをとりこんで乱雑なことになったと考えて、そういう視点でナショナリズムとか父親の仕事・生涯というものが浮かんできて、「夜明け前」にいく方向があそこで方向づけられたと思うのだけれども。同時にあれが書かれた時期というのはプロレタリア文学が盛んになってきたときで、しきりに言っている草叢の中というのは、やはりプロレタリア文学の影響として出てきたと思う。

野間　ええ、人民ということですね。

臼井　それで僕は、藤村は強いところもあるが、弱いところもあるという感じがあるのですよ。時代に敏感と言えば敏感だけれども、同時に時代に足をさらわれるというマイナスと言ってもいいくらいの敏感さでもあった。それが草叢の中ということで出てきた。つまりあのプロレタリア文学の影響からの草叢というようなことだけでは「夜明け前」は重厚なものになれなかったのではないかと思う。ところがナショナリズムという逆なものをもっていたから、はっきり割り切れないものがあった。はじめてからわかった見通しのもとで書けなかったということは、その両方のことが入ってきたからなのだと思うんですよ。

それであの作品は成功しているのだと思うのです。僕は「夜明け前」をそういうふうに考えるのですけれどもね。藤村はもともとはっきり構成を立てなければ筆をとれなかったんだと思うんですけれども、いよいよ書いて、書きつめていくとわからんことになってくるのですね。

野間　ええ、構成も、最初は馬籠の青山半蔵でもっていっていますね、ところが途中から急にひょいと京都に出た暮田正香なんかを書いている。近代小説から見れば、そこで破綻がでて、そのために非常に低いという感じを与えるんだと思うのですけれども、ところがだんだん読む回数が多くなるにつれて、逆にそのために「夜明け前」というのは現代というものに通じている感じが強くくる。「新生」とか「破戒」とかいうものは、やはり近代というなかに入りますけれども、「夜明け前」は現代に大きく開いている感じがするのです。それと藤村がずっと近代というものを信じてたどっていって「新生」までいって、また木曽へ帰っていくコースは重大であることを、批評家はどうして、この「夜明け前」を引っさげて批評しないのかと思うのですね。

臼井　そうでもないじゃないですか、今の若い人たちは。僕らの年代でいうと大した理由はないのですよ。無精で読んでいないのじゃないかな（笑）。

野間　批評家がとり上げないと、読まなくてもすむという感じを起させるのですね。それは批評家の責任にはしたくないけれども（笑）、だんだん藤村というのは、なんか価値がないようなふうに取り扱われるような感じになってきているでしょう。

臼井　やはり批評家の責任ですね。

野間　そうして漱石とかがとり上げられる。藤村と漱石とははじめは並び称されていたわけですけれど、なんか違うという方向にいっているのは、非常に僕は間違っていて、やはりここのところでもう一回、藤村をはっきり評価し直さないと、日本文学のこれからのコースにも重要な問題を残すと思いはじめたんです。

臼井　はなはだ同感ですね。

野間　つまり藤村は近代文学でずっと出発していっていますが、近代文学ではどうしてもとらえきれないということですね。

情念の人、藤村

臼井　大ざっぱな言い方をすれば、藤村という人は情念の人だと思うのですよ。性欲というものには強烈な人で、その性欲に対して安心できないというところがあった。なにしでかすか自分にもわからんということで。だから規制するために、計画的になっていったんじゃないですかね。規制するけれども、みんな裏切られるということで、強い情念の人だったのではないかな。それで最後まで不安だったのではないかな。

野間　不安が残っていたと思いますね。最後はだんだん肯定しようというところにずっといってはおりますけれどもね。

臼井　僕は追求しているのは同じだと思いますよ。最初の「緑蔭叢書」に入っている短篇にしても、根本はみんな性欲だ。一つ残らず性欲ですよ。ですから田山花袋が「蒲団」というあんな……。

野間　あれはぜんぜん性欲なんかわからんという……。

臼井　性欲なんかちっともない。浮気のできそこないですよ（笑）。藤村のは性欲だもの。

野間　性欲があれだけ強烈だけれども、その性欲の場面は伏せているわけですね（笑）。

臼井　だからムンムンしているわけだ（笑）。性欲をアケスケに書けばそれはそれで終っちゃうけれども、アケスケに書かないからいつまでもこもって、生涯こもっちゃうわけだ（笑）。それが藤村の作品の一つの力になっているんじゃないかな。

野間　そうですね。藤村の力ですね。

臼井　性欲の問題は、ある時期にアケスケに書けばすんじゃうというような問題ではないですからね。

野間　藤村にはそういう意識があるのですね。それではじめはロマンチックなものでおおっていて、だんだんそれをはぎとっていきながら次に進んでいきますね。そうして父親のところまではぎとって、「新生」で出してくる。

臼井　母親の間違いというのをあまり書いていませんね。父親の間違いと母親の間違いとがダブっているわけだ。

野間　それと妻の間違いですね。

臼井　妻の間違いは「家」にも出てきますね。それと同時に自分も間違っているわけだ（笑）。だから性欲という問題は、これは一回恥をさらして書いちゃえば終るというような自然主義の観念としてのものではないわけですよ。父から母から自分から妻から、人間をがんじがらめにしているものとしてあるわけですよ。

野間　そこのところが、花袋とはもちろん違うし、例の泡鳴とも違う。

臼井　日本人は裸にして見せるのが好きだけれども、藤村の場合根が深いのだからどうしようもないのですよ。だからそれを簡単に出さないからといって、老獪《ろうかい》だとか偽善者ということにはならない。

野間　根が深いというところでルソーの「告白」にひかれてますね。ルソーは露出狂というか（笑）、大胆に書いて、これを見よというのだけれども。

臼井　それにいかれたのが自然主義ですよね。

野間　だけれども、ルソーの場合の意味と自然主義の意味とは違いますね。

臼井　違う違う、そこが一番問題だな。

野間　そういう面についての評価も、藤村は自然主義というようなことで評価されているんですね。自然主義作家には違いないし、出発もそうだけれども、自然主義でひっくくってしまうと、藤村は実に簡単なものになってしまう。自然主義の評価が低くなると、それだけで藤村の評価が低くなるのですね。

臼井　大ざっぱに見たって自然主義をはみ出ているわけですよ。

野間　とくに「夜明け前」は完全にはみ出ているということですね。

（昭和四十一年一月十七日　虎の門　福田家にて）

文学と実生活――「仮装人物」その他

広津和郎
江藤　淳

山田順子のこと

江藤　端的に言って、秋声という方はどんな感じの方でしたか。風貌といいますか、感じといいますか……。

広津　まあ、なんていうんですかね、自然児というのもおかしいけれども、藤村なんかとちがって、自分で自分をどう形作っていくかというようなことは、あまりしなかった人でしょう。それが往来を歩いていても様子に出ていましたね。わりあいにのんきな顔をして、そしてステッキをぶらぶら振りながら歩いていて、あんまり用心しないから山田順子みたいな穴ぼこにもおっこちるしね。そんなふうに、わりあいに警戒心なく人生をとことこ歩いていったという人でしょうね。

江藤　なるほどね。

広津　こういうことがありましたね。そのことは僕は前に書いたことがあるかもしれませんが、「新潮」の合評会がありまして、そのときに、志賀さんの「痴情」が合評にのぼったんです。僕があの小説をほめますと、いきなり徳田さんが、「こんな不道徳な小説。君なんか女に潔癖でないからこんなもの認めるんだ」こう言うんで、僕は驚きながら、おもしろいな、あまり人生に意見らしい意見をもたない徳田さんが意見もった、と思ったんだ。ふつうでいえば、志賀さんの「痴情」を不道徳と言える徳田さんじゃありませんからね。けれども相手が山田順子であっても、非常に真面目に秋声が恋愛しているんだなと思いました。

江藤　山田順子という女性は、もちろん先生は見ていらっしゃるでしょう。

広津　よく知っています。

江藤　ひと口に言って、どういう感じでございましたか、広津先生の目に映った山田順子というのは。

広津　この人が亡くなってしまったからといって、あとからあまり言うのもなんですが、しかし、どんな意味からでも、そうとるに足る感じではない人でしょう。だから、秋声がそういうことを起こしたということに、ちょっとびっくらしたんです。これには誰でもみんな驚いてしまったんじゃないかと思うのです。そういう人ですね。

江藤　「仮装人物」なんかを見ていますと、秋声の山田順子観は、非常に概念的に言った場合ですけれども、二つの面があって、ひとつは新時代の女性というふうに見ている。これは花袋の「蒲団」だってそうですし、恋愛するときは、中年の男、秋声の場合は初老といっていいでしょうけれども、そういう男が恋愛をする場合に、若い女性に新時代を見て触れることによって新時代をわがものにしたいという気持があるような気がするんですけれども。一方で、秋声はなかなかよく見ているようにも思います。東北の娘は、貞操なんか塵芥のように思っている、それを唯一の切り札だと思って、人生をおしわたっていくけれども、順子はそういうところを強くもっている野生の女だというふうにも書いておりますね。それはどういうんでしょうかね。

広津　それは、夢中になっても、あの人はやっぱり見てるでしょう、見てる点は。たとえば「仮装人物」のなかにあるんですが、なにか腹を立てて、そうして、「もうこない」とか言って外へ出て行く。出て行くとまた腹がたってきて、いきなり引っ返して行って、蚊帳のなかの順子の頭をコツンとたたいてまた出てくる。ああいうところは、自分というものを書いていて見落すところですよ。それがまるで人ごとみたいに見てるわけでしょう。自分をも女をも実によく見ていますよ。

江藤　最初のほうに、順子が別の恋人のところに行って帰ってくると、「風呂に入ってくれないか」と言うところがありますね。

広津　しかし秋声はある意味で山田順子をかっていたんでしょうね。宇野浩二が秋声のところへ行ったらば、山田順子がいて、秋声が「宇野君は文学論好きだし、君も文学論好きだから議論するといい」と言ったんだって。宇野は帰ってきて、「あ、あほくさ」と言ってました。

江藤　秋声の女性の好みは、順子みたいなタイプだったんでしょうか。

広津　そういうことになると僕にはわかりませんがね。

江藤　なんかちょっと異質のような気がしますけれどもね。秋声の作品を、「新世帯」あたりからずっと読んできてみると、なんか順子のところだけ付焼刃みたいな女が出てくるような気がするんですけれども、どうなんでしょうか。いわゆる茶の間小説というのを秋声は書いてきて、茶の間に妻君が坐っているということで小説が書けていたところがずいぶんあるでしょう。「あなた、今夜のうちに口をおあけになっておいたら」なんていうような面もあるし、プロデューサーみたいになってくれる面もあるし、実際に「黴」以来の書く対象としての夫人というものは、非常に重要だった。それがポックリ茶の間からいなくなったということは、秋声は困ったんじゃないでしょうか。小説を書けなくなったんじゃないでしょうか。

広津　小説を書けなくなったということは、どうかわかりませんがね。

江藤　実際問題として、時を移さずに〝順子もの〟がはじまっておりますね、年譜を見ますと。だれか茶の間に坐ってなくちゃ落着きが悪いということがあるんじゃないですか。

広津　それはわからないな。そういう考え方をしたことがないもんだから。ふだんの生活というのは、僕はあんまり知らないですからね。徳田さんを訪ねたということは、長いあいだに二度ぐらいのもんですからね。

秋声と自然主義

江藤　話がちがいますけれども、秋声が「黴」を書いたときに、夏目漱石が推薦して「朝日新聞」に載せさせたのは、たいへんおもしろいと思うのですけれどもね。白鳥先生なんかは、秋声という方が人に論争をいどむような、さっき広津先生のお話の、人生に意見をもつような人でない、ただ書いているということで、好感をもたれたのが一つの理由で、たとえばホトトギスの写生文から出た漱石が秋声の手固い写実というものに好感をもったのがもう一つの理由だといっておられますね。片や泡鳴は嫌われたけれども、秋声はわりあい好かれたということを書いておられる。私は今度の解説にもちょっと書いたんですが、ちょうど「黴」が朝日に連載されて、四年目か五年目かに、漱石が「道草」を書いているんです。これはやはり、夫婦がぎくしゃくする話で、漱石はそういうことだけじゃなしに、なにか積極的に秋声のああいう書き方に興味をもったんじゃないかと思うのですけれどもね。

広津　僕はいっぺん読まなければならないと思うんですが、漱石はぜんぜん知らないんです。

江藤　書き出しの文章なんかも「黴」と調子が似てるような気がしますね。ただ漱石は頭脳明晰すぎるくらいの人で、秋声はどっちかというと不明晰な頭脳の感じの人で、ただ眼が非常に特殊な、自分をつき放すことのできる、そういう特殊な資質をもった作家のような気がします。そういう感触はちがいますけれども、非常に似てるようなところがあるような気がするんです。ところで秋声が自然主義作家だという通念はどうなんでしょうね。

広津　日本の自然主義というものは、その定義からはじめなければならないんでしょうけれども、しかし、あのころ起こった自然主義というようなものでいえば、やっぱり自然主義じゃないですかね。

江藤　ただ、私はちょっと、よくわかりませんけれども、秋声自身が自然主義という文芸思潮をどのくらいに知っていたかということですが、そういうものをどの程度真剣に考えたか。

広津　作家というものは、あまりそんなことは考えないんじゃないかな。つまり、出てきた思潮というものは。あの人は、硯友社の時分には一種の外様《とざま》で、そういうことはさほど考えずにきた人じゃないですかね。

江藤　私もそう思うんです。比較的な問題ですけれども、田山花袋はやっぱり西洋のものを英語で読んだりなんかして、なんかあのころ島村抱月が帰ってきたりするということを小耳にはさんでいて、これでいこうというものはなんかあったかもしれない。泡鳴にもそういうことはあったかもしれないけれども、秋声は自然主義作家に花袋や泡鳴が通用するなら、自分は地で書けばいいという程度でしょうか。

広津　そんなこと考えないでしょう。それは評論家の考えることじゃないかな。秋声はそんなことあまり考えないでいたんじゃないですかね。

江藤　「新世帯」なんか書く前の秋声のものというのはあまり読んでおりませんけれども、あれからあとになると、がくりとかわったんでしょうか。

広津　やっぱり「新世帯」からかわっていますね。

江藤　「新世帯」を書いてみたら、自分のいちばん身に合った、これをこう書いていけるものというふうに、鉱脈に触れた感じでしょうね。鉱脈に触れたというか、示唆《しさ》を与えたのは、周囲の自然主義の風潮でございましょうね。

広津　それはそうでしょうね。

江藤　あれは高浜虚子が書かせたんですか。

広津　そうです。やはり漱石とか虚子とか、なんかいいながら、あの地味な秋声を認めていたわけですね。

江藤　ある意味では、非常に公平に認めていたわけですね。

広津　ええ、そうですね。

江藤　秋声のほうは、漱石とか虚子というのは、あまり付き合ったことはないんでしょう。

広津　そうでしょう。僕はあまり知らないんだけど。

江藤　なんか求めて人と付き合うという感じもない人ですね。

広津　いや、そうでもないでしょう。藤村なんかとちがって、来るものはちっともこばまない、去るものは追わないような人でしょう。

江藤　晩年には、ずいぶん人が集まったらしゅうございますね、秋声の周囲は。

文学統制のころ

広津　秋声のおもしろいのは、これも「群像」に書いていますけれどもね。昭和十一年、斎藤内閣のときに、警保局長だった松本学が文学統制に乗り出したんです。後で松本氏が白状したんですけれども、宗教の連中を集めて、それで宗教統制というものができたつもりになり、それから教育家を呼んで教育統制というものができたつもりになって、次に文学統制に出てきたわけですよ。斎藤首相に話をしたら、それは結構な話だというんで、作家たちを呼んだわけです。そうして「この集まりを私設の文芸院という名にしたいと思います。元来国家がもっと文学のためにつくさなければならないのですが日本では文学に対して政治家があまりに冷淡でした。それで、いま国家のそういう方向への機運を促進するために、私設文芸院を作りたいのです」と言ったときに、徳田さんがいきなり、「日本の文学は庶民から生まれ、庶民の手で育った。いままで為政者に保護されたことはないし、いまさら保護されるなんていわれたって、そんなもの信用できないし、気持が悪い」それに「日本の政府がいま文学の保護に出てくるほどの暇があるはずはない、そんなことは信じない」と間髪を入れずそういうように言ったんで、松本学はこれはなかなか文学の統制なんてできるものではないと、方向転換をしたわけです。名も文芸院はやめて、文芸懇話会という当らず障らずの名にして、意味もない会合を続けることになりましたが、そのうちその会で、どっからもってきたのか、金があるので、「文芸懇話会」という雑誌を作ろうということになった。そのとき島崎藤村がおだやかに、「松本さん、お台所のほうはどうぞあなたがおやりください、しかし編集のほうは私どもがやりますから」と一本釘をさした。これは内務省の御用雑誌にされないためです。こういう急所急所でびしっと言うべきことを言う点で、やっぱり明治文壇の藤村・秋声はえらいと、そのとき感じたんです。

江藤　「縮図」が執筆できなくなったときというのは、どんなふうだったんですか。

広津　あれはだいぶ内務省あたりから「東京新聞」に圧力がかかったんじゃないですか。「縮図」を中止したのち、病気になられたので、それで訪ねたことがありますが、「いやがられいやがられ、八十回書いたのは痛快でした」と秋声さんは言っていました。あと百枚とかいくらとか書き足せば完成するからそれだけなんとか書いておこうと思うと言ってましたけれども、とうとう気力がなくて書けなかったのでしょう。

江藤　そうですね。やっぱり花柳界ものだからということですか。

広津　いや、そういうことじゃなくて。あのころはもう無茶ですからね。花柳界ものというのもいけないでしょうし、なにしろ、時局をわきまえない小説だということでしょう。

江藤　「縮図」を書いたころの秋声の実生活というのは、非常に安定しているというか、心理的に安定して幸福だったんじゃないですか。

広津　わりあいに、山田順子のときとはちがって、落着いた生活をしていたんでしょうね、気持が。

江藤　川端さんだったか、白山の芸者屋を訪ねたら、徳田さんがソロバンを入れて抱えっ娘《こ》の玉代勘定をしていた、甚平なんか着て。たいへんそれが間尺に合った感じだったという。吉屋信子さんの回想だったかもしれません。とにかく秋声はいい状態だなと思ったというのがありましたね。野口冨士男さんの秋声伝に出て来ますが、わかるような気がしました。

秋声文学の特徴

広津　あなたが新聞に書いていたけれども、秋声には文章のおかしいところも出てくるんです。だけど小説としては、「縮図」の前の「のらもの」なんていうものは、僕はうまいと思う。部分を切ると、文範にもならず、意味をなさないが、それがまとまってみると、ぬきさしならない作品になる。切ってみると絵具とカンバスのはしきれに過ぎないが、成り立ってみると立派な絵だ。部分は全体を生かすものであって、部分には意味がない。そんな感じです。それから晩年の秋声の短篇から「縮図」にかけて、僕はモラルにとらわれない自由さにうたれる。僕なんか何かいやらしいモラルに突きあたってあぶあぶするが、そこをするりと抜けていく。僕は晩年の短篇は非常に買うんですがね。「死に親しむ」とか「金庫小話」とか、あの一連のもの。

江藤　「死に親しむ」は融通《ゆうずう》無《む》碍《げ》という感じですね。

広津　ええ、融通無碍ですよ。「死に親しむ」で医者がいるでしょう、遊び人の。しまいに癌かなんかで死ぬわけだけれども、あの医者が主人公の息子さんといっしょにダンス場から帰ってきて、「女はけっきょく金だよ」というようなことを言うと、話を聞いていてだんだん腹を立ててきた主人公が、医者を怒鳴りつける。ああいうところは実におもしろい。息子がダンサーに惚れたということには、困ったもんだとふつうの親が考えるようなことをなんにも考えないで、ああいう弱い性格で恋愛なんかにどうしているだろうと考えている。そういう親父なんだ。

江藤　親父とか息子とかいうことをやめたんですね。

広津　道徳の向う側みたいなところに入っちゃって、無道徳ということで、不道徳じゃないんだ。そういう世界に入っていって、つまりいろんな型を崩しちゃって、あんなところへ出ていった人というのは、わりあい少ないですよ。とくに近代文学はみんなモラルとの戦いだけれども、それをするりと抜けて……。こういうところは僕は驚きかつ感心しているんです。それから前の「仮装人物」の場合にも言ったが、その眼ですね。「未解決のままに」なんかも女の問題で、話がすんだつもりでいると、隣の部屋で奥さんがいきなり枕をパッと壁に投げつけるところなぞ、見落すところだけれども、ものの急所ですよ。どういうんですか、書いているうちに出てくるのか、見てるものが書いているうちに出てくるのか。見ておいてこう書いてやろうと思っているわけじゃないでしょう。

江藤　そうじゃないでしょうね。自然に出てくるんでしょうね。あれは資質ですね。

広津　資質です。文章のおかしいところはあなたの言うように、ありますがね、てにをはが。

江藤　途中で主客が狂っちゃったり……。

広津　そうなんだ、途中で受身になっちゃったりね。

江藤　「黴」の書き出しなんかだってすごいでしょう。長篇の書き出しは、作家はだれだって多少は構えるところだけれども、のっけからずけずけと書いていっちゃって、それで主客は狂う、てにをはは狂うで、平気で進んでいっちゃって、それでなんともいえないリアリティがあるんですからね。不思議な人ですね、秋声という人は。

広津　いろいろな頭のいい人はいるし、学問をもっている人はいるし、才能とか文才とかのある人はいろいろいるけれども、秋声はそういうもので点をつけてみたら、それほどいい点じゃないかもしれないけれども、できあがったものを見ると、なんともいえない、ぬきさしならないものができているんだ。だから、怠惰までが彼を育てている。怠け者、勉強と反対のものまでがみんな秋声を育てている。そういうところがありますね。

江藤　作家として、仕事をするという面では、秋声は勤勉な方だったんじゃないですか。

広津　勤勉だったほうですね。あの明治の秋声と藤村を考えると、やはりえらいですよ。最後まで書いていますね。病気で倒れるまで。内務省からなんとかいってきて、やめるまで書いている。藤村もね。藤村というのは、まるで末期も藤村らしく作ったような最後だけれどもね。文章の途中でばたっと、コンマを打って、そのまま脳溢血というのは、そこまで藤村が作ったかという感じで（笑）。

江藤　藤村はいつでも自作自演みたいなところがあるから。

広津　最後まで作ったんじゃないかと思うんだ。

江藤　ここで死のうと思って、ここまでいって死んだのかもしれないな（笑）。私は最近の小説は、月評をやっている関係で毎月ずいぶん読んでおりますが、うまい小説、おもしろい話はいっぱいありますけれども、最近の小説家に共通している性格というのは、まるで秋声と反対だと思います。秋声的な稠密さといいますか、ああいうものが一本欠けているような気がしますね。

広津　僕は怠けものだから、読んでいないけれどね。

江藤　秋声のものは、非常にドラマチックなことを書いていても「話」にならないですね。不思議にならないですね。さっきおっしゃったように、人生の絵という感じがあって、どれも一篇の作り話という感じはぜんぜん残さないですね。「チビの魂」みたいなものでも残さないですね。ほんとうに、どっかの芸者屋の台所にあがりこんで、養女のきたのを見てるような感じがしますからね。

広津　しかしおもしろい人ですよ。

江藤　どうもありがとうございました。

（昭和四十一年七月六日　熱海の広津和郎氏邸にて）

正宗白鳥

伊藤　整
大岩　鉱
中島河太郎

白鳥文学の出発

伊藤　今日は私の方からお願いして、お二人においでいただき、ありがとうございました。私、引出し役として……白鳥の初期の作品の性質、本来どういうものを書いていられたか、という話から入っていただいたらいかがでしょうか。最初は小説を書く気はなかったのですね。

大岩　なかったというのですね。だが、尾崎紅葉などを非常に勉強しまして、そういうものを試みたのじゃないかという気がするのですが、それから「万朝報」の懸賞小説に応募して落ちたので、それで自分であきらめて書かなかったんですね。初期のものは、「寂寞」など後藤宙外にすすめられて筋のあるものを書いたわけで、やはり、硯友社の流れを汲んでいるのでしょう。あと二年ほど間がありまして、「旧友」なぞ書いたのですが。「二階の窓」でしょう、独歩の影響を受けたような、あっさりした自然の描写みたいなものは。

伊藤　私はそういう経過を、主として大岩さんの本で勉強したのですけれども、白鳥さんは「何処へ」というような作品のタイプを、どこから掘り出してきたか、ということ。独歩じゃないかというのは非常にうなずける話で、白鳥自身書いていらっしゃるのですね。

大岩　書いていますね。

伊藤　大変面白いところですね。独歩という人は、代表的な作品を見ても、本当はそれまで世間で考えていた小説を書いた人じゃないのですね。作者の感想みたいなものを小説だといって持ち出して、それが新しかった。それを引き継いだのが白鳥さんだというふうに思われますね。

大岩　そういうことですね。独歩の影響は非常に受けているわけです。自分はだめだ、小説家の素質はないと思っていたのが、これが小説で通るならということで、自信を深めたわけですね。

伊藤　今ではわれわれもそうかと思うのですけど、実は白鳥さんが後輩に与えた影響は大変だったらしくて……青野季吉さんがそうおっしゃってました。中学の上級生のころ「独歩集」を読んで、それから白鳥の影響を受けて、ニヒリズムといいましたかね、抜け出すのに非常に骨が折れたというから、当時の若い人たちは、深刻な影響を白鳥から受けたようですね。

大岩　そうらしいですね。が、同時に白鳥を論ずる場合、ニヒリスト白鳥を処理せねばならんかと思いますが、白鳥の本質はニヒリストじゃないですね。ニヒリストの定義にもよりけりだけれども。

伊藤　白鳥さんについて私が前から考えていたことの一つは、白鳥さんは口でおっしゃるほど冷酷な人でないし、口でおっしゃるほど俗念のない人でもない。

大岩　そうですね。

中島　正宗さんのお書きになったものは、そのままは信じられない。

大岩　そういうところがありますね。

中島　先ほどの小説の書きはじめだって、自分は書く気はなかったといいながら、若いとき随分小説を読んでおられますから、書く気はあったと思うのです。独歩に触発されてお書きになったというのも、一種の説明があとからついているのじゃないかという気がしますね。

伊藤　宙外が書け書けというから書いたとか……。

中島　そういう式になるわけですね。

伊藤　いつも頼まれたから、とおっしゃるのですけれどもね。しかし「読売新聞」の文芸欄の担当記者は、大変な地位なんですね。

大岩　当時の檜舞台のプロデューサーですもの。

伊藤　読売の文芸欄でどう扱われるかということで、文士の地位が変わっていくくらいの重要なところですから、白鳥さんに対するご機嫌うかがいみたいな意味で、書かないかという気配が十分あるはずなんですね。ある意味で非常に有利な立場にあった。そのことは一ぺんもおっしゃったことはないと私は思うのです。

中島　事実はそれを背景にして自分が文壇に出ておられるわけですから……。

キリスト教と文学

中島　それは何ごとにつけてもそういうことは絶対おっしゃらない方で、いちばん最後に出ました「一つの秘密」だって、一種の思わせぶりですね。

大岩　私もあの問題は、頭の中に何かあったことは事実だろうと思うけれども……。

中島　あるかどうかも疑問ですね。

大岩　正宗先生はいつも言っていらしたけれども、頭の中にあることを書く。けど、次の瞬間には変わっていましたよ。僕も随分だまされました。たとえば「今年の秋」のしまいの敦夫さんの洗礼の歌があるでしょう。「押しつけ洗礼にしても……Aの方が仕合わせか」というような、あの時にはえらく信仰は進んでいるわけでしょう。ところが全然押しつけ洗礼であって、自分はキリスト教とは全く無縁だというふうですね。

中島　僕はそこは大岩さんのお考えと違うので、信仰を回復していなかったろうという気がしますね。最後のキリスト教の回心というのも、あれほどはっきりキリスト教を捨てた捨てたといって悪口を言われている人が、最後の土壇場で回心を言ったら、それじゃキリスト教信者というのは、ずいぶん虫のいいものだと思いますよ。

伊藤　その問題は大岩さん、意見があると思いますが、その前に私から言うと、白鳥が死にかけているでしょう。植村女史が側についているが、この人は、さぞお父さん（植村正久）の心を通したいのだろう、と白鳥は考えてやる。イエスは、私のした悪いことも、悪口もみんな許してくださると思います、アーメン、と言えば、この女史はこれでいいだろうと思ったのじゃないか。軽蔑でもなんでもなく、人がそう思えばそれでいいと思ったのじゃないか。

大岩　それはよくわかりますね。

中島　「西園寺公の心境」の中にあるように、人間というものは妻の影響を非常に受ける。西園寺公が最期まで聡明だったということが、奥さんがなかったせいだということは、裏返しすれば、白鳥さんが結婚されてから六十年間、子供もないし……その奥さんがキリスト教の熱心な信者ですから、いちばん心にかかることは奥さんのことだったと思うのですよ。その奥さんの気持に対して最後あれで答えられたのだと思いますね。

大岩　僕はいろいろ誤解があると思うんです。たとえば臨終にアーメンと言ったということは、事実と違うと思うんです。そこは一つ大きな問題点ですね。けれども、白鳥がクリスチャンであったということは、病床日記の中にもあるし、まずその前に必然性があるということです。気が弱くなって、その時にアーメンという気持になったということではなくて、白鳥はそもそも、人間の生命はこの世限りではつまらないというあの気持……。

伊藤　子供のころ寺で見た曼陀羅……。

大岩　その気持がずっと続いていますし、植村先生のところにもかなり深入りしてますよ。独歩なんかとは違いますよ。そして世に出て来てのいろいろなことがある。そういうものをずっとたどりますと、やはり行き着くところは……必然性があるということです。

伊藤　それはありますね。

大岩　キリスト教では、そういう例が非常にありますわ。昨日、今日に始まったことではない、子供の時からのつながりで、最後にふんぎって飛び込んだということですね。もう一つ、僕が重視していることはクリスチャン・マインデッドになっておったということです。その一つは、みんなにあやまったということです。アーメンという言葉でなくて、キリスト者共通の気持になっているということですね。随分キリスト教を捨てたと言ってましたよ。それは、教会や祈禱会へ行くことをいっているので、心の中で捨てているのじゃないと思いますね。

中島　キリスト教に関心があったことは、一生関心があった。それとは違うと思うのですよ。あの前に室生犀星が死んでいる。葬式に行ったけれども、あれは無宗教葬で、もの足りないと言っているわけですよ。それじゃ、自分の時に、仏教か、神道か、キリスト教式かといった場合に、白鳥としてはずっと聖書は読み続けていたのだから、どれで葬式をやるかといったら、それはキリスト教でしょう。僕はそういう意味のキリスト教であって、本当の回心とは違うと思いますね。「文学生活の六十年」という最後の講演では、まだ南無阿弥陀仏というかアーメンというかと言っている。

大岩　ああいうことをいうんですね。

中島　それを言うということは、本当の信者ではないということですよ。本当の信者だったら、はっきりアーメンと……。

伊藤　この問題は大変微妙だけれど、解釈のしかた、その他読者にまかせたほうがいいと思いますね。

作品をめぐって

伊藤　私はこんど「入江のほとり」とか「牛部屋の臭い」、こまかく書いた「死者生者」とか、ああいう初期の終りのほうのものを読んでみたのですけれども……。

大岩　「死者生者」はいいですね。

伊藤　丁寧に書いてありますね。徳田秋声の「新世帯」のような設定ですけれどもね。店を出す夫婦者と、田舎から呼んだ親戚の青年、女中など、非常に細かい材料を書き込んでいる。それでこれらの小説を書く時には、「牛部屋の臭い」もそうですが、客観的な風俗小説とか、客観的な短篇小説をちゃんと書く折りには、小説を書くんだぞ、書けるんだぞということで、その時の自然主義的な文学のスタンダードの小説を本当に書こうと思って努力しているのですね。「微光」でもそうですね。うまくいっていますね、非常に。しかし私は、この一連の客観的小説がどうも満足できないのですね。これは立派だけれども、秋声でも書けるし、その時の標準小説ですよ。

中島　なるほど。

伊藤　それに対して「何処へ」ですが、あれは変な小説ですよ。浮いているような、あの生意気というか、容易に人を許さないでいる、気位の高い、つっけんどんな冷酷な感じ、あれが面白いのですよ。味なんです、白鳥さんその人と通じている。

大岩　通じていますね。

伊藤　それが、本当に困って、小説をやめるような気持で洋行から帰ってきて、批評なんか書きはじめた時の味と共通なんですね。批評において威張っているけれども、あまり人を扱うのに馬鹿な扱いもしない。しかし、自分の誇りとか見識をしっかり持っていて……そういう味が外国旅行の中の「髑髏と酒場」あんなものにもあるし、あの時期の外国生活を書いたものには漂ってますね。意地の悪そうな、冷酷そうな、しかし何となく気を配っている主人公が出てくると、ああ白鳥がここにいるというので、ものがうまくできていなくても面白いのですがね。そこのところが、小説書きとしていいものも書いているけれど、やはり意見というかな、作者の人柄を出したもののほうが面白いと思われる。

中島　結局、白鳥というのは、小説家としては一流じゃないような気がしますね。

伊藤　私もちょっとそういう気がします。

大岩　私は、おっしゃることはよくわかりますがね、「死者生者」というのは、町内の八百屋かなんかの言ったことを聞いて書いただけですけれども。ともかく一種のリアリズムというんですか、リアリストとして頂上まで行ったわけですね。けれども次の大正以後「生まざりしならば」とか、そこへ行く過渡期の状態が出ていると思うのです。それはどういうものかというと、やはり生に対する執着ですね。「牛部屋の臭い」のおばあちゃん、「死者生者」の死ぬ人の執念、ああいうものはリアリズムから、もう少し別の世界の死とか生とかにつながっていると思うのです。そういう眼ですね。秋声とか志賀直哉の眼と、白鳥の眼は違うと思うのですよ。深みを見る眼、根源的なものを見る眼が現われていると思うのです。志賀直哉の「城の崎にて」の鼠のあの光景、ああいう眼を見ても、死とか生とかいうものは考えん。ただ可哀そうな一種の描写だけですわね。

伊藤　そこはまた問題があるけれども……（笑）。

大岩　そういう画家の眼というか……。
伊藤　小林秀雄は画家の眼とか言っていますが……。
大岩　そこは白鳥はもっと深みを見る眼を持っている。彫刻家の眼というか。そこに特色があるのじゃないかと思うのです。
伊藤　その意味からお読みになるとそういうことになるでしょうが、小説のパターンから言いますと、「牛部屋の臭い」とか「死者生者」は、あの時代の小説の型なんですね。
中島　小説らしい小説というのは、だいたい大正で終ってしまいますね。昭和期になると、もうエッセイと言ってもいいし、小説と言ってもいいし……。

白鳥文学の本質

伊藤　いつも白鳥さんの顔が前に出てきますね。小説をうしろに引きずっているようにして……。
大岩　大正十年ですか、「人さまざま」が出ますね。あのあたりから、ありのままを書けばいいということになったのでしょうね。非常に実存的になる半面、随分いろいろな人生の感想が入っていますね。
中島　その点では「迷妄」というのが一番……あのへんから大きく変わっているのじゃな

いですか。

伊藤　何年ですか。

中島　大正十一年です。

伊藤　そうすると、大震災のころ大磯へ行くのですか。

中島　いや、大磯で震災にあうのです。そのあたりから変わってくる、本を一生懸命に読んだ。

大岩　主観的になったという言葉で言っていますけれど、どうも眼がそのとき変わってきたですね。リアリストの眼から縦に見る眼というか、リアリストの眼といわゆる実存的な眼と……後者が非常に色濃く出るようになっている。形而上的な眼というか、そういうものが出ている。それで作品とすれば……。

伊藤　形が変わってくるというわけですね。そうですね。そこは秋声さんだと、最後まで「死者生者」のような型の小説も書き、自分のことも書き、両方で行きますがね。白鳥さんは片方を捨ててしまって、結局われわれに残したイメージは、白鳥哲学というか、白鳥思想というか、それが前へ出る人だと思いますね。

中島　そう思います。ですから、小説家としてはわりに、造型力は乏しかったのじゃないかという気がします。白鳥の小説というのは一篇だけを読んだって面白くない。あるいはエッセイだって、一篇読んだだけでは面白くない。白鳥は全体を読んでみてはじめて、小説なりエッセイの一篇が生きてくる。ほかの作家のように、ある一つの代表作があったり、一つの感動させるものがあって、これはうまい作品だとか、立派なエッセイだといえるものはない。白鳥全体を通して読んでみると、この一篇の小説とか、一篇のエッセイの位置がわかってくる。それを一生書き続けた人なんですから。そういう意味では普通の作家と同列に律するわけにはいかないと思うのです。

伊藤　今のご意見、私も賛成ですが、白鳥の世界というものがあって、それが白鳥さんに会うことによって出来る世界だと思うのです。亡くなられたことが非常に残念ですが、かなり白鳥さんを見て、そのお話を聞いた人がいるわけで、一回会ってから読むと、どれも白鳥だと、まじりっ気なしに純粋の白鳥がわかる。粗末に書いてあってもやはり味がある。そういう人であったので、その世界にとりつくには、これからの読者は、エッセイのようなものとか、何か入り方があると思うのです。

大岩　いきなり作品をぶつけて、食いつくものではない。

中島　どれも同じなんです。

伊藤　だから非常にぜいたくな芸術の味わいということになるのではないでしょうか。

中島　やはり小説家という面よりも、それほど卓抜した思想があるわけではないから、思想家という言葉が妥当かどうかわかりませんが、思想家とか文学者とか、何か包括した名前で呼ぶべきであって、単なる小説家ではないような気がしますね。

伊藤　今のところはまだ日本の……いわゆる日本の文壇では、小説が独立し、さらにだれにもわかるような、完全な世界を世界の中に成立させていることを尊しとする。

中島　そうなんですね。

伊藤　それが本当の文学であるかどうかは、必ずしも断定出来ないのではないでしょうか。

大岩　そうですね。白鳥は、私は「日本脱出」をどう評価するかということに、もう一つ問題が残ると思います。

伊藤　あれはわかりにくい作品でしたが、あなたにどういうイメージを与えますか。

大岩　「天使捕獲」がデッサンだと思いますね。これまで彼が読んだものなど皆ぶち込んでいますけれど、下敷にしているのはシェイクスピアの「テンペスト」だと思うのですが。ともかく「お伽噺《とぎばなし》」として読まないと……。

伊藤　ダンテじゃないですか。

大岩　ヒントは、どうも「テンペスト」と……。

伊藤　親切な著作家ではないが、非常にショッキングなイメージ、題も使うので、「天使捕獲」というのは、古典の絵にあるような、素晴しい題ですけど。

中島　僕はそういう題はジャーナリスト的だと思う。

伊藤　ジャーナリストでもあるけれど、その前に何かあると思うのです。非常に奇怪なものが。激しい着想力のある人ではないか。非常に天才的だけれども、その着想をちっともていねいに書かない、投げやりなんですね。日本の文壇では投げやりである作家は玄人にはいいけれど、一般読者には駄目なんです。

中島　僕はエッセイの形をああいう小説になさったところに失敗があるような気がしますね。

伊藤　つまりあの人は三十歳代までは我慢強かったけれど、「死者生者」あたりから、いつでも俺は俺でいいんだという……考えを持った。あれはどういうきっかけですかな。

大岩　自然主義の影響ではありませんか。自然主義の盛んなころは、彼の筆は非常にきちっとしてますけど、崩れかけたというか、ようやく自然主義が解ってきた……。

中島　第一次大戦以後、エッセイストとしての評価を受けますから、小説の方は造型がなくてなおざりであっても、名声で通るという、あそこからほとんど短篇になってゆきますね。気楽な感じを起こさせたのではないか。

伊藤　自分の思想をぶっつけることができたので、藤村を別にすれば、他のどの自然主義作家よりも現代の呼吸をしていたということはいえますね、死ぬまで。

中島　小説を書いて先生にみてもらうという、門下生ではないからフレッシュです。そこから新しいもの、旧文学にないものが始まった。それが先ほどの青野さんたちに大きな影響を与えたのではないですか。それに、あれほど人生とは何か、文学とは何か、死とは何か、一生続けて答えが出ないことを、繰り返し繰り返し書いた人はいないのじゃないですか……。

伊藤　文壇の人間のやることを、たいてい見すかしてしまったのですよ。つまらんと思ったところから、あの人の面白味が出てきた。

中島　僕らの面白いのは、白鳥節を聞くことであって、何か一つということではない、ひとかたまりの白鳥でいいのですな。

（昭和四十三年一月十六日　紀尾井町　福田家にて）

啄木・子規・虚子

ドナルド・キーン
山本健吉

日記・随筆のこと

キーン　僕は解説の中で非常に逆説的なことを書きました。「けれども、啄木はしあわせな人だった」と。今まで私の読んだ限り、たいていの人は啄木をふしあわせとか悲劇的な存在というふうにとり扱うんですけれども、伝記を読むとあんなに友達にも、ものを発表する機会にも恵まれた人はちょっといないと思うんですが。

山本　私、キーンさんの解説を拝見しまして、啄木はなにかいろんな面で大人《おとな》になりそこなっていたということをいわれていましたけれども、それは事実だと思いますね。ほんとに返すあてもないのに誰にでも借金をして、結局返していない。宮崎郁雨《いくう》とか金田一《きんだいち》京助とか、ほんとうに何度裏切られても金を貸してやるというような友人がそばにいたんで、その点では非常にしあわせですよね。それで石川啄木のあんなでたらめな生活を許していたんですから。啄木には生活上の責任感というのがありませんね。

キーン　全然なかったでしょう。日記の中でも、小説家になるために、どんな友達でも犠牲にしてもいいと、はじめにいちばん親しい友達の金田一京助を犠牲にしようと思ったとありますが、あれ僕はどんなに考えても、ちょっと日記につけられないんですがね（笑）。

山本　だから伝記作家は、たいていその点で啄木を糾弾しているでしょう。啄木は、たとえば妻子を北海道の宮崎郁雨に押しつけちゃって、自分ひとりで東京へ出てきて、そしてローマ字日記にあるような、あんな放蕩三昧をやっているんですからね。あのローマ字日記を啄木の傑作であるということをおっしゃっていますが、結局あれをどういう意味で感心なさったんですか。

キーン　私たち現代人は昔の文学を読むと、何よりも私たちに似たような人物を探すでしょう。もし「源氏物語」が現在でも非常に読まれているとすると、やはりふしぎにも、あの小説の中に私たちに訴えるような存在がいるからだと思うんです。要するにその筋が面白いからとか、または構造が上手だからとか、または描写がたいへん巧みであるからとか、そういうことじゃなくて、人物が私たちとなんとなく関係があるから、非常に好かれているんだと思います。しかし江戸時代の文学を読むと、私たちと共通性のある人物はほとんどないと思うのです。私は近松を訳してきて、非常に好きですけれども、近松を読んで共感を感じたことは、ほとんどないんです。明治文学になっても、はじめのところはだいたいそうだと思います。しかし啄木となると、ふしぎにあの人は現代人です。そしてこの啄木の作品の中でいちばん現代的に見えるのは、ローマ字日記だと思うんです。短歌にも、やはりすばらしいものがあると思いますけれども、文学の見方として正しいかどうかわかりませんが、ローマ字日記を読むと啄木という人間が、いかにも現代的であったという実感があって感心しました。

山本 ローマ字日記を読んで、啄木が現代人であり、その点で共感を覚えるというのはよくわかります。私もそれに似た感じを受けるんですけれども。しかしあの当時は自然主義文学の時代で、ああいう赤裸々なことを告白するということが、文壇の、ことに若い時代の文学者たちの一般的な傾向だったわけですね。その中で啄木は、小説の上では自分の私生活を告白していることはあんまりないと思いますけれども、日記の中でそれをやっている。そうすると、当時の自然主義の小説家たちの小説よりも、啄木の日記のほうが傑作かどうか、その点をちょっとおうかがいしたい。

キーン 私は啄木の日記を読んで、啄木の個人的な経験が赤裸々にあらわれているから面白いと、もちろん思っていますけれども、そのためだけでローマ字日記が面白いとは別に思わないんです。やはり山本先生がいわれるとおり、当時の自然主義文学にも同じような傾向がありますけれども、啄木は、思想的な面でも、あくまで正直です。自分は嘘つきだということがわかって、またはいろんな、あるかないかわからないような夢にとらわれているということに気がついて、どうしてもそういうような夢から覚めたい人間だ、というふうに自分を書いたのは、僕は面白くほんとうにすばらしいと思うんです。つまり客観的に自分を見るということです。私の読んだ限り、自然主義文学の中にはないものです。ものの見方、姿勢、あらゆる面で非常に高くなるといいましょうか、いろんな角度からものを見ているものですから面白いんです。

山本　それはわかりました。ローマ字日記というのは、戦後まで函館の図書館に保管されていて誰も読むことができなかった。それが公開されますと、こんど啄木がああいった告白をしているという面で、読者が興味を持つわけです。私はそれが非常に不満なんです。少なくとも文学者、詩人としては大したことじゃないんで、キーンさんが、そこにあらわれている啄木の真実、そういうものに共鳴されているということはよくわかりました。しかしやはり小説と日記は違うんで、小説にはそういうふうな正直さというものはないかもしれないけれども、別の、たとえば徳田秋声、島崎藤村の小説というものには、あの人たちなりの真実が出てるんで、ちょっと比較できないような気がするんです。

キーン　私もそれには賛成ですね。

山本　正岡子規の場合には「病牀六尺」あるいは「墨汁一滴」「仰臥漫録」ああいったものに、キーンさんは非常に興味をもっておられる。やっぱり日記ですね。一応私は、啄木の場合、歌や詩よりも日記が面白い、あるいは子規の場合に、歌や俳句よりも随筆が面白いというキーンさんの受けとり方を納得するんですよ。しかし、そうばかりもいっていられないという面もあるんじゃないか……。

キーン　それは確かにそうです。もしも子規が俳句・短歌をひとつも詠《よ》まないで、日記ばかりを書いたとすれば誰も読まないでしょう。

啄木短歌の魅力

山本　そうですね。啄木の場合はいっそうそれがいえるんで、啄木というのは、あの三行の短歌がいつまでも青年の渇仰のマトになっているんですけれども、啄木の偉さというものを論ずる場合には、短歌論がやはり中心になるような気がするんですね。

キーン　啄木は十八歳の時に東京に出ましたね。その時はまだ、明星派だったんですが、新しい調子の歌を書きだしたのは、その二、三年後じゃないですか。

山本　作りはじめから与謝野晶子《よさのあきこ》の模倣ですね。新詩社というのは非常に詩歌にお化粧をして、そして脂粉の香が漂っているような詩、つまり自分の生の人間性というものがあらわれないで、なにかこう固い鎧《よろい》を着けたような姿で詩というものを作っちゃう。啄木は五、六年間はその中で生きて、そして結局それがいやになって卒業しちゃった。ほかの大部分の青年たちは、いやにならなかったんですけれども、啄木だけはいやになったというところが、やはり啄木の偉かったところじゃないですか。

キーン　そうですね。

山本　啄木調というものができたのは、はっきりいつごろからかわからないけれども、四十一年ごろ、北海道から東京へ帰ってきて、与謝野夫妻の短歌会なんかにも出るんだけれども、ちっとも情熱をもって歌を作れない、結局まにあわせのふざけたような歌をつくる。これが私は非常に面白いと思うんです。そのふざけた歌の中から人生の真実というものに触れるような歌が出てきたんですね。啄木は「きょうもまたへなぶってやった」てなことで、「へなぶり」という言葉を使っておりますね。

キーン　そうですね。たしかに、ローマ字日記にも、そういう場面が描かれておりますね。またふざけた苦味のある短歌が、いちばん啄木らしいでしょう。

山本　ええ、ふざけた中から出てきたのが、嘘から出たまことのようなもので。

キーン　そうそう。

山本　芭蕉が開眼するきっかけも、あんなふざけのめし、しゃれのめした中で、なにか人生の寂しさとか、真実というものを見出してきて、「古池や蛙とびこむ水の音」なんて俳句を作るようになった。あれと似たような関係が、やはり啄木にあるような気がするんです。

キーン　しかし啄木の場合、それと同じ過程があったとすれば、ふしぎに早かったでしょう。芭蕉の場合はもっともっと時間がかかったですが。

山本　そうですね。

キーン　啄木の英訳はかなり昔からあって、坂西志保さんなどの英訳書が出たのは、もう三十年ほど前でしょう。ボストンで出ていましたがね。そのあと何回も英訳書が出ましたけれども、やっぱりみんな甘いような翻訳ばかりでした。今度私の学生の翻訳が出たのですが、これは全然甘くない、酸っぱいような翻訳で、ちょうど啄木にいいと思いました。あくまでも現代語的で、いわゆる詩的な言葉でないんです。現在啄木と同じような年齢の人が使いそうな言葉ばかりです。だから読むと非常な迫力があるんです。今までのものは、甘さとか、センチメンタルな面が目に立ったんですが、今度の翻訳は、とにかく私が尊敬する啄木に近いんです。いつも涙とか悲しみとかいうところには、あまり感心しなかったんですけれども。

山本　面白いですね。つまり啄木の解釈というものが、アメリカでもずいぶん進んだということなんですね。日本でも啄木の死後、ほとんど半世紀にわたって、青年の文学で、ずっと青年に愛好され続けてきたんですけれども、大人になるとまた、なにか面白くない、つまり卒業しちゃうんですね。どうも啄木のセンチメンタルな、今キーンさんのおっしゃった涙とかなんとかという面が記憶されてて、そういうものがいやになっちゃう。その点だけが強調されるが、啄木の真価はそういうものじゃないと思いますがね。

近代人と現代人と

キーン　僕はちょっと書きましたけれども、啄木を読むと明らかに現代人だと思うんですが、子規は現代人でないと思うんですね。

山本　近代人ということですか。

キーン　近代人になりますね。わずか十年間の隔たりしかないんですけれども、全然違うようなものの見方でしょう。特にどんな外国の文学を読んで感心したとか、日本の文学でどんなものがいいとか、ああいうことを読むとまったく違うんです。啄木は明らかに二十世紀の人間で、二十世紀の文学を読んでいたんです。啄木が読んでいたヨーロッパ文学は、だいたい同じころのヨーロッパ人が読んでいた文学だったでしょう。子規の場合は、百年ほど前の文学を読んでいたんです。

山本　子規と同時代でも、たとえば夏目漱石なんか子規に比べると、ずいぶん新しいものを、といっても十九世紀のものですね、十九世紀のものを読んでいましたけれども。子規の場合は語学力もそれほどなかったし、外国文学をそれほど読む力というものはなかったんで、フランクリンの自伝を読んだということをキーンさんは書いていましたね。ああいうものでしょうかね。

キーン　しかし、あれも大したものだと思うんです。全然英語はわからないとしきりに書くでしょう。そして当時の帝国大学の入学試験の時に、いんちきで通ったんです。まあ、子規は明治人でしょう。僕の受けた印象では、啄木は明治人でもないし、特別に日本人でもないような気がします。二十世紀の人間だと考えてもいいんじゃないかと思うんです。啄木に矛盾が多いとすれば、二十世紀の人間にも非常に多いんです。ほんとうに統一した人がいるとすれば、まったくつまらない人でしょう。

子規の俳句・短歌

山本　子規の短歌や俳句というものに、キーンさん興味ございますか。

キーン　私は好きなものもありますが、山本先生がお書きになった「鶏頭」の句の批評を読んで非常に感心しました。やはり子規の俳句に、啄木の短歌にないような深みがあると思ったんです。広く読んでもそういう印象が強かったです。啄木の場合は表面にあるものがすべてで、そのすべてが大したものですが、子規の場合はもっと日本的で余韻があって、自分の言いたいことの一角しか見せないんです。それもりっぱなもんだと思います。ただそのやり方は、今の人のやり方と違いますから、子規の短歌を読むと、それほど迫力を感じません。

山本　そうでしょう。私どもが読みましても、あれぐらい駄作を作った俳人はいないんですね、あの中からいい作品を探し出すのはたいへんなんですよ。キーンさんはよくあれを探し出されましたね。芭蕉や蕪村の俳句を読む時は、あんな苦労はしなくてもいいんですが。

キーン　それはそうです。

山本　でも、そのほんのわずかな作品によって子規はりっぱだと、こういうことができますか。

キーン　僕はもし子規の随筆とか伝記がなければ、俳人、歌人としての評価では、そんなに偉いとは思わないんです。しかし俳句の場合でも、短歌の場合でも、一種の革命を行なったんですから、それだけ歴史的な意味で非常に目立つ存在だと思うんです。そしてそのすぐ前のもの、子規の先輩たちが書いた短歌や俳句を読むと、やはり子規のほうがずっといい。それは絶対無視できない。ただもうひとつ、私たちにとってピンとこないところがあるんです。啄木となると短歌は完全に解放されますけれども、子規の俳句にはまだ在来の深みが残っている、まだ完全には解放されていないといってもいいでしょう。

山本　子規の生活を知らなかったら、ほとんど「藤の花……」の短歌のよさはわからないということを、キーンさんはおっしゃいましたが、やはり子規が病床にあって、藤の花が瓶にさされているのを見上げているという状況を考えないとわからないという面はあるでしょうね。

キーン　非常に非文学的な表現ですけれども、場合によっては、私たちの頭のどっかに、事実はこうであったということを認識して文学を読むでしょう。文学は絶対的なものはずです。事実にあったか、なかったか、それは問題ではないのですが、やっぱり人間は弱いですから、いろいろ誘惑に負けてしまうんです（笑）。私たちは子規のものを読む時、どうしても病人であったとか、部屋から一歩も出られない状態であったとかいうことを認識しているでしょう。で、「藤の花……」の短歌を読んで、その生活、美に対する憧れ、そうしたものをいろいろ感ずるんです。もしも誰かまったく元気な人が書いたものだと思ったら、面白くないんです。

山本　日本の批評家は文学作品を批評するのに、どうも作家の伝記的な知識を援用して、そして批評をするからいけないということを、キーンさんならいわれるんじゃないかと思ったんだけれども、やはりそういう点……。

キーン　申しわけないんですけれども、私は人間です……（笑）。

虚子の偉さ

山本　キーンさん、虚子のどういう点に興味をもっておられますか。

キーン　私ははじめから、啄木・子規・虚子で一巻の解説を書いてくれといわれたんです。

私はその時まで、虚子の短篇を二、三読んだことはありましたけれども、俳句はあまり知らなかったんです。だから僕は俳句の選択は専門家をわずらわせました。それで山本先生に、虚子のすぐれている点をお聞きしたいのですが。

山本　ほんと、虚子というのはちょっと怪物のような感じがするんですね。あの人はとにかく七十いくつ、八十いくつまで生きたということが、才能みたいなもんだと思います。あれだけ生きたということは、やっぱり偉いんじゃないでしょうか。

キーン　そういう意味では、徳富蘇峰はもっと偉かったでしょうね（笑）。

山本　樹木というのは何百年もたって大きな木になるでしょう、毎年毎年、年輪を加えていく、つまりあのぐらい業を経たといいますか、年輪が加わった俳句作家というのはほかにいない。あの人はつまり俳句というものを、その長い生涯の間に生活したということじゃないでしょうかね。だから日常生活の全部が俳句になっちゃったんですね。つまりそれがおのずからあの人の商売にもなるわけで、そういうことは虚子の俗物性を示すもんだといってしまえば、それでミもフタもないんですけれども。しかしやはり子規の俳句や啄木の短歌にはないような、年功の加わった要素というものはある。そういうよさははっきりしている。ほかの明治以降の俳人の誰にもない、そういう一種の老獪《ろうかい》な芸術というような感じがするんですけれども、詩人としての志という点になると、子規に比べてもう問題にならないほど低いと思います。しかしそれをカバーするものがいつのまにかできてしまうと、これはどうすることもできないんで、根を張ってしまった人間の、あるいは芸術家の偉さというものを感ずるんですね。キーンさんにとっては、そういうものはちっとも面白くないといわれるかもしれないけれども。

キーン　今のお話をうかがって、ほんとにそうだと思うんです。これはどこかで読みましたけれども、桑原武夫氏が第二芸術論を発表した時に、誰かが高浜虚子に意見を聞いたんですが、ビクともしないでただ、「ああ、やっと俳句は第二芸術になったか」ということで。ふつうの俳人だったら、たいへん憤慨したんでしょうが。

編集部　しかし子規があれほど嘱望したんだから、非常に才能はあったんでしょうね。

山本　ええ、ただ怠け者だったんですね。ガリガリ勉強する人よりも作家としての才分はあったんでしょうね。それからあの人の写生文の運動、これは子規から続いて、これが日本の言文一致の運動ですね、口語文の確立というものには、ある歴史的な役割を果たしているようですね。ただ写生文というのは、平面的な叙述になるものですから、深みが出てこない。

キーン　ええ、そうでしょうね。要するに私たちは今日三人の作家、詩人の話をして、つまるところは伝記になるんですね。三人の共通のところは、伝記が大切であるということです。子規と啄木の場合は、随筆とか日記とか手紙が大切で、虚子の場合は、あんなに長く俳人として活躍したことがたいへん大切だとおっしゃったのは、そのとおりだと思いますね。もしどっかの砂漠の中から子規・虚子・啄木の作品だけ、つまり俳句とか短歌だけあらわれたら、まったく困ったでしょうね（笑）。

（昭和四十二年三月二十七日　中央公論社にて）

写生文学――節・三重吉・勘助

山本健吉
福田清人

写生文の山脈

山本　今度の三人集はちょっと面白いとり合わせなんですが、ちょうど福田さんが大学で写生文などの講義をされているということで、今日はその辺の関係からお伺いしたいのですが。

福田　写生文というのは自然主義の文学にやや先行するわけですが、いままでの文学史を見ると大変に軽く扱われていますね。あるいはほとんど書かれていない。優れた作家がいるし、その影響を受けたものも多い。いつか志賀さんが座談会で、自分は写生文の影響をうけたとはっきり語っていられましたね。そういった点からももっと評価すべきじゃないかと思ったんです。

山本　写生文の運動といえば、「ホトトギス」を母体として子規、虚子を中心にして起ったものですが、その周辺に長塚節、伊藤左千夫あるいは坂本四方太《しほうだ》、寒川鼠骨《そこつ》らがいて、すべて写生文作家として活躍していたわけですね。また夏目漱石やその門下の寺田寅彦、鈴木三重吉も近しかった。

福田　最初に子規が、叙事文ということで意見を出しましたね。短歌革新、俳句の革新をやって文章まで革新しようと意図した。もともと子規は小説家になろうと思っていたけれども、幸田露伴に見てもらった「月の都」が不評で、結局短歌型の方へ入っていったんですが、やはり初心というか、散文の世界に対する抜きがたい気持があったのでしょう。はっきり写生文という言葉を使ったのは虚子ですね。

山本　「浅草寺のくさぐさ」が最初でしたね。

福田　子規の病床で、山会という文章の研究会が生まれて、そこから写生文を大成させたのは虚子でしょう。虚子も子規と同じように小説家志望であったのが、俳句の世界に入った。彼が編集するようになって、「ホトトギス」は一時、小説雑誌になっていますね。漱石の「猫」に刺激されたのでしょう。自分も写生文をだんだん小説形態にまで発展させるといったことを試みています。同時に写生文を載せた。節、左千夫、鼠骨、四方太……。

山本　碧梧桐や寺田寅彦も書いています。

福田　野上弥生子さんも小説を載せてますよ。

山本　そうですね。

福田　小杉天外も写生文の影響をうけた作品があると書いてますね。それにさきの志賀さん、この人の文章はいまの昭和文壇に大きな影響を及ぼしているわけですから。一方、三重吉はのち児童文学に進みましたが、あの人の作文指導は豊田正子みたいなずっとのちのちまで影響していますね。写生文の山脈は意外に大きいんですね。

山本　写生文の歴史の上で「猫」の成功というものを境にして、前期と後期と分けてみますと、前期はまだ小説にまではだれも手を出していない。漱石がはじめ「吾輩は猫である」というのを山会に虚子の勧めで出して、それはもともと小説のつもりで書いたかどうか知りませんけれども、とにかく小説になって、そして大変な評判になった。それから虚子その他も非常に刺激されて、小説に転向するわけでしょう。「風流懺法」とか……。

福田　「斑鳩《いかるが》物語」ですね。

山本　わたしも、柳田国男先生が、写生文の意義を説いていられたことをじかに耳にしているんです。とにかく口語文体の確立ということでは非常に功績があったということですね。写生文が起ったころは、まだ「金色夜叉」なんて時代ですから。

福田　だから虚子も、二葉亭なんかの言文一致は、ちょっと古くさいと書いてますね。

山本　「浮雲」なんか、江戸時代の戯作家《げさっか》の口調が入っています。虚子の文章だって、最初の「浅草寺のくさぐさ」は、相当戯作くさい文語体ですよ。ただ写生文というのは、ノートと鉛筆をもって、お祭りに出かけたり、縁日に出かけてスケッチしてくるわけですね。

主題からいっても非常に単調で、写生はしているんだけれども、景色や出来事の描写で、人間までは書けない。それで写生文派というものは、やっぱり人間が書けないという批判があった。

福田　そうでしょう。

山本　内部からもそういった批判があって、やはり人間も書かなくちゃいけないという考えが出て、虚子にしても小説を書き出した。四方太なんか最後までそういう批判を受けつけなかったほうじゃないですか。

福田　あの人が、いわゆる写生文の本道を貫いた人らしいですね。それで四方太は、自分の写生文に対し世間がひどく冷淡だという……あの人の書いたのを見ると悲劇的じゃないですか。

山本　そうですね。有名な「夢の如し」という自叙伝的なものがあったでしょう。

福田　ところが三重吉なんか、四方太の文章にいちばん影響されたようなことをいっていますね。まるでレンガを積み上げたように、ガッチリした文章だと。

山本　「千鳥」なんかに、はっきりその影響が出ていますね。なになにであったじゃなくて、なになにであると現在形で書いていますが、あれは写生文家の文体の一つの癖、というより特色でしょう。一方、節や左千夫は、虚子や四方太の文章に不満をもっていた。

福田　同じ子規の弟子でも、短歌派と俳句派があるわけで、おのずからくい違ってくる。

山本　同じ短歌派でも節と左千夫はまるで違うんです。節は非常に丹念な写生をするが、左千夫の「野菊の墓」なんか主観的です。さらに俳句派でも、四方太のほうが客観写生的で虚子は主観的ですね。

郷里における節

福田　長塚節の「佐渡が島」というのがありますね。僕の大変好きな作品なんですが。

山本　写生文の一方のサンプルみたいなものですね。僕が節の写生文にちょっと不満があるのは、描写過剰の点なんです。「土」なんか実に丹念です。あの人の創作態度というのは、たとえば村の老人連中の念仏講があれば、出かけていって細かにスケッチする。あるいはわざわざやらせてみて書いたりもする。丹念すぎて、しちくどい感じがするんですよ。

福田　「土」は読み出せばいつか入って行けるが、たしかにとっつきにくいですね。

山本　だれかの談話にありましたが、長塚家に使われていた者で、若旦那の節に連れられて、夜、若い夫婦の家だとか、若い娘のいる家へそっと忍んでいく。すると村の男たちがよばいに来るでしょう。そのヒソヒソ話だとか若夫婦の会話を聞いて作品に役立てたというようなこともあったらしい。見つけられて追っかけられたり、水をぶっかけられたりもしたとかいうんだけれど（笑）。

福田　もう十年近く前、その村へいってみたですよ。「土」のおつぎが、かれこれ七十くらいのおばあさんになっていたけれど、節の家のうしろに同じ長塚姓でいまして、話を聞きに行ったら怒るんです。節さんは「土」で私たちを貧乏だ貧乏だと書いてうんと金儲けした。けしからん、あんたみたいなのがたくさんくると言って、写真も撮らせてくれない、さんざんでした。節の父親は県会議員をやっていたんでしょう。

山本　県会議長にまでなりました。

福田　戦前はかなりの大地主だったのが、いまはおつぎの家と逆になってしまっている。「土」では可憐なおつぎが、すっかり意地悪ばあさんになっちゃって（笑）。

山本　おつぎばあさんだけではなくて、長塚節をよく言わない村人が多かったらしいですね。書かれたこと自体いやなんだろうけれど、村の青年団長などして、しきりに村の振興策をやるんだけれども、あまり当らない。たとえば、竹藪を栽培しても、村の日照権の問題にひっかかる。どうも実際はあまり村の役に立たなかったんじゃないかと思う。

福田　子規の手紙にもありますが、新しい農村でもつくるような意気ごみだったのでしょう。それがまだ非常に封建的な村の中で、浮き上っていったのでしょうね。

山本　そのあたりのことは平輪光三さんがずいぶん調べて書いてますね。

福田　いま長塚節研究会というのができていますよ。吉田精一君なんかが中心になって。

山本　しかし、なんといっても「土」というのは画期的な作品なんで、あれくらい克明にあんな貧しい農村を書いた小説というのも珍しいでしょう。

福田　農民文学の古典といえるでしょう。真山青果の「南小泉村」はもう少し前ですか。あれは農民を嫌な目で見ているけれど、これは客観的でありながら愛情があるというのか、青果のような意地悪な目じゃないですね。

山本　意地悪ではない。けれども伊藤左千夫の「分家」などは、もっとあったかいですね。性格だと思います。そのかわりくどいところがある。まあ、節の描写過剰と左千夫の説明過剰と、どっちもその発想と不可分に結び合っている。ところでいまは農地改革が行なわれて、ああいう農村の貧しさが、若い読者にほんとうに身にしてみわかるでしょうか。

福田　僕は学習院の女子短大へ一、二年講師に頼まれていったとき、夏休みの宿題に「土」を読んでこいと言ったんです。その時の印象は半々でしたね。こういう世界があるのかとはじめて知ったというレポートもありましたが。ちょうど、漱石の弟子の小宮豊隆さんが学長でして、話したら感謝されました。漱石が序文に書いている、うちの娘が年ごろになって、劇場や音楽会に行くようになったら「土」を読ませたいと……それをちょっと実行してみたわけなんですがね。

山本　だんだんテンポのおそい文章を読む辛抱気がなくなって、嘆かわしいことなんだけれども、長塚節のような文学をどうしたらこれからの若い人たちに伝えることができるか、大問題な気がします。

福田　当時でも批判があったわけですが、よく新聞小説にしましたね。逆に当時だから載せえたとも思うけれども。やはり、昔のほうが少数でもいい読者がいたのかな。

児童文学への関心

山本　鈴木三重吉については、福田さんは児童文学のほうで、ことに関心が深いわけですが、小説をやめて児童文学に移ったのは、結局どういう原因なんでしょうか。

福田　これは素質の問題もあると思います。児童文学者というのは、わりあいロマン主義の作家が多いんです。「千鳥」などもある意味では大人の童話みたいな要素がありますね。現実問題としては、やっぱり小説に行き詰まったんじゃないでしょうか。漱石の有名な手紙がありますね。「美ばかり書いちゃいけない。維新の志士のような気持でやらなくちゃいかん」という。それで三重吉もずいぶん悩んだと思います。「小鳥の巣」なんか一生懸命書いているんだけれども、しかしどうしても「千鳥」から出発した素質というのは、彼の本質的なもので、変えることができない。それから「赤い鳥」を発刊するに当って、よく児童文学者仲間で「すず子伝説」と呼ばれている話がありますが、すず子という娘をもってみたら当時の雑誌の表紙やなにかが俗悪で、とても読ませられない。だから自分は児童文学に入るといったことを、自身語っています。

山本　その前に彼は春陽堂から全集を出してますね。

福田　それが自費出版みたいなものだったので、春陽堂に借りができたらしく、すでにすず子さんが生まれる前から童話を書いているんです。あの人の手紙を読むと、出版屋をやりたいとか、いろいろ書いていますね。そんな経済的理由もあっただろうし、まあ文学的に言えば、素質が行き詰まったのではないかな。あるいは児童文学に行く必然性があったのではないかと思います。

山本　自然主義文学の時代に――告白とか思想的な煩悶とかいった方面に文学がいった場合、そういう素質が三重吉にはなかった。もっと情緒的な作家だったということ。

福田　行き詰まったというのは言いすぎかな。どうも児童文学の研究者は、小川未明の場合にしても、童話を書き出した後ばかり対象にするので、その立場からいえば、発展したというのかな。その以前の小説時代とあまりつなげて考えない。ご承知でしょうが、三重吉には創作童話というのが非常に少ないですね。ほとんど外国ダネの再話で。それでも翻訳以上に苦労したらしいけれども。

山本　文章がうまいですからね。

福田　人の文章もよく直したといいます。有名な話ですが、「赤い鳥」に載った芥川の「蜘蛛の糸」を直したそうですよ。その原稿は小島政二郎さんが持っているらしいです。最近テレビでも活躍の森村桂さんのお父さんの豊田三郎君は、大学を出て「赤い鳥」にいたんですよ。そこで三重吉がいろいろ偉い人の原稿を手直しするのを見て、人の原稿は直すものだと思い込み、三重吉の文章を直しちゃった。怒っちゃって、さっそくクビになったそうですよ（笑）。

三重吉の遺産

山本　三重吉も変わった人で、逸話を残していますね。

福田　よく聞きますが、飲むとひどかったらしい。木俣《きまた》修は白秋の弟子でしょう。それが三重吉と一緒の席で、いろいろ容貌の批評をされるんだそうです。おまえの鼻は高いとか低いとか、目が細いとか小さいとか。若い木俣君はとても不愉快だったと言ってました。

山本　さきの漱石の維新の志士云々の手紙に戻りますが、あれは虚子とか四方太といった俳諧者連中のような文学じゃつまらないということに託して言ってますね。その中に三重吉も入るわけですね。

福田　そうです。

山本　ということは、一方に写生文を拒否しようとする意志が三重吉にもあったのでしょう。早晩、小説家から脱却するよりしかたがなかった。「千鳥」にしても「山彦」にしても、美しい作品だけれども、小説としてはなにか頼りないところがありますからね。児童文学へ行ったということは、結局自分の本領を発見したようなものなんでしょう。探りあてたと。

福田　わたしはそう思います。

山本　彼の小説ではなにがいちばんいいですか。長いものでよくまとまっているのは「桑の実」だと思いますが。

福田　いわゆる小説らしい小説といえば、「小鳥の巣」のほうだと思います。しかし、三重吉の特色を出しているのは、「千鳥」「山彦」あたりでしょう。「山彦」については面白い経験がありますが、広島県と島根県の県境近く、あのモデルになった加計町という町があり、そこの出身の三重吉と東大まで一緒だった加計正文という人を訪ねたことがあります。漱石の録音があるというので、是非聞こうじゃないかということでわざわざ行った。昔の蠟管《ろうかん》というのか、漱石とのお別れに録音したらしいけれど、壊れていて全然聞こえない。東京の蓄音機会社へ送って直してもらったそうですが、ついにだめでした。

山本　それは残念だったね。ところで、三重吉の綴り方運動というのは、綴り方の革命をしとげているわけでしょう。ところがわたしたちの小学校時代には、まだ非常に古風な美文で書かせられていた。「赤い鳥」の運動に触れていた先生なら、もっと新しい教育をしているはずですね。文学的な綴り方だったからですか。

福田　それと、あなたは市内（長崎）で、僕は郡部ですが、「赤い鳥」は市でもあまり来ていなかったでしょう。

山本　読まなかったものね。

福田　お互いに学校では、図画でもなんでも題を与えられていた。ところが「赤い鳥」の運動は自由な題材を目ざす。そういう綴り方の盛んな学校へは、三重吉は自分で乗りこんでいって指導したり、相当熱心です。百田宗治さんも晩年、児童文学をやってましたが、もとは三重吉あたりの流れでしょうね。

山本　鈴木三重吉という人は、小説家としては大成したとは言えないけれども、文壇的文学以外の面では、大変な功績を残しているわけですね。

福田　広い意味での文化運動としてはやっぱり偉い人だな。

三人に共通するもの

山本　今回の三人の中で、中勘助という人はポピュラリティということではいちばん地味な存在ですが、経歴からいっても非常に変わっていますね。夏目漱石は常々、道ということをといている。写生派の文学から出ながら、モラリッシュな文学に入っていく。その一面をいちばん受け継いでいるのが中勘助じゃないでしょうか。

福田　そうでしょうね。これもおかしいことに「銀の匙」というのはいま児童文学全集が出ると必ず入るんですよ。

山本　書かれたものが子供の世界ということで、そう見なしているわけですか。

福田　フランスのポール・アザールという比較文学者が児童文学論の中で、子供というのは非常に貪婪で、作家が大人のために書いた文学でも、自分にふさわしいと思えば自分のものにしちゃうといったことを書いています。だから「坊っちゃん」とか「路傍の石」も入れてしまう。

山本　「銀の匙」以外のものは入らないですか。

福田　まあ、あれでたいがい一冊になっちゃうから（笑）。

山本　勘助という人は、メルヒェン的な要素を持った作家ですね。ヨーロッパ風のメルヒェン文学、いわゆる童話と少し違うかもしれないけれども。

福田　晩年の「鳥の話」なんかほとんどそうでしょう。「菩提樹の蔭」の前書なんか、子供に話して聞かせたのを云々と書いてある。

山本　あれは友達の娘さんの妙子に聞かせたというんですが、詩にも書いたり、結婚して子供を持ってからでも「小さい小さい妙子……」なんて手紙を出している。ちょっと特異な心理だと思うけれども、ほんとうに純粋な愛情なんですね。

福田　変わった個性です。詩集もずいぶん出していますが、ハイカラなものから長崎のジャガタラ文なんかの民謡的なものまで変化に富んでいますね。

山本　なかなかいいです。しかしやっぱり人間の風格で読ませる詩ですね。彼の作品は全般にモラリッシュであり、半分宗教的なものが漂っている。ですから人間といっても、個性的というよりも普遍的な人間を書いている。志賀さん、武者さん、詩の光太郎といった人たちに通じる大正期の人格主義、個人の尊厳ということをつよく考える作家の一人じゃないかと思うんです。

福田　勘助のみならず、三重吉も節もやはり一般よりも名家の出ですね。そのあたりに姿勢として通じる一面があるのかもしれない。

山本　みんな、たくさんの作品を残したというわけじゃないけれど、いつまでも人に記憶される、心にしみいるような作品を書いている。文学者というのは、そういう作品が一作でもあれば、もって瞑すべきなんでしょうね。

（昭和四十四年七月十一日　番町　福田家にて）

三人の詩人——白秋・光太郎・朔太郎

伊藤　整
伊藤信吉

国民詩人・北原白秋

整　わたしは、白秋さんをお見かけしたことが一、二回あるんです。一回はたしか、昭和十二、三年ごろで、ああこの人が白秋か、と思って見たことがあるんですが、はっきり覚えておりません。あなたは……。

信吉　阿佐ケ谷に住んでおられたころ、一度お会いしたいと思って訪ねて行ったことがあるのですが、家が尋ねあたらないで、残念ながらお目にかかったことがないんです。お会いしたことはありませんけれど、なんだか会ったことがあるような気がしています。一種の錯覚でしょう。そして、最初読んだのが「思ひ出」です。

整　あなたも「思ひ出」ですか。

信吉　ええ。今でも十篇ぐらいは暗記してます。

整　わたしは、白秋さんと話をしたことはないんです。何かの会で、テーブルのこちら側から見たんだけれど、萩原朔太郎さんとは全然ちがった印象でした。萩原さんは、なんというか、陰のある人というような感じですが、白秋さんのほうは、普通の人のようで、健康で、ちょっと陰影の足りない感じでした。

信吉　あれはやっぱり、風土的なものが影響しているのじゃないかしら。わたしは一昨年、去年と九州に行ってみたのですが、柳川へ行くと白秋がよくわかるんですね。前橋に行くと、萩原さんが……。

整　柳川は濠があって、そこに白い格子の白秋の生家があって……やっぱりあのへんへ行くと白秋ですね。

信吉　それに長崎が近いということ。南国らしく開放的で、暖かくて。明るいけれども、たしかに陰影の足りなさを感じますね。「邪宗門」なんか読むと、ずいぶん微妙で、光と影が印象派の絵みたいに思いますが、それでいて、萩原さん的な意味での陰というのはないのですね。

整　そうです。外向型というのでしょうか。そういう意味では白秋は、偉大な人にはちがいないのだが、ちょっと明るい面が多すぎ、陰影が少し足りないという批評を受けるわけですね。白秋さんという人は非常に天才的な人だけど、ある意味では努力家、百科辞典みたいなところがあります。民謡にしても江戸時代の資料などを徹底的に勉強しているように思う。童謡もたくさん作っていますね。本来の詩のほうが行き詰まると、短歌をやったり、童謡をやってみたり、それぞれ、いろんな可能性を全部さがして、どれをも使った人のように思えます。それから、北原白秋、萩原朔太郎、室生犀星の三人は、相互影響しあっていると、よく言われるけれど、他人《ひと》のものを広く取り入れる力は白秋のほうが豊富だったと思います。「落葉松」の詩にしても、自分が今までやってきたのと全然ちがう平凡な五七調で踏み出して、三分の一ぐらい進行すると、すっかり白秋自身のものになってしまう。そういう不思議な人ですね。

信吉　いま白秋の可能性の話が出ましたが、わたしは、白秋と島崎藤村の二人は、日本の国民詩人というふうに思います。ここでは藤村のことは省きますけど、白秋の場合、詩というジャンルでしたら、全部が一応可能であった。そうしてその可能性があったために逆に弱い面もありますけれど、あれだけの幅を持っていたということは、国民詩人と言いうる一つの要素を持っていたわけですね。白秋の書いた「明治大正詩史概観」を読むと、けっして他人《ひと》の悪口を言っていないのです。これこれの詩人は、こういういいところがある、というように褒めことばが多いのです。つまり、ある時代のある詩人における可能性というものを必ず見てやっているのです。白秋自身に可能性がなければ、そこまで言えなかったろうと思います。

整　他人《ひと》の可能性に気がついて、それを自分のものとして生かすことができる人でしたね。

日本民族の詩歌の可能性を全部とり入れたような……。

信吉　あれだけの幅を持って詩の仕事をした人というのは、まあ、ないでしょう。

整　自分が盛ろうとするものに応じた詩の形式が日本にはいろいろあるわけだから、それを全部生かせるのが、ほんとうの詩人というものでしょうね。

信吉　それからわたしは、白秋は最後の韻文詩人だと思うのです。現在では、ああいう韻文意識は詩の世界から消えてしまったから、もうそういう詩人が現われるということは不可能のように思います。

年齢を偽った萩原朔太郎

整　あなたがいつかお書きになっていたけれど、白秋が三十歳の時、萩原さんは二十九歳のはずなのに、二十六歳だとか言って年齢をごまかす、つまり、尊敬する人の前で同じ年配でないような配慮をする。そうして兄事したということでしょうね。

信吉　萩原家では、朔太郎のお父さんがやはり五つ若く年齢をごまかしているんです。親子二代にわたっての年齢詐称……（笑）。

整　つまり、それだけ現実を歪める素質が親の代からあったというわけですね（笑）。

信吉　白秋は萩原さんのいう年齢を信じていたし、萩原さんもまたそれで押し通しているんです。萩原さんが詩をはじめたころに、白秋は手紙で、きみはまだ若いんだから一生懸命やれ、というようなことを書いているんです。まあ、萩原さんにしてみれば、尊敬している一歳年長の白秋から、三歳も年下の室生犀星のほうが、きみより立派な詩を書いていると言われたのでは、どうしても年をごまかさざるを得なかったのでしょうね。萩原さんという人は、いま遺稿として残っていますが、習作時代が非常に長いんです。白秋のところに原稿を送って「朱欒《ザンボア》」に初めて詩が載ったのが二十七歳のときですからね。

整　萩原さんは、その前「明星」に短歌を発表しているようですね。

信吉　短歌時代が十三、四年あるんです。歌人として、なんとかやりたいという気持があったんでしょう。最初は鳳（与謝野）晶子さんの「みだれ髪」、次は石川啄木の「一握の砂」、それから北原白秋の「桐の花」というように模倣が移って行きましたね。結局、萩原さん自身の短歌は未完成なんです。萩原さんの家庭環境から言うと、お正月になれば百人一首、女きょうだいが多いのだから盛んにやったでしょう。歌の美というものをよく知っていたと思います。そうでなければ、のちの「恋愛名歌集」なんか出てこないと思うんです。萩原さんが「明星」の投書家だったころ平出修（露花）が、石川白蘋（啄木）、萩原美棹（朔太郎）、茅野暮雨（蕭々）という人たちが今後注目すべき新人だ、と批評を書いているのです。ところが、数年たって「スバル（昴）」の時代になると、啄木はもう選者、萩原さんはあいかわらず投稿家なんです。萩原さんの才能は、非常に長い時間をかけて一挙に飛躍したのです。

整　高村光太郎さんの短歌は「明星」の第四号からだから、その二人よりもっと若いわけですね。

信吉　そうです。むだという点から言うと、高村さんは完成とはいえないにしても初期にむだがないし、白秋さんにしても室生さんにしても、それほどむだがない感じですが、萩原さんだけはずいぶんむだをしています。人間としても、お母さんに甘ったれ、白秋にも実に甘ったれているんですね。そういう、なにか稚拙なものが長い間作品の上にもひっからまっていたのが、ある時期に行くと一挙に優れてくる……。

整　そういうロスのようなものがありますね。早く成熟した三木露風さんなんかと全然反対のタイプですね。

詩の人・高村光太郎

整　わたしは昭和三年か四年に更科源蔵と高村さんの家を訪ねたことがあるんです。バンガロー風の玄関の左側に覗き窓があって、そこから丸顔の奥さんが「どなたですか」って、これが智恵子夫人なんです。通されると、右のほうが広いアトリエで、その右手の隅に低い椅子があって、そこにうわっぱりを着た高村さんが腰掛けているんです。背の高い人でしたね。いかめしい顔つきなんだけど柔らかい声で静かに話をされる。話のうまい人で、わたしたちが固くなっているものだから、いろいろ気をつかってくださった。それから昭和十六年ごろお訪ねしたときは、もう奥さんが亡くなっていて、あの大きな家の奥の四畳半くらいの座敷に、高村さんが一人でおられた。「ぼくは掃除をしないんですよ。ごみだらけだけど、わたしの通るところだけ小道のように、こうきれいになっている」といわれるんです。そして部屋の壁に、パリ陥落の写真が大きく出た新聞紙を貼ってあるんです。若い時のことを思い出して、パリが懐しかったんでしょう。

信吉　わたしも最初訪ねたとき、その覗き窓で智恵子夫人にお目にかかった。夫人を見たのは、その一回だけ。そして、戦争中におじゃましたとき、今あなたがおっしゃったのと全く同じでした。そこらじゅうにごみだのちりがあって、そこへ高村さんの影が吸い込まれるような、はかない感じでした。あんながっしりした人だけど、やっぱりいろいろつらかったんだなと、もう訪ねただけでそう思ったですよ。昭和十七年、萩原さんのお葬式で、わたしは高村さんと並んで柩《ひつぎ》を見送ったのですが、その時「寂しいですね」と、たったひとこと言われました。

整　ところで、高村さんがフランスから帰ったときは白秋の詩の評判の高いときでしたが、高村さんが詩を積極的に書くのには、その刺激を受けたということは考えられませんか。

信吉　高村さんは、蒲原有明、薄田泣菫というような日本の象徴派、高踏派がきらいだったようです。それで、あんなものを書くくらいなら詩を作らないということを言っています。フランスから帰ってきて、たまたま白秋と露風の詩を読み、これなら日本でも詩ができると、それから本格的に始めたわけです。高村さんは短歌を五百首ぐらい作っているでしょう。それでいて詩の形の上では短歌をふりきっているようなところがありますね。萩原さんの「純情小曲集」なんか短歌的なものがまだ濃厚にあると思うし、萩原さんの言う音楽性というものの中には短歌的な韻律とはいえないまでも、音律美というものがあって、それを意識していると思うのです。高村さんは、その断ち切り方がわりあいに明確だと思います。タイプとしても、いわゆる抒情詩人というものからちょっと離れていますね。

整　「道程」の中に民謡調のものがいくつかあるでしょう。「泥七宝」が「スバル」に載ったとき、吉井勇さんが感嘆して読んだそうですね。ああいうこともやればりっぱにやるけれども、やりたくなかったわけでしょう。

信吉　大正期の詩人で、高村さんはセンチメンタリズムというものを意識的に拒否してますね。センチメンタリズムで自己表現をした詩人として、萩原さんなんか明確にそれを押し出していると思います。白秋にもその傾向があります。「泥七宝」を読めば、たしかに抒情的感傷の可能性のあったことが分ると思います。そういう意味から言うと高村さんは、近代の詩人たちの中でいちばん伝統詩の影響を断ち切ろうとしたタイプですね。

整　高村さんの場合は、彫刻の仕事とも関連しあって、抒情主義ではやれないとか、技巧主義の彫刻はだめだとか、いろんなものがからまっているでしょうから。

信吉　高村さんというかたは、最後まで「自分は彫刻家だ」という看板を掛けていましたね。彫刻家であることを自負して、芸術院の会員になれといわれたときも、詩人としてならいやだと断わっているんです。高村さんの頭の中には一つの絶対的な彫刻の理念があって、それがずいぶん進んでいると思うのですが、実作のほうから言えば、はっきり詩の人だと言っていいんじゃないかと思います。

整　萩原さんの詩は、ものそれ自体のおもしろみというか、形よりも自分自身の心を描いているけれど、高村さんはものと向いあって、そこにあるものを讃美するというようなタイプですね。高村さんの場合はそれでいいわけですが、その亜流になると危険ですね。高村さんは「犬吠の太郎」なんかが、あの人のほんとうの仕事のように、わたしは思います。

貧乏物語

信吉　わたしが初めて萩原さんに会ったのは十七歳のときでした。前橋の石川町のお宅に訪ねて行ったのですが、部屋にはいると、まずギターがあり、マンドリンがあり、朝顔のようなラッパのついた蓄音機があり、紅茶のセットがあって――そのころ紅茶というのはハイカラでしたね――そこで「こちらにいらっしゃい」と萩原さんが声をかけられた。ところが、それが日本語に聞こえないんです。フランス語かなんかみたいな柔らかいアクセントでね（笑）。若いころの萩原さんはダンディですから、そういう感じでした。

整　若いころは、そうであっても、おっかないようなところもありましたか。

信吉　いや、わたしの場合は、お父さんという感じがいつもしていました。

整　高村豊周さんの本を読んでいて感じたのですが、物質的には、高村さんと萩原さんの生活は恵まれていたと思うんです。高村さんの場合は、おやじが金をくれないとかなんとか、しょっちゅう言っていたようですが、とにかくお父さんの光雲さんがいて生活に余裕があったわけです。萩原さんだって家が中産階級で、東京へ出てきたときも仕送りがあった。純粋で、子どもみたいに生活者としては稚拙な萩原さんが、もし全責任を負って原稿で食べていかなければならないとなったら、たいへんだったでしょう。

信吉　ええ。二人ともこじきでしょう（笑）。

整　二人ともいいぐあいに、経済的な条件があるうちに決定的な読者の支持を得る詩集を出した……。

信吉　二人の経済観念というのは、ずいぶんおもしろいと思います。高村さんから智恵子さんの話を聞くたびに、「智恵子は貧乏を苦にしなかった」と必ず言われるんですね。しかし、その貧乏の度合いをわたしたちは考えるんです。つまり高村さんの貧乏は、きょうは鰯《いわし》の目刺しか食べられない――これは事実としてあったようです――けれど翌日は銀座で一流の料理を食べている。そういう貧乏なんですね。それから高村さんは、自分のところに出入りする若い詩人たちが金のないことを訴えると、手もとに金がなければ本を渡して、古本屋に売れと言って小づかいをやる。そういった思いやりが高村さんにはありましたね。一方、萩原さんは親子四人で東京に出てきたとき、毎月家から六十円送ってもらっていました。そして、この世の中で自分がいちばん貧乏だという詩を作るのです（笑）。大正十三年の六十円というのはたいへんな金でしょう。それが萩原さんにとってはもう、どん底なのですね。そのころ三好達治さんが萩原さんのところへ行くと、「三好君、ぼくがギターを教えるから、ギターを買ってこい」というのだそうです。三好さんはほんとうに貧乏していたから、二十円も出してギターなんか買えない。それが萩原さんにはわからない。……萩原さんのはそういう貧乏なんです。

整　お二人の人柄が実によく出ているお話ですね。昭和十年ごろですか、高村さんは、若い連中のやっている謄写版刷りの同人雑誌なんかにはよく書いているけれど、ジャーナリズムから頼まれても、気に入らないのはみんな断わっていたようですね。

信吉　そうです。室生さんという人は、そういうのをいやがる。おれは売文家だといってね。

整　室生さんと白秋さんの生活意識はこの二人とは違うと思いますね。白秋さんは仕事の幅が広いけれども、結果としてそうしなければ暮らせないんですね。昭和五、六年ごろでしたか、百田宗治さんが、「きみ、大白秋、グレート白秋で月収二百円だそうだね」と言ったことを覚えています。当時二百円というと中学校の校長さんの月給ぐらいでしょうかね。たいへんな収入にはちがいないけれど、不安定な収入です。だから詩人たちの貧乏というのはたいへんなもので、光太郎さん朔太郎さんというのは、非常に恵まれていますね。

思想詩人・萩原朔太郎

信吉　室生さんも白秋さんも、思想性が稀薄だということを言われてますね。厳密な意味では、たしかにそうだとわたしも思います。そして一方、一種の貴族意識を持った高村さんとか萩原さんのほうに思想性が強い。白秋さんや室生さんのように、生活の苦しみを実際になめている人のほうが現実から思想というものを汲み取っていない。

整　たしかにそういうことが言えますね。

信吉　ちょっと逆みたいな感じがするんですけど。日本の詩人における思想のあり方というようなものは、ある意味ではむしろ、貴族的な傾向の人から生まれてきているということが言えるんじゃないでしょうか。わたしは、日本の詩人で明治以降、自己の思想を明確に形成したのは、石川啄木と萩原朔太郎だと思うのです。啄木の場合は一種の唯物論ですね。萩原さんのは明確な観念論で、それはショーペンハウエル、ニーチェからきていますね。直訳的ではあるけれど、アフォリズムを千二百編書いたということ。アフォリズムというのは、日本では芥川龍之介に少しあるくらいでしょう。芥川さんのは、ハートからきているのかどうか、ちょっと疑問がある。萩原さんのは、もっと切実感があると思います。自分の認識があるわけです。そういう点で、思想詩人というようなことを言えば、啄木と萩原さんが最高だというふうに考えます。

整　萩原さんの「新しき慾情」というのは、アフォリズム集とかエッセイ集みたいな形をとっていますが、その中に散文詩がたくさんはいっているわけです。いろんな要素が含まれていて、ある意味では、詩人としても偉いけれど、思想家としての萩原朔太郎というものは、たいへんなものだと思いますね。

信吉　よく思想史の本が出ますけれど、萩原さんは当然論じられていい人だと思います。観念論者として、あれだけ強烈な思想を持った人は、日本の文化人の中にも少ないのじゃないかと思いますね。ニヒリズムの系譜について考えるとすれば、武林夢想庵、辻潤、萩原朔太郎、それにややはずれて生田春月、そのあとへ金子光晴さんあたりが思想のタイプはちがうけれども、ニヒルという面では共通性を持って出てくると思います。日本の近代思想史では、ずいぶんだいじなことだと思います。

（昭和四十年一月十八日　虎の門　福田家にて）

永井荷風の人と作品

奥野信太郎
大岡昇平

偏奇館主人の礼儀

大岡　奥野先生は、荷風に教わったのでしょうか。

奥野　荷風は、慶応義塾に明治四十三年に来て、大正五年にやめています。私が入学したのが大正九年ですから、四年の隔たりがあるのです。同級に一人、のんきなやつがいましてね。まだ荷風がいるものだと思っていて、卒論だけは一生懸命やる、卒論はせめて荷風に見てもらおうと、こう言うんですよ。荷風はずっと前にやめているんだと言ったら、あっ、それはたいへんだって（笑）。

大岡　荷風がいるというので学生が慶応へ行った。看板教授になっていたのですね。

奥野　いまの学生と違って、文学部に来るというのは、文学青年が多かった。いまはそうじゃないですからね。

大岡　先生は、いろいろ荷風のことをお書きになっておられますが、自分が教わったというのではなくて、お好きなわけですね。

奥野　それと学生のときに、つまらないものを「三田文学」に書いたことがあるのです。そうしたら、それを荷風が、久保田万太郎先生を通じてほめてくれたのですよ。そういう縁故があったものですから。

大岡　それは小説ですか、論文ですか。

奥野　中国の王次回という詩人のことなのです。それも荷風の「雨瀟瀟」のなかに出てくる詩人で。

大岡　麻布市兵衛町一丁目六番地にぼくの伯父が住んでいまして、よく遊びに行ったことがありました。あの偏奇館の隣の家なんです。あそこへおいでになったことがありますか。

奥野　ええ、岬みたいになっていましたね。

大岡　従兄が七つ年上の文学青年で、それでぼくは文学に引きずり込まれちゃったんですけれども、間接に荷風の話をよく聞かされました。大震災の自警団のとき、荷風さんが出てきて、いろいろな話をしてくださったということを言っていました。震災の当時、私は中学三年ですから、漱石や芥川は読んでいたのですが、あのころ、荷風先生はあまりお書きにならないので、われわれ文学青年は、あまり荷風文学は読みませんでしたね。あとで考えてみると、もう「腕くらべ」「おかめ笹」を書かれたあとで、ちょっとお休みになったころでしょう。近所では変り者だと言われていましてね。ときどききれいな女の人が来るということでした。荷風さんの書くものには、だんだん銀座のカフェなどが出てくるし、そこへ荷風さんが行っているというので「文芸春秋」が、ゴシップのタネにした。また新聞ダネにもなる。荷風さんが箪笥町の横丁を歩いていると、子供がうしろからついてくるので、なんだと言うとワーイとはやして行っちまうというので、新聞と雑誌の害毒を怒っておられますけれど、私が親類の家で聞いた噂では、もともと変な人だということになっていたようですよ。

奥野　今井町に河野という永井家お出入りの古本屋がありましてね。荷風さんが本をお買いになるんじゃなくて、もっぱら払い下げの方の出入りだったのです。それで、ときどき永井家から至急とりに来いというので伺うと、寄贈本が包みもとかぬまま山になって積んであるそうです。そうして、ひと山いくらだ、これいくらだ、それで、みんなほどいて買ってくるんだそうです。全部でいくらということを絶対されない。この山いくらで、そろばんを持っていってずっと入れて、合計いくらだ。もうすこし買いなさい（笑）。雑誌の山を買ってきたとき、そのおやじが言うのには、虎ノ門女学館の同窓会誌が、買ってくるたびに入っていると言うのです。昔の奥さんに、虎ノ門出身の人でもいたんじゃないかしらと、そのおやじは言っていましたよ。あるとき、雑誌を巻いたような包みがあったのですが、雑誌にしてはちょっと重いんですね。そこであけてみたら、信州から送ってきたりンゴのジャム罐なんですよ。ファンが送ってきたんですね。一罐私はもらって帰りましたがね。全部、包みをあけずにお払い下げになったんですね。

大岡　しかし荷風は寄贈本に対していねいに礼状を出したのではないかと思うのですが。

奥野　そうらしいですよ。ボツボツ出てきますね。

大岡　私の知りあいで、富永太郎という詩人がいたのですが、昭和二年に詩集を私家版で出して、それを送ったとき、すぐ払い下げのなかに入っちゃったかもしれないけれども、荷風からていねいな礼状がちゃんと来ておりました。相手は無名詩人で知らない人なんですが、そのへんの礼儀は、きちんとお守りになったんでしょうね。

合理主義と意志力

奥野　荷風さんといえば、久保田先生と佐藤春夫先生とは、たいへん仲が悪かったんですよ。同じ三田の会合で顔を合わせても、両方、ソッポ向いちゃって口をきかないし、ことに晩年ひどかったんですね。ところが久保田先生が亡くなる一年くらい前に、すこし直ってきたのです。みんな変だ変だと言っているうちに、その原因が分ったんです。それは「荷風日記」を岩波が出すというときに、あまり悪口がひどいんでこのまま出していいかと伺いに来たんですね。それを両方見て、自分だけが悪く書かれているんじゃない、同じように悪く書かれている。同病相憐れむ気持になって直ったというんです（笑）。

大岡　また久保田さんが亡くなったら、佐藤さんは荷風先生の悪口、ずいぶんお書きになりましたね。これまた、どういうことなんでしょうね。

奥野　お互いにクセのある方でしたからね。つかず離れずしていて、晩年まで、若いときと同じような気持で対していたのが、堀口大学さんでした。荷風先生は、あまりそばに寄りすぎるといけないんですね。堀口さんは、その点たいへん上手だったと思いますね。荷風先生は一面、たいへん人見しりする方じゃないかとおもいます。晩年は、毒にも薬にもならないような人間とわりあい近しくして、ちょっと一クセあったり、骨っぽかったりするというとケムったいようなところがあったように思いますね。

大岡　先生は学校を出てから、荷風さんのところにおいでになったのですか。

奥野　そうなんです。ほんの二、三回しか接触はないんですけれども、一ぺん、大正十四年の秋でしたか、丸善で先生にお目にかかったのです。それは四時過ぎだったと思いますね。いろいろな話をしていて、きみ、カフエというところ知っているか、と言われるんです。実は知っていたんですが、大先生の前で、ええ知っていますと言えなくて、いえ、存じませんと言ったら、じゃあ、連れていってやろう。もう一時間もすればいいだろうから、と言われて、尾張町までブラブラ歩いていったわけです。あそこに烏龍亭《ウーロンてい》というのがありましたね、昼間喫茶店で、夕方からカフエになる。

大岡　そこまで、私、知りませんでした。

奥野　私もはじめてなんです。喫茶店のことは知っていたんですけれども、夜のほうは知らなかった。あそこへ行こう。その前にちょっと買物があると言われて、木村屋へ寄りまして、先生はアンパンを五十銭買うのです。一つ一銭でしょう。だから五十個あるんです（笑）。カフエに行くのに、なんでアンパン買うのかと思って、不思議がっていたんですけれども、ついて行きました。中へ入ると、ちょうど喫茶店からカフエへの切りかえ時間なんですね。カフエに勤める女が来てまして、隅で化粧をしているんですよ。お客はだれもいない。先生の注文は紅茶二杯なんです。そうして、そのアンパンの袋を破りましてね、さあみんな、ここへ来てお食べ。そうすると、その女たちが次から次に来まして、そこへみんな腰かけて、アンパン一つちょうだいと言って、おもしろおかしく、先生、話をするんですね。一杯十銭の紅茶だけで、一時間以上ねばりましたよ。ちょいと、ぼくは恥ずかしかったんですよ。荷風先生、外に出て言うには、ああいうところで高い酒を無理に飲んだってつまらないよ。あれで、けっこうわかるだろう……（笑）。

大岡　まあ、そういうことから、荷風先生はケチだという話も出たんでしょうけれども、作品を拝見したり、若いときからの遊び方を見ていると、ふつうに遊ぶのでは、荷風先生としては、おもしろくないので、そういう世界のちょっと裏に入って、また入りっきりでもないんだけれども、遊ぶのが好きだったようですね。

奥野　ええ、ご内所趣味ですね。だから待合なんかでも、しばらくたつと、いきなりご内所に行って、長火鉢のところに坐ってというような、そんな趣味があったようですね。富士見町の待合では帳面なんかつけられたらしいですね。

大岡　好きなんですね。そういう趣味は学生にはよくあるんだけれども、大人になってからも、その趣味をずっとお持ちになっていたわけですね。

奥野　一つには、ムダ金を使わないという人で、合理的にものを処理していく方じゃないですかね。

大岡　若いとき、芝居に関係されれば、すぐ中へ入っちゃってね。拍子木たたいたり、いろいろなことをなさる。奥へ入っていくという趣味。なんか、自分の現在の身分よりも低いところへ、わざと身を落すという楽しみですね。ケチだけではない。

奥野　そう思いますね。たいへん旺盛な好奇心を持っていた人じゃないでしょうか。どうも表面からじゃわからない。それで裏へ回るという、そういうところが、自然、ああいうご内所趣味を来たしたんじゃないでしょうか。

大岡　それが、結局小説作品になって現われたわけなんですけれども、学校ではどんな講義をなさったのですか。

奥野　永井教授はたいへん厳格な先生だったということです。これは、親しく講義を聞いた小泉信三先生から伺った話ですが、始鈴がなりはじめるとさっと教室へ来られたそうです。時間いっぱい講義されて、実に厳格な先生だったようです。それから先生はフランス人を雇って、前もってその発音を聞き直してから来られたそうですね。

大岡　非常に几帳面なところがおありなんですね。なんの講義をなさったんですか。

奥野　近代フランス文学という講義だったそうです。それから、あと講読された。ドーデーなんかをさかんに読まれたようですね。メリメなんかの講義もされたそうです。先生はあの時分、アンリ・ド・レニエに凝っておられて、レニエの話を、非常におもしろくされた。あれほどちょいちょい作品のなかにお書きになっておりながら、荷風先生、御自分ではついにレニエの小説は、一つも翻訳されませんでしたね。詩ばかりでしょう。

大岡　小説は訳されなかったですね。

奥野　永井荷風、後藤末雄共著「モーパッサン」という本がありますが、後藤先生に聞きましたら、全部自分が書いた。荷風先生の名前がつくと売れますからと言ったら、お使いよと言われたということですが、そんなところは鷹揚だと思いますね。荷風先生には変なところがあって、尊敬している人とか、昔から知っている人とかは、わりあい可愛がったらしいです。後藤さんは、あの当時、森鷗外のお嬢さんのフランス語家庭教師をしていたのです。それで森さんの紹介で、荷風先生と相知ったらしいのです。そういうところも、気が弱くて人見しりするという、なにか確かな紹介とか、尊敬する人の縁故とかいうと、安心しちゃうんじゃないでしょうかね。ほんとうだったら、人の書いた本に共著なんていうことは、あの先生の主義としてはしないはずですがね。

大岡　とにかく変った方で、ふつうの尺度ではなかなか律しきれないですけれども、やはり特異な天分と特異な傾向をお持ちになっていて、その生涯全体をみるとちょっと痛ましいところがありますね。

奥野　そうですね。気随気儘な生活をしているように見えますけれども、そうするためには大きな意志力を要するでしょう。

大岡　そういうことなんです。

奥野　その意志力たるやたいへんなものだと思うのです。

「腕くらべ」と「おかめ笹」

大岡　話は違いますけれども、ぼくは「腕くらべ」も「おかめ笹」も好きなんですけれども、「おかめ笹」にはモデルというようなものはあったのですか。

奥野　あったろうと思いますね。ただ舞台が白山などという、三等四等の花柳界だから、モデルがはっきりしない点があるかもしれませんね。作中の日本画家なんかは、あるいは心に描いている人があったんじゃないかと思いますね。

大岡　あの小説は、だんだん終りの方になってくると、すこし単調になってくるんですが、主人公というものがなくて、副人物ばかりでできている小説。最初は大社会小説をお書きになるつもりでおはじめになったかもしれないけれども、途中で投げ出した形にみえますね。しかし、ああいう小説は当時一つもなかったので、たいへんな意気ごみだったと思いますが。

奥野　わざと岡場所的花柳界に話を取材して。

大岡　そういうところが、シャレているところなんですよね。実際、舞台は白山下ですけれども、目標は画壇の腐敗であることはたしかなんですから。

奥野　だから、先生の気持のなかには、西洋風の諷刺小説を作るという気持があったと思いますね。

大岡　やはりゾラ以来の社会小説の理想がありますからね。これはなにも荷風先生だけではなくて、日本の小説家は、いつでもその理想にねらいをつけてみるものの、なかなかうまくいかないんですけれども。

奥野　日本の江戸時代の諷刺的なものというのはみんなくすぐりとか通人の文学が多くて、ほんとうの諷刺というものは西洋のものだろうと、私は思いますよ。ギリシア以来のサチールからきた、かなり知的なものでございましょう。だから西洋文学に造詣の深い荷風が、ああいう新しいものを始めようという意欲を持ったのじゃないかと思いますね。

大岡　つまり諷刺といっても、自分の気に入らないやつをちょっとからかうのではなく、世の中がどういうからくりで、どのように人間が動いているかという、その構造をつかまえておいて、その上で……。

奥野　そうです、いったん頭脳を通して。

大岡　諷刺のホコ先を向けていくという、正当の理想があったんでしょうね。

奥野　ところで荷風先生は実際としては「おかめ笹」のような遊びの方が、身についていたようですね。つまり「腕くらべ」の方は、むしろたいへん夢があるんじゃないですか。実際、日常多く親しんでいたのは「おかめ笹」の世界じゃなかったかと思いますがね。

大岡　「腕くらべ」は、荷風先生にあたるのが、あの吉岡という、旦那でもない、半分イロみたいな……。

奥野　……男でしょうね。駒代にはかなり八重次のイメージが入っておりましょうね。

大岡　荷風さんといっしょに白山下とか、ああいうところにおいでになったことは……。

奥野　それはないです。佐藤先生とはありますけれどもね。偏奇館の隣に御親戚があって、荷風先生には御面識はなかったのですか。

大岡　あれが荷風先生と言って教わったこともありませんし、すれ違っているかもしれませんけれども、気がつきませんよ、当時は中学三年ですから。いまでも麻布市兵衛町の辺は、東京の古い地形が残っているところですね。江戸見坂を登ってあの崖っ端の道を歩いたりすることがあるのですが、あそこは昔のまんまですよ。

奥野　そうですね、また妙な地形で、下がすぐ谷になっていましてね。谷町、名前のとおり、谷町だったですね。
大岡　戦災にもあわず焼け残っていますから、まだ昔の家がたくさんありますよ。
奥野　偏奇館へ曲るところ、あの角に田中銀之助という人のシャレた洋館がありましたでしょう。そこの桜の木があって、その桜の花が片々として散るというのを、荷風先生は書いておりますね。
大岡　あの辺には、大使館や外人の住居がありましてね。
奥野　いかにも永井荷風という人の住みそうな場所を見つけたものですね、岬みたいになったところを。
大岡　見晴らしがよくて、人を見下して暮しているわけだ（笑）。

作家精神の高さ

奥野　荷風先生は、晩年は浅草のストリッパーにたいへん興味を持たれたんですが、その前に、麻布からすぐ近かったフロリダなんていうダンスホールには出没されなかったようですね。
大岡　ダンスはあまり興味なかったのでしょうか、ダンスホールの話は出てきませんね。

当時のダンスホールは酒は出しちゃいけないんだから、チケット買って、体操するみたいに踊るだけですから。ああいう人種にはあまり興味を持たなかったんですね。

奥野　不思議なんです。興味の対象は女給といきなりストリッパーですね。先生は、私娼には、たいへん昔から興味を持っていたようですね。「葡萄棚」という短篇は、シャレた作品ですね。フランス文学を読んでいるような感じで。

大岡　人間の悪いところばかりを見て、人間を信用されておらない。女というものも信用しない。女のなかでいちばん自然な生き方をしているものが売笑婦と見えたようです。その売笑婦が人間らしい要求を満たす、そんなところがお好きですね。

奥野　だから荷風先生は、売笑婦が、オヤッと思うような真情を見せたり、愛情を見せたりすると、鬼の首をとったように、喜んで紹介しますね。

大岡　外国にいたイデスというあの女は、よほどお気に召したらしいが、結局、自由な女の理想、いちばん束縛されないのは売笑婦にしか、荷風さんは見つけられなかった。女が理屈を言うのはおきらいだったようですね。

奥野　先生の一生を通じて、いちばん恋愛らしいものはイデスだけで、それもほとんど、恋愛というものはあまり価値を感じなくて、一生過ごした方のようですね。

大岡　荷風文学の全体を見渡してみると、漢学の素養があったということは、たいへんな強味ですね。

奥野　なんといっても母方には鷲津毅堂、父には永井禾原がおられる。生まれがすでにそれを決定しているわけです。それから、時代が時代ですしね。荷風先生は、在世当時から、日記をどんどん出版しておりましたね。自分の日記は作品として発表されるべきものだということを、はじめから予期していたと私は思うんですが、どうなんでしょう。事件が出てくると、必ずその始末が書いてありますね。女のことでもなんでも。だから作品を書いているつもりで、日記を書いておられたような気がしてしようがないです。

大岡　日本にも、日記文学の伝統がありますけれど、フランスの日記類をお読みになっておられたように思えます。事実上記録でありながら、おもしろ味があるというところに、「断腸亭日乗」の特異性があるのでしょうね。天気のことが必ず書いてあるので、われわれには役に立つんですよ。たとえば大正時代の文学者の生活を調べる、あるいはあのころを舞台に小説を書くという場合にしても、必ずその日は天気だったか、雨が降ったかが、出てきますからね。いま中原中也を調べているんですけれども、「断腸亭日乗」は、そばから離せないんです。

奥野　そこへいくと、鷗外とか漱石の日記というものは、まったく自分の備忘のために書いてありますね。作品という意識はないと思うのです。しかし、永井先生の日記は完全に作品そのものですね。日記でも作品でもスタンバーグ監督の映画のつくり方に、よく似ていて、いったん出したものはちゃんと始末をつけるんですね、全部。

大岡　それからなんとも言えない品格がありますね。昔の自然主義時代の作品でも、品がある。あれは作家精神の高さを示しているんだと思います。

（昭和四十二年十月二十一日　虎の門　福田家にて）

荷風散人を語る

武田泰淳
嶋中鵬二

節度を重んじた荷風散人

武田　ぼくはこんど昭和期の荷風文学を担当したわけですが、荷風先生はどんなタイプの女性がお好きだったんですかね。小説だけじゃなかなかわからないけれど。

嶋中　たいへんむずかしいですね。ある時、先生に、いちばん好きだったのは誰ですかと伺ったら、「あめりか物語」に出てくるイデスだというのです。ヨーロッパ系の女性がいいと言われるんですよ。ですから銀座のバーなんかに行きましても、どちらかというと、外人がかった顔の方がお好きだったようです。その時の話では、男に対する女の尽し方が、日本の女とは比較にならないほど、綿密で、サービスに気を働かせるということでした。

武田　それは知らなかったですね。小説には、男にサービスさせる女の方が多いですね。昭和に入ってからはお年寄りになっておられるからかも知れませんが、青春時代の眉目秀麗のころは、イデスなんかとてもよく尽してくれたけれど、晩年は、そういうものを、ある程度諦めたということもあるかも知れませんね。

嶋中　そうかも知れません。ただ世間で紹介されていること、たとえば荷風先生といえば浅草という工合で、よれよれのズボンに下駄ばきの汚い格好をした荷風先生ばかり紹介されているわけですが、そればかりではありませんでした。市川のお宅におられる時は、なるほどよれよれのズボンをはいておられるのですが、銀座にお出かけになる時は、カフスボタンをつけたワイシャツに、ネクタイもきちんとしめて、一張羅の洋服を着て寸分すきのない老紳士のスタイルですね。バーにおられる限りでは、非常に上品な飲み方で、ホステスと映画や小説の話をしたり、実に楽しそうに会話しておられる。世間一般に言われている奇人なんていう言葉とは、ぜんぜんちがいますね。

武田　大声で騒いだり、人に迷惑をかけたりすることは、すこぶる嫌いですね。そんなもの、見ちゃいられないという態度ですね。礼儀や節度のない人は大嫌いだったのじゃないですか。

嶋中　礼儀とか節度という点には、たいへん厳しかったですね。

武田　それは荷風文学の全部ですね。実に慎重で、無駄のない正確な文章を書いている。あれは驚くな。粗雑ということが嫌いなんですね。好きな女のタイプでも、純日本式の楚々とした人も好きだったし、あけっぴろげの玉の井の女でも銀座の女でも、天真爛漫な人が好きなんですね。インテリの女は嫌いだったようにみえますが、どうなんですか。

嶋中　そこがなかなか怪しいところで、バーなんかでは比較的にインテリの文学少女がお気に入りでしたよ。田舎丸出しの女は好かなかったようです。

武田　文学作品にあらわれたものと現実のものとでは、多少ズレがあるんでしょう。

嶋中　ちょっと複雑なんですね。先生は女の顔や姿を見て、あれはいいですよ、見ればすぐわかりますよ、と言われるんです（笑）。眼光紙背に徹して、そこまでわかるのじゃないですか。

武田　それは小説だけじゃわからない。

嶋中　荷風先生と私とは、実生活の上で非常に共通している部分があるわけです。東京の山の手生まれの山の手育ちで、親父が一応の資産家ということになりますし、学校（高等師範附属中学）も同じなんです。ですから私はその面でお話ができたわけですね。慶応義塾の教授をつとめられた荷風先生には、山の手の良家の子弟という面影が強く残っておりましたね。

武田　久保田万太郎さんとは、好きなものは同じでも大分違いますね。久保田さんには情緒の取扱いが一定しているところがある。荷風さんはかなり計略を使って実験をつぎからつぎへとやっていく。実験と言っても自分の好みとか以前になかったものを求めるとか、そういう点が広いんだな。

嶋中　たしかに広い面を持っておられたし、その広さを区別して生活しておられた感じですね。私なんかのおつきあいは、ビジネスの面と銀座の荷風先生ですね。小門勝二さんなんかのつきあいは、浅草の荷風。そういうふうに相手によってわけた。

武田　だから結局、溺れるということがないわけです。荷風さんは溺れたように見せかけることはうまいけれど。

嶋中　その点は非常に計画的といいますかね、自分の方針どおり、事を行なうことのできる方ですね。

武田　たいへんな意志力ですね。

銀座の荷風先生

嶋中　いつかこんなことを伺ったことがあるのです。市川に一人で住んでいらっしゃって、お淋しくないですかと言うと、「そりゃ、淋しいですよ」……。

武田　「断腸亭日乗」には、いまにも死にそうに、独居の淋しさを訴えていますが、あれだけたくさんの本を読み、女性とつきあって、いろいろな作品を書いていても淋しいとは、ぼくにはとても理解できないんだな。そういうことのできない人が、淋しいんでしょう。中国の文人・詩人なんかが、実は貧しく子は飢えに泣く、という表現をしているのですが、実際は悠々たるものなんですよ。荷風さんの表現は、普通のデスペレートな淋しさとは違うような気がしますがね、どうですか。

嶋中　私にはごくナイーヴな淋しさというように感じられましたね。文学的な、哲学的な意味ではなく、単純に淋しがりやですから、夕方になるとかならず人里にあらわれるわけですね。ほとんど毎日のように午後四時ごろ、当時丸ビルにあった中央公論社にあらわれたことがあります。社は五時終業ですから、その間、私がつないだり高梨茂君がつないだりして、五時になると有楽町のプルニエで葡萄酒を一杯のんで、フランス料理を食べ、六時を待ちかねて銀座のバーに行く。先生はお酒は飲めないことはないのですけれど、たいていはオレンジジュースを飲んで十一時十五分まで……（笑）。

武田　それは、そうとうなものだ。

嶋中　十一時十五分になるとホステスを連れてお多幸というおでん屋へ行きましてね、十二時の電車でお帰りになる。

武田　ほう、電車でね。

嶋中　自動車でお送りしましょうと言っても、終電車にはいろいろな女が乗っていておもしろいから、と言われましてね。

武田　女の人に御馳走するのが好きですね。

嶋中　ええ、サービスぶりはたいへんなものです。先生とはじめてバーに行った時、先生は女の子にいきなり五千円チップをやりましたよ。驚きましてね。「先生、そんなことをしなくていいですよ、クセがつきます」と言ったら、「いや、あなたみたいに若くないから、お金をやらないと駄目なんですよ」……先生はケチだケチだと聞いていましたが、案外、切れるところは切れるなと思ったのです。その証拠には、先生が亡くなられて後、使いおわった預金通帳が出てきたのです。それを見ると、先生は毎月十万円使っていらっしゃる。先生、ロクなものは食べないんですから、あの当時の十万円というのは、かなりな額ですね。おそらく女性にお使いになっていたのだというふうに考えます。

武田　浅草で自分の芝居が上演された時には、関係者全部にお金をやっていますね。なにかたいへんな気の使い方ですね。結局、荷風文学というのは、ずいぶん金のかかった文学ですね。戦後派にはとても真似できない。

嶋中　金と暇と手間ですね。

武田　そして足まめでね。

嶋中　これはたいへんなものです。私が銀座のバーに御案内した魂胆は「つゆのあとさき」の戦後版を書いていただこうということなんです。先生にもそのお気持は十分おありになったのですが、結局、「日曜日」という短篇一つになってしまいました。それでも毎日のようにバーに通いましたから、どの女性は何枚着物を持っているか、などと暗記しちゃうのですね。私は長篇小説を書いて下さいと、いつもやかましく言ったのですが、先生は、女から身上話をきくにはいっしょに寝なければほんとうのことは言わないとお考えのようでした。「もうだめですよ。できなくなったから小説は書けない」としょっちゅうおっしゃっていました。そういう経験というものは、非常にすぐれた取材の方法らしいですね。

武田　それはそうでしょうね。だからぼくら戦後派には及びがたい。二重の意味で足まめだな、荷風先生は。

嶋中　最初は遊びが好きで遊んでおられたのかも知れませんが、少なくとも私がおつきあいするようになった晩年から想像すると、完全に取材のための準備行動の感じでしたね。ある時、銀座で酔っぱらいが喧嘩しているところに出遇わしたのですが、先生は立ちどまってじっと観察しておられました。

武田　さっき溺れないと言ったのは、科学的な探求精神とよく似ているところがあるからです。事荒立てて自分の主張として出すのは嫌いだったでしょうが、非常に自然科学的な感じをうけますね。人間が存在していること、女性が存在しているということをありのまま受け取って、その中から新しい定理を見出そうとしている。荷風先生はなんにもそんなことは言っていませんが、やはりそれがあったのでしょう。だからいやらしくないのですよ。荷風さんが亡くなったとき、日本のジャーナリズムは寄ってたかって屍を食いちらかすように書き立てましたが、返す返すも残念なことです。一人の貴重な作家をほんとうに愛しているとはおもえなかったですね。先生は他人を警戒して過してきたわけだけれど、亡くなったとたんに先生の予言は適中してしまったのですよ。知っておられたにちがいない、きっとこんなふうになるだろうということを。だから人を警戒せざるを得ないのですよね。

嶋中　警戒心は強かったですね。私の卑俗な見方では、先生ほど人なつっこくては、警戒心がよほど強くないと生きるのがむずかしいということですね。

荷風・潤一郎比較論

武田　嶋中さんは、荷風さんと谷崎潤一郎さんの両文豪におつきあいがあってよく御存知でしょうが、お二人の違いというものをきかせて下さい。

嶋中　生活上のことから申し上げますと、谷崎先生は「台所太平記」に至るまで家族関係を最大限に複雑化した極点、荷風先生は最小限に単純化した極点ということです。

武田　それはたいへんおもしろい意見ですね。女性の好みという点では、どうでしょうか。

嶋中　谷崎先生は悪女がお好きですね。荷風先生は、要約すると運動神経のいい女、というところでしょうか。

武田　動きのある女……。谷崎先生は、美女があらわれるとわれわれの気づく前に素早くキャッチされてしまう。広く人材を求めるというとおかしいけど、感覚的に早く発見される。

嶋中　そうですね。谷崎先生は、これは今までぜんぜんなかった意見ですが、天才的なジャーナリストです。作品の発表でも、ここで一発という時にホームランが出る。女性の選択においても、その個人的評価とともにジャーナリスチックな角度がある。女性の好みはネコ系統が好きで、一貫してイヌ系統はお嫌いのようですね。荷風先生はどちらかと言うと、イヌ系統なんじゃないですか。

武田　イヌとネコ。それはおもしろい。今後重要な問題として、われわれは大いに論議しなければならない。イヌを好むか、ネコを好むか。

嶋中　イヌ系統とネコ系統とでは、ヒステリーの起し方なんかもそうとう違うとおもうんです。イヌ系統の方がおもしろ味のない、いやな起し方をするでしょう。荷風先生はイヌ系統のヒステリーばかり御経験があったのじゃないかと思えます。

武田　ああ、そうですか。それで小説には女のヤキモチを書かないで、男のヤキモチを書いているのかもしれないな。女が男を殺すというのは、谷崎文学に多いのです。谷崎さんにはそこまで書かないと満足できないというところがある。そこへ行くと荷風さんは血なまぐさい事件はあまりお好きでない。ところで、荷風・潤一郎比較論というものは、まだぜんぜん出ていませんね。研究されていない。これは不思議なくらいだ。

嶋中　お二人の先生を考えてみますと、これほど違う方もないだろうと思われるくらいに違いますね。

武田　荷風先生は、人間地理学的だし、谷崎先生は地理学なんぞたいして問題ではなく、直接、医学的な面に入っている。

嶋中　谷崎先生は絵巻物をくりひろげられるような感じで、荷風先生の場合は、運動を追いながら描写している感じです。ぜんぜん違いますね。

武田　谷崎先生は、荷風先生みたいに歩いたりするということはしませんか。浅草なら浅草、銀座なら銀座というふうに、毎日通いつめるということは。

嶋中　あまりないようですね。

武田　やはり観念の世界というものを非常に大切にされるということですね。美の伝統に対する確固たる信念は、おそらく谷崎先生の方が強いでしょうね。日本文化の美の伝統的感覚が破壊されたことに対して、荷風先生の美の出発点があるのですね。谷崎先生には、桜なり鯛なり一つの小宇宙があって表現されるわけだけれど、荷風先生の場合は、そういう美の伝統でない姿態を発見することが気に入っていらっしゃる、というところがある。つまり日本文学の美の伝統では解決できないところ、普通だったら、でたらめになってしまう世界に自分が統一を与えたかった、というところがありますね。最初の出発点から、お二人が違っていたというふうにも考えられるのですけれども、荷風先生と谷崎先生の女性および女性的な美に対する考え方について、日本の評論家は、もっと深く考えてもいいんではないか。そう天下国家ばかり論じていないで、一歩深く入って、それからどうしたらよいのか、ということを手間暇かけて論じてもいいんじゃないかとおもいますね。この二つの峰をどういうふうに考えるか、という批評家の地理学が出てこなければならない。ぼくの見方によれば、批評家が部分的にチクチクつっついているだけでは、日本文学がどう進むかの全像がつかめないと思うんです。

荷風先生の父親像

嶋中　谷崎先生の女性像の中心にはお母さんがありますね。それにくらべると荷風先生のお母さん像というものは、はっきりしていませんが、どうお考えになりますか。

武田　「冬の夜がたり」という随筆にお母さんが出てきますが、西洋人とも自由につきあえる文化的夫人だったようですね。お母さんをそうとう尊敬していたようにおもいますね。いわゆる谷崎先生のような愛着ではなくて、一種の理想像じゃありませんか。

嶋中　お父さんには反抗ばかりしておられますね。お母さんは女性の範疇から抜けちゃっているような感じ。

武田　精神的、文化的というか、そういうものの範疇。谷崎さんの場合は、完全に肉体をもった母性を求めている……。荷風さんにはそれがない。

嶋中　谷崎先生のお父さん像は、非常に稀薄で、荷風先生のお母さんくらいかすんでしまっている。荷風先生は父親っ子というか、お父さんに対する愛着が強かったのじゃないか……。

武田　愛憎両方、他のことが考えられないくらいあったでしょうね。お母さんは童話的な理想像です。女性についてはずいぶんえげつなく書いていますが、お母さんだけは峰の彼方にあるというか、日本文化の中で一番いい女性であったように書いていますね。

嶋中　荷風先生のお父さん像を非常に感じたのは、ある時、私が着なれないスプリングコートを着ていたら、先生が「それパパの」と聞かれたわけです。それがたいへんハイカラな、良家の子弟の語調だったとおぼえています。私などはずっとバンカラな家に育ったのですが、洋行帰りの父親を持った子供がパパ、ママと言っている、そういう雰囲気を感じました。ともかく荷風先生は、父子関係をたいへん大事にされる方で、私はもちろん、巌谷小波先生のお子さんである槇一さんや大四さん、幸田露伴先生の文さん、森鷗外先生のお子さんの方々には、とくに気を使って応対されていたようです。先生のお父さん像というものは、ずいぶん違うらしいぞという感じでしたね。

武田　と同時にお父さんは一種の権威というものの象徴ですね。

嶋中　私は、結局、嶋中雄作の息子ということで荷風先生に可愛がって頂いたように思えるんです。私の父は、非常な律義者であると同時に、多少は遊びを解した人間だったので、先生は私に対して、いつももの足りない気持をもっておられたのかも知れません。

武田　いや、そんなことでもないでしょう。

嶋中　ですから、銀座へのお供も、こちらはたいへんなおつとめをしているつもりでいたのですけれど、先生の方では「遊び教育」のおつもりだったのかも知れない。あんなに親切につきあって下さった先生というのは、ちょっと例がないと思いますね。私のような若い出版屋に対して、堅気の商人はかくあるべし、と公私ともに親切に教えて下さったのです。

武田　たしかによくつきあう人ですね。日記をよく読んでみてわかりました。

嶋中　ビジネスはこういうふうにやれ、遊びはこの程度にしておけという、そういうことを別に説教するわけじゃなくて、折々に「あなた方、堅気の商人がこういうことをしちゃいけない」ということを言われたものです。

（昭和四十年四月十七日　虎の門　福田家にて）

志賀直哉を語る

網野　菊
阿川弘之

志賀文学との出会い

網野　阿川さんはいつごろから志賀先生の作品をお読みになったのですか。

阿川　かぞえで十八の年ですから、いまでいえば十六、七でございますね。旧制の高等学校の一年生のときです。ちょうど改造社の志賀直哉全集が出はじめて、それをはじめて親父に買ってもらってからです。それまで志賀直哉なんて知らなかったのです。

網野　はじめてお読みになったとき、なにがいちばんお好きでしたか。

阿川　志賀直哉全集の配本順ですから、「暗夜行路」からです。それでもうびっくりしちゃって……。短篇ではやっぱり「和解」とか「城の崎にて」「馬と木賊」「無題」、ほかにもたくさんありますが、「雪の日」「日曜日」なんかも好きです。「転生」「朝顔」「山鳩」も好きですね。

網野　私は目白の女子大へ行っていたとき、「大津順吉」をうちの近所の大橋図書館で読んで、びっくりしたんです。

阿川　「大津順吉」が最初ですか。

網野　ええ、それまでお名前知らなかったんですよ。

阿川　ぼくも「暗夜行路」を読むまでは知らなかったですね。

網野　私が志賀先生のお宅に最初に伺ったのは京都の粟田口《あわたぐち》で、関東大震災直後です。そのころ、旅行へ行くにも長いのと短いのと原稿を二つ持って歩いていたのです。そのどちらかを見ていただこうと袂に入れておいたのですが、それが短いのだとばかり思っていたら向うへ行ったら長いほう（笑）。でも長いほうでよかったのですよ。あとから短いのを見ていただいたら、それは落第でした。

阿川　それが網野さんの「光子」ですね。

網野　阿川さんは卒業論文が「志賀直哉論」だそうですが……。

阿川　はい。でもあまり自慢になるものではないのです。戦争中ですからね。一応卒業論文を出して卒業したのですが。

網野　あのころは、そういうテーマは少なかったのではありませんか。

阿川　ええ、少なかったのです。古典を勉強するのをなまけていたので、愛読作家のことを人間評論風にするということにしたのです。

網野　大学の座談会に志賀先生をお呼びになったのでしょう。

阿川　あれは昭和十七年の五、六月だったと思いますが、私が計画したことではないんですけど、東大の文学部の学友会が児島喜久雄先生に頼んで「白樺」の座談会を催したのです。児島さんのあれだというんで、めずらしく志賀先生が出てこられました。みんな「白樺」の方たちで、武者小路さんも見えていました。そこで学生がいろいろな質問をするわけです。ぼくはちょうど卒論を書いていたころだから、根掘り葉掘り聞いたわけですよ。そうしたら最後にいやな顔をされて「なんだか調べられているようだな」って（笑）。そのときは名前も申し上げなかったのですが、後で「あのときの学生は君だったか」といわれました。顔を覚えていたというのではなく、印象の悪いことを覚えていらしたらしいのですけれども。

作品をめぐって

編集部　志賀先生は、たいへん創作の勉強をされるとかうかがいますが……。

阿川　いや、だけど刻苦精励十何年というふうなこととは違うでしょうね。

網野　違いますね。

阿川　国木田独歩の影響は受けたと言っていらっしゃいますね。作品の美しさには、東洋美術の影響もあるのではないでしょうか。それはまったく芸術としての質が違いますから。どこで、どういう影響を受けられたかということはわからないのですが、短篇を見ると、精神とか、リズムとか、格調とかいうもののとらえ方で影響があるのではないかと思います。しかしやっぱり独自のものですね。あの随筆風というか、無技巧の技巧みたいな、それでキチンと完成している、あの作風を築きあげたということが、大きな仕事だったと思いますね。なかなか翻訳しにくい文学ですが、あれを美術品として考えたら、西洋人にも珍重されるものだと思います。言葉の問題でワンクッションをおくから、どうしてもむずかしい……。

網野　志賀先生の文学を外国語に訳す場合は、むずかしいでしょうね。

阿川　そう、「焚火」とかね、むずかしいだろうと思いますね。

網野　ああいう気持ね。字づらだけの訳ではものたりませんし……。

阿川　食物でも芸術作品でも、よし悪しではなくて、世界的にわかりやすい作品と、わかりにくい作品や食物があると思うんです。たとえば、ざるそばのおいしさなんて、外国人にはなかなかわかってもらえないのではないかと思いますね。

網野　天ぷらやスキヤキはわかるけれども……。

阿川　ええ。

網野　ですから「暗夜行路」などは、いくたびかドイツ語やフランス語に訳されそうになったりしましたが、結局完成していないでしょう。

阿川　そうですね。

網野　ユネスコでいつか話がありましたが……。英語よりもフランス語に訳したほうがいいのではないでしょうか。英語だと、いやに硬くなってしまうでしょう。

阿川　やはり、あの情景や気分は、作者がつかんだだけのリズムをつかんで訳さなければ意味がない。だからむずかしいと思うのですよ。

網野　そうとう力量がないと訳せませんね。筋だけ訳すなら比較的楽ですが、筋だけではないのですから。

編集部　生活と文学を、志賀先生はどのように考えていらっしゃいますか。

網野　生活は大事になさっていらっしゃいますね。だいぶ前に亡くなった小説家ですが、自分が書くために子供が病気になったりする……そういうのは先生は不賛成ですね。

阿川　しかし若いときには、「自分の命をすり減らすことで、いいものが生めるなら……」というようなことを、何度か言われたことがありますね。お若いときのものと、年を取られてからのものとは、もちろん違いますが、はじめからある完成度をもった作家だと思います。昭和十年代で完成されてしまったという説がありますが、ぼくはそうでもないと思います。戦後に非常にいいものがあると思います。

網野　ことに「山鳩」とかね。戦後もなにかお書きになるつもりはあったのですね。

阿川　ええ、熱海にいらっしゃったころ、「ぼくも『暗夜行路』一つじゃ、しょうがないだろう。長いものにかかるんだ」と言っていらっしゃったこともありました。

網野　築山御前などの材料をお集めになったり、旅行をなさったりしていらっしゃいましたね。

ユーモアとウイット

阿川　志賀先生は、非常にまじめで、ひどく神経質なところもおありになる反面、どこかユーモラスでときどきおかしなことを言われたり……。

網野　本当に先生はおっしゃることにユーモアやウイットがあっておもしろいですね。昔、先生のところで書生さんをしていらっしゃった人が刑事になったんですよ。私が「刑事になったら、目が鋭くなった」と言うと先生が「咄《はなし》家《か》一年やったら、もとへ戻るだろう」とおっしゃったんですよ（笑）。

阿川　だがずいぶん意地の悪いところもありますよ。熱海のころ、非常に刺激性のある木の実をとって「ちょっと、嗅いでみないか」と言われて嗅いだら、「どうだい」とおっしゃるのです。「なんともないです」と言ったら、非常に不満そうでした（笑）。それから、発作のときの救急薬みたいなものですが、それをちょっと嗅いでみろというわけで、ぼくがぐっと吸い込んだら、ひどい反応で顔はまっかになって苦しくなっちゃって……。そうしたら「あぶなかったねえ」と言って、とても愉快そうに笑われるんです。「冗談じゃないです」と言ったんですが（笑）。

網野　先生はよく気がおつきになりますね。

阿川　今はだいぶのんきになられたのではないですか。あんなに気がついたら苦しいだろうと思うけれども。

網野　そうですね。昔は訪ねて行く人もずいぶん苦しかったらしいです。

阿川　直吉君（令息）に、「君はいいときに親父を知ったよ」って言われました。つまりぼくが先生を知ったのは戦後ですから、だいぶどなりつけられなくなってから知ったことになるんではないかな。

網野　私も先生が四十過ぎてからでしょう。だからだいぶ穏やかにおなりになったころです。でもお子さんをお叱りになるのを見ていると、やっぱりこわかったです。我孫子《あびこ》にいらっしゃったころは、ずいぶん神経質でいらしたのではないでしょうか。私は女だから遠慮してお怒りにならない。でも一度、私のお魚の食べ方でお怒りになりそうになって「あ、間違えて怒りそうになった」とおっしゃって（笑）。つまり家の者だとお思いになったのでしょう。それからいつか、台所を手伝っていて、私がバターの切ったのを指でつまんで入れものに入れたんです。もちろん、手は洗ってありましたが……。そうしたら先生が

「これ、指紋がついている」っておっしゃったので、ずいぶんいいお目だな、と思いました（笑）。先生がなにか召しあがるときは、お皿でもなんでもよく見直して持って行かないと……。

阿川　なんでも自分でやるとおっしゃるでしょう。パンなんか切るのも自分でやらないと、ちゃんと切れないと思っていらっしゃる。ほんとうは曲がるんですよ（笑）。一緒に出かけると、ぼくとは四十も年が違うんですからね、任せておいて下さればいいと思うのに、タクシーにステッキ振りあげて「オーイ」と呼んで（相手を強く制する身振りで）「危いよッ、君」（笑）。

網野　いつでもそうですね。こっちで見ていてハラハラしちゃうんですが……。

志賀夫人のこと

阿川　奥さんも、ずいぶんユーモアがおありになる方で。

網野　そうですね。

阿川　いわゆるおかしいことをおっしゃるというわけではないんですが……。近ごろ、手伝いがいなくなってしまって来客があると面倒くさいからと、早くから玄関の鍵をかけて締めておしまいになるんだそうです。ぼくが、「新婚気分ですか」と冷やかしたら、奥さんが「直哉はそれで機嫌がいいのかしらね」なんて……（笑）。

網野　そうなんですか。

阿川　いや、まさか（笑）。

網野　先生は、奥さんのことを、ほんとに愛していらっしゃいますよね。

阿川　そう。なにかのときに、ちょっと肩に手をおいたりしていらっしゃるのが実にいい感じだと思ったことがありました。

網野　奥さんは大変魅力のある方でしょう。だから先生もおしあわせですね。私など、あの奥さんがいらっしゃったから志賀先生のお宅に出入りできたと思うんですよ。なにしろ先生の前に出ると食事もよく食べられなかったくらいですから。そして、よく気がおつきになりますものね。よく仏像のそばに、脇立《わきだち》というのがあるでしょう。

阿川　ええ。

網野　奥さんは、その脇立みたいな感じがしますね。

阿川　ぼくたち口の悪いのは、よく先生の奥さんのことを「無形文化財」と言っていました。作家の奥さんという意味だけではなくて、他にちょっと類がないのではないですかね。

先生の絵

網野　先生は絵がお上手ですね。

阿川　うちに志賀先生が式根島をお描きになった油絵が、あるんですよ。ぼくの部屋にかけてあるのです。近藤啓太郎が来たときに、彼、美術学校を出ているでしょう。だから「これは有名な人の絵だけれどもわかるか」と言ったら「まてよ、安井曽太郎じゃなし……」と言うので、種あかしをしたら「そういや、こういうところの線が素人だ」とか言っていましたが（笑）。なかなかいい絵ですよ。

網野　私もりんごの絵をいただいたんですよ。ところが戦災のときに防空壕に火が入って焼けただれちゃって……。そのままトランクに入れて、しまってあるのです。ずいぶん残念なことをしました。

阿川　先生のつつじの絵はきれいですね。

網野　あれは奥さんにおあげになったのですね。それから、弟さんの直三さんをお描きになった絵もおもしろいですね。俳画風なもので、秋の日、直三さんが奥さんのご病気の最中に、先生のお宅へいらした時の絵です。直三さんがステッキを持ってベレーをかぶってのんきそうな顔をしているんです。そして「秋晴れや女房病気よそにして」とかいう俳句が書いてあるのですよ。いかにも気分が出ていて、おもしろいんです。

阿川　いつごろのことでしょう。

網野　二、三年まえです。それは大変いい絵でした。それから五女の田鶴子さんの小さいときお描きになったもので机にもたれて眠っているような絵があるでしょう。それもいい絵ですね。

最近の先生

阿川　つい最近まで、先生は油っこい食物がお好きでしたがね。でもこのごろは、ずいぶん召しあがらなくなったらしいです。

網野　健康にいいとかいわれて、私がお節介に、健康たわしのことを言って怒られたんです。「みんなそういうことを言うけれど、ぼくは長生きしたくない」って、癇癪をお起こしになってね。それからまた、この間私が、いくら言われても懲りないで「長寿食」というのを持って行ったんです。そうしたら、ちょっと召しあがってまずかったらしく、また「長生きしたくない」って。

阿川　死ぬということは、こわくもなんともなくなったっておっしゃるんです。ぼくは志賀先生と葬式の相談をしたことがありますよ。

網野　そうですか。お墓はもうお作りになったのでしょう。

阿川　ええ。だけどむろん無宗教だと言っていらっしゃいます。「ストーブの上かなにかに骨壺を置いてもらって、おじぎをしたい人はして出て行ってもらうんだ」などと、そういうこと平気で……。

網野　でも先生がそういうふうにおっしゃると、私などはショックですね。

阿川　あまりいい気持じゃないです。でも、「あんまり強がりは言えないんだ」とおっしゃっていましたよ。いま怪獣ブームでしょう。この間怪獣の出てくる夢を見て、うなされたんですって（笑）。

網野　テレビですか。

阿川　週刊誌に出ていたのを、お孫さんのお付合いでそばで見ていらして、その晩、うんうんうなされたんだそうです（笑）。先生は動物がお好きですね。

網野　いまはスズメだけですが、以前犬も小鳥も何種類も飼っていらっしゃいましたね。

阿川　ご自慢ですね。少し理屈っぽく言えば、人間とほかの動物とは同じ生き物の仲間で、非常によく似ていて、人間だけが特別の権利を持ってるというようなことはない、というようなお気持がおありになるようですね。それから、人間はうそをつくけれども生き物はうそをつかないとかね。

網野　先日、選挙の投票をするために歩けるかどうか予行演習にいらっしゃったでしょう。

そうしたら、お疲れになったけれども、あくる日はたいへん具合がよかったそうです。先生も少しお歩きになったほうがいいですね。

阿川　まえは、ずいぶんよく歩いていらっしゃいましたがね。

網野　このごろは奥さんのほうがお元気ですね。

阿川　ええ。そして先生がいろいろなことをお忘れになるらしいんですよ。一昨日も、奥さんが「可愛くおなりになったことよ」と言っていらっしゃいました（笑）。

網野　このあいだ、胆石が起こりかけていらしたけれどもいいあんばいに納まって……。無茶をなさらないからいいんですね。満八十四歳におなりになったわけですが、とにかくお元気でいらっしゃってほしいですね。

阿川　ほんとうにそうです。

（昭和四十二年四月二十一日　中央公論社にて）

谷崎文学について

ドナルド・キーン
三島由紀夫

「武州公秘話」と「蘆刈」

三島　今度のキーンさんの解説、非常におもしろく拝見しました。「蘆刈」の冒頭の部分が、メリメの「カルメン」に似ているというところ、ナレーションの芸術的な効果。「武州公秘話」ではキーンさんがあの作品をほんとうに愛しておられて、あの作品の本質にはいっておられるところに感心しました。それから後期の作品では、「瘋癲老人日記」のユーモアの効果、スタイルの問題、キーンさんはそれも指摘しておられる。キーンさんの作品評に、僕は非常に同感を持って拝見したのですよ。

キーン　僕は、はじめこの巻の解説を書くことになって、実は心配していました。㈠㈡からはみ出した作品ばかりで、どんなに苦労するだろうと思ったのですけれども、今思うと、「春琴抄」がはいったら、この巻は谷崎文学の最高傑作が全部揃う感じです。「蓼喰う虫」

なども、もちろんすばらしいものですが、しかし私の趣味からいうと、「春琴抄」さえはいったら申し分ありませんね。僕は、この巻の作品でどれが一番いいかよく分らないのですけれども、おそらく「武州公秘話」じゃないかと思います。何年か前に初めて読んだ時には、首を洗うところがすごいと思って、まったく感激しましたけれども、今度読み直して、全体として大変すばらしいと思いました。ほんとに弱いところがひとつもないです。強いです。

三島　ほんとに強いですね。キーンさんが「最高傑作の一つ」と書いておられるのに、僕も同感です。

キーン　大衆雑誌に出たのは不思議ですね。よくも当時の人たちは、中世文学風の挿入部分などを読んで、おもしろがっていたと思います。

三島　「新青年」でしょう。昔の「新青年」は、しゃれた雑誌で、インテリの好む、ちょっとハイブロウな探偵小説雑誌だったんです。あの当時は、探偵小説なども、一種のペダンティズムがはやったので、「武州公秘話」もあのペダントリーが非常に受けたのだと思いますね。……「蘆刈」はちょっと弱いのじゃないですか、もちろん、弱いということはあの作品の美しさでもあるが。

キーン　美しいです。非常に詩的な、いい作品です。

三島　僕はあの、縮緬の描写が強く印象に残っているな。重い、ごわごわした、しぼの固い縮緬ね。あれが女の肌との、実にすごいコントラストになっていますね。

谷崎文学の女性

三島　僕、おもしろかったのは、谷崎文学の中の女性が男性に示す無関心な態度を、キーンさんが猫と同じだとおっしゃったところ（笑）。あれはかなり本質的なことでしてね。男が美男子である必要は全くなくて、女は男に対して無関心で、それでいていつも男を誘惑する。あの猫というのは、いかに谷崎さんにとって大事な象徴かということが分りますね。

キーン　僕は今度の解説の中で書かなかった一つ大事なことがあります。この巻に出て来る女性たちとは全然違う、非常に浄《きよ》い、慈悲に富む女性、母親のような女性についての谷崎先生の考え方という問題です。この巻にはそういう作品、「少将滋幹の母」のようなものがはいりませんでしたから、書かなかったのですが、三島さん、いつかお書きになったでしょう。これは、谷崎先生の女性観の、一つの要素として非常に大事なことでしょう。

三島　僕は、谷崎さんの女性は鬼子母神なのだというのですよ。鬼子母神というのは、はじめ人の子供を取って食っていたのが、そのうち悔い改めて、ほんとの純粋母性となり、子供の守り神になるのです。谷崎さんの純粋母性のイメージは、早く亡くなられたお母さんですね。それは小説の中にも出て来ますが。子どもを食っている間の女は、いつも自分が相対する女性ですね。これはいつも口のまわりを血だらけにしていて、ヒロインとして活躍する。しかしその奥に、解脱した先の慈母がいるんですよ。それが矛盾しないのですね、ちっとも。女に踏まれて喜ぶということは、結局お母さんに抱かれておっぱいを含ませてもらうのと同じなんです。一種の、慈母の愛撫なんですね。女に踏まれるというのは侮辱みたいだけれど、そうじゃないんですよ。……しかし、谷崎さんは男に踏まれたら怒るでしょうね。剣をもって闘うと思うな。キーンさんや僕が谷崎さんを踏んだら、もう、裁判沙汰どころじゃない。殺し屋を派遣して殺すでしょうね（笑）。

キーン　猫にかまれても文句は言わないでしょう。犬でしたら、ちょっと腹を立てます（笑）。

「卍」とダレル

三島　「卍」を、ダレルの「アレキサンドリア・クヮルテット」と比較していらっしゃるところがありますね。僕は、日本語訳で読んだ限りでは、谷崎さんとダレルとは非常に素質が違うと思うのです。ダレルの場合、人間の肉体というものを書くときに、人間の官能的・感覚的な味わいと同時に、風景や、植物や、動物や、水や、そういうもののにおいを同時に感じさせる――一種の汎神論的な文学でね。「アレキサンドリア・クヮルテット」でも、魚市場の魚のにおいとか、腐った水のにおいとか、そういうものがむんむんしていて、その中で今度は人間のにおいを感じさせるでしょう。モーリアックもそうですね。谷崎さんは、その意味では、関西のにおいもないし、「蘆刈」の風景描写にも、モーリアックなんかの感覚的な松やにのにおいに比するような、そういうものがついにないのですね。不思議なことですが。

キーン　僕は、今三島さんのおっしゃったこと、全部認めています。谷崎先生とダレルはもちろん素質がちがいます。ダレルの文学を悪くいうと、センセーションの文学ですし、変なお祭とか、人食い民族の話とか、なるべく読者をびっくりさせようとするところがありますが、谷崎文学には、そんな要素は、もちろん微塵もありません。僕が言いたかったのは、もっと狭い意味で、同じ事件をいろいろな角度から見ている、そして事実がいったい何であったか、完全に分ったと思っていると実はそうではなかった、というような、多角的な見方のあるところ、おもしろいと思ったのです。ダレルの場合、もっと極端でしょうが。

三島　そうですね。そういう構成の問題では、たしかに似ていますね。

抽象主義の文学・男性論

三島　今、僕が言った、なぜ谷崎文学ににおいがないかということから考えると、谷崎さんは非常に抽象主義の作家ではないかと感じます。それがかなり本質にあるんじゃないでしょうか。

キーン　特に晩年はそうです。「鍵」ほど抽象的な小説はないでしょう。

三島　その点では、ある意味で世間の主張と反対かもしれませんが、僕は谷崎さんぐらい雰囲気を重んじない作家はいないんだというくらいに思うのですよ。もっとも初期の作品ね、「刺青」にしても「悪魔」にしても、ある時代の雰囲気みたいなものを書いているようですが。谷崎さんの書きたかったことは、雰囲気じゃないですね。非常に抽象的な、観念的な問題ですね。僕は、そこが荷風さんと谷崎さんの違いのように思うのです。荷風さんは、人間を描くよりは雰囲気を非常に大切にしていますが、谷崎さんは、直接抽象的なものにバーッとはいっていくのですよ。僕の考えでは、抽象主義というのは非常に男性的なものだと思うのです。谷崎さんの初期から中期にかけての作品にも、一種の抽象的・観念的な姿勢が深くあります。谷崎さんの小説は、一般に世間から指摘されているように、男というものが描かれていないのだけれども、あの抽象性に男があると思うのですね。

キーン　そうです。そして谷崎先生ほど男性的な作家はちょっといないでしょう。これは、ちょっと別の意味になりますけれども、僕の見た限りでは、谷崎先生はほかの男性に対して全然興味がなかったようです。そして、旅行する時でもそうだったのですが、いつも必ず五、六人の女の人に囲まれていました。非常に印象的でした。まったく、谷崎先生は女護島にいらしたようなことになりました（笑）。世の中に、男の人は、自分だけ、たった一人で十分です、というような……（笑）。

三島　その光源氏は、女に踏まれる光源氏でね……。谷崎さんという人は、主体と客体、あるいは芸術家と芸術に描かれるものとをはっきり分けた人です。こっち側にあるのは知性であり、主体であり、男なんですね。そして描かれるものは、官能であり、肉体であり、女であるわけです。ですから、その女の中には、馬鹿で美しいだけの男ならばはいる余地があるのです。それは初期の作品にも出ていますよ。しかし、それは馬鹿ということが必要なんです。知的な男、少なくとも自分と知的な会話を交せる男はいらないんです、そんなものは邪魔なだけで。自分一人でたくさんなんだ。だから、キーンさんだの僕だのというのは、谷崎さんにとってはいらない人だ。

キーン　ありがとうございます（笑）。

三島　谷崎さんは仕方なくつきあって下さったけど（笑）。

キーン　「卍」は全然男が不必要になった世界でしょう。綿貫という非常に女性的な男性と、園子の夫の非常に消極的な男。この、もう男性はいらなくなったような状態は、谷崎先生にとって、いちばん喜ばしい状態であったかもしれません。

三島　ですから、僕はほかにも書きましたが、谷崎さんくらい老いということを恐れなかった人はなかろうと思いますね。普通の作家は年をとって来ると必ず悲哀を感ずる。しかし、谷崎さんにとっては、年をとるということは理想境に近づくことですよ。だんだん自分の肉体が無になってくるのですから。自分の肉体が無になり、マイナスになればなるほど、女はますます美しくなり、聖母の化身となるわけです。女を荘厳するためには、自分が無になればなるほどいい、年とれば年とるほど楽しみが増す。あんなしあわせな人、いませんよ（笑）。

キーン　ほかにそういう小説家いないでしょう。さっき女護島と言いましたが、その島でたった一人、どんなに年をとっても、どんなに顔がみにくくても……。

三島　希望がある。ですから、「好色一代男」で世之介が女護島へ船出する、あそこから始まる文学が、谷崎文学です（笑）。

キーン　そうですね。世之介はそのころ、もう六十くらいだったでしょう。「鍵」は「好色一代男」後篇というわけで……（笑）。しかし、日本の近代文学全般に見ても、男らしい主人公は少ないですね。そして、ちゃんとした職業を持った人が少ないのです。

三島　川端さんの文学でもそうですよ。川端文学の男もだらしがない。まったく何だろうと思うくらい。

キーン　「雪国」の島村もそうでしょう。

三島　日本の芸術主義の作家というのは、そういう点が顕著ですね。男の中には肉体的関心ばかりでなくて、政治的関心、社会的関心がどうしてもはいってくるでしょう。職業を持たせたら、その瞬間から社会的・政治的関心が始まります。やっぱり、男が、あるいは作家が、そういう関心を持ったら、芸術世界が崩れてしまいますね。谷崎さんが、そういうものから逃げ通したからこそ、近代日本で芸術を完成させることができたのだと思います。僕は、谷崎文学全体で、どうしたら自尊心を傷つけないですむかということが、実にうまく語られていると思うのですが、政治や社会に関心を持たなければ、自尊心を傷つけられる場合がまず少ない。それから女を相手にしていれば、これまた安全です。それから人の批評というものを絶対に受けつけない世界に住んでいたということ。そういう点で、作家・芸術家としての谷崎さんは金城鉄壁だと思いますね。谷崎さんに比べると、われわれは何て傷つきやすい世界に住んでいることか。毎日一度か二度傷つかなければならない。それは社会を相手にしているからですよ。

三島　「卍」の中に、手紙の封筒と便箋、あのごてごて趣味の色刷りのものが出て来ますね。ああいうところ、実によくつかまえておられると思うけれども、あれは上方文化全般の御所趣味、平安期以来の宮廷趣味につながるのですね。東京でいい趣味と言われるものは、武家から来た渋好みで、ああいう関西風の御所趣味というものはほとんど持っていないですね。

キーン　食物もそうでしょう。谷崎先生の「東京をおもう」という随筆にもありますが、江戸の人たちは、ほんとにまずい、味のないものを満足して食べて、むしろ、おいしいものを食べるよりもイキだと言ったりして（笑）。

三島　そばを出し汁つけないで食べるとかね。しかし、プレーンな文化とカラフルな文化というものは、ほとんど江戸と京・大阪を分けてしまいましたね。東京の美学の渋好みというのは、日本の文壇の小説の評価にもあるんですよ。岡本かの子のような派手なものは好まれなかったし、戦後でもそれが続いていて、デコラティヴな小説は人気がないのですよ。文芸時評でもそうだし、われわれが文学賞の選定をやっても、趣味の問題ではやはり渋好みというか、ちょっと皮肉な味のあるものですね。大衆も、昔の御所趣味的なものは野暮なものとして、だんだん遠ざかって来ましたね。

キーン　ある意味では、谷崎先生は最後まで江戸っ子だったでしょうね。いくら長く関西に住んでも、それはやはり外国人としての興味で、自分の本質は全然変っていないでしょう。

三島　変っていませんね。芝居はやっぱり六代目が好きでしたしね。六代目の芸風は、ほんとに関西の人が好く芸風じゃありませんもの。

キーン　谷崎先生自身も、外人が広重の浮世絵を見るような気持で、京都や奈良を見た、と書いていられますが、もし非常に西洋のものに惹かれた時代がなければ、あんなに日本の古典的なものに感激しなかったでしょう。

三島　そうですね。日本の近代では、一度西洋人にならなければ日本の古典は分らなかったのだろうと思います。必ず西洋がクッションになって、日本のことが分るのですね。今後もそうだと思います。そういう国なんですよ。

キーン　荷風もそうだったでしょう。西洋をよく知っていたから、日本に帰って、東京の古い汚ない家を見ても、ああ、ここだったか、為永春水の小説は、などと思ったでしょう。しかし西洋を全然知らない人だったら、全然感心しなかったでしょうね。むしろそういう汚ならしい家を一日も早く壊して、鉄筋コンクリートの衛生的な文化住宅を建てたらいいと思ったでしょう。

三島　ええ、ええ、日本人は、文士も、政治家も、役人も、同じように西洋を真似しようと思って西洋を見に行ったわけですけれども、鈍感な人と敏感な人との違いがあって、鈍感な人は西洋の方を向いたままで終ってしまいますね。敏感な人は向うを向いて、また帰って来ます。やっぱり芸術家というのは敏感なんですよ。

我欲の美徳

キーン　谷崎先生は贅沢でしたね。ほんとに真似ができないほど。それも無意味な贅沢じゃなくて、有意義な贅沢でした。

三島　僕は、谷崎さんの贅沢は、はじめ個人的な問題だったと思うのです。ローマの皇帝みたいに、宴会で奴隷を殺して楽しむわけじゃなかったのですからね。ただ、それが社会的になったのは戦争中だと思うのですよ。あの日記にあるような戦争中の食物。他人が芋を食っている時に、ああいう食事をするというのは社会的行為ですよ（笑）。とにかく、あの時期に谷崎さんは、自分が贅沢することが、自分の芸術にとって一番大切なことであり、これが日本人としての自分の一番正しい道でもある、というところまで行ったのだと思います。

キーン　福田恆存さんが書いていられたことですが、戦争直後のひどい混雑の列車があったでしょう。そこに谷崎先生と奥さまと、もう一人と、三人で四人分の席をとっていたら、だれも反対しないで、全く当然のように思って遠慮していたという……（笑）。先生のまわりに、そういう空気があったでしょう。

三島　あのころとしては、ほんとにそれはめざましいことですよ。谷崎さんの、我欲が道徳だという考えは、どこから来たのでしょう。人が食べられないでいる時は自分もがまんしようとか、食べ物のことを言うのは恥かしいとか、そういう日本人一般の考え方は「異端者の悲しみ」のころから捨てていますね。しかし、それを戦争中も守り続けたというのは、えらいと思いますね。すごいですよ。明治の作家には、そこまで極端な人はいないと思うな。自然主義の作家は、我欲ということを大事にしたでしょうけれども、我欲が正義で、道徳だ、というところまでは行ったかどうか。それも、お金というより、食べ物ですからね。もっと直接的に言うと。

キーン　戦争中、先生は全然軍に協力しなかったですね。

三島　全然。協力も、抵抗も。荷風さんは、ある程度思想で抵抗したのですが、谷崎さんは無手勝流で勝っちゃったんですね。

キーン　「細雪」が発表禁止になったことを、僕ははじめばかばかしいと思っていました。あの小説の中には、何も批判がはいってはいないし、軍がいけないなんて、ひとつも書いていないでしょう。しかし、最近思うようになったのは、軍部はむしろ正しかった、ということです。根本的に谷崎先生は、軍が作ろうとしていた社会を否定していたわけです。

三島　そうなんです。それをキーンさんはこの解説に書いておられますね。ただ、日本の言論統制というのは、そこまで頭のいい人がいなかったものですからね。谷崎さんの文学の、ほんとうの否定的な要素というものが分ったかどうか、というのは、僕は疑問だと思いますね。それは、一部には分ったかもしれませんがね、軍部全体には分っていなかったのじゃないでしょうか。ただ、戦争中なのに、女のことなんか書いてけしからんとか、贅沢なことを書いてけしからんとか、そういう程度で、谷崎さんの文学の根本的なものにひそむ否定については、ついに分らなかった、と僕は思います。もし分っていたら、殺していますよ。

永遠の生命力

三島　僕は、谷崎さんの偉大さとはどういうものかという基準が、今の批評家には分っていないと思いますね。僕は日本の近代の歴史は、排除あるいは無視によって偉大になるよりほか、なかったと思うのです。谷崎さんはそれを非常によく承知していた。谷崎さんくらい、自分に必要なものと不必要なもの、または自分に適したものと適しないものとをよく知っていた作家はいませんよ。それは若い時の試作を見るとよく分りますが、何度も実験をやっています。そして自分に向かないものを排除し続けて行った、それが芸術家になる唯一の道だったのです。それが、みんな分らなくて、谷崎さんだけが分っていたのですね。だから、谷崎文学をつかまえて、あれが欠けている、これが欠けている、社会性がない、政治性がないなどと言うのは簡単な指摘ですよ。しかし、そういうもので谷崎文学を説明することはできませんね。

キーン　谷崎文学でやはり一番驚くべきことは、ほんとにどの時期の作品を読んでも、不思議に生命力があって、当時のものと今の自分たちとの間の距離を、ちっとも感じないことです。これは大変な功績だと言わなければならないです。谷崎先生の文学の評価は当時も今も変っていないのです。

三島　そうですね。その点では、漱石も、当時もえらかったし、死んでからもずっと国民的作家とされていますが、漱石の文学の愛され方とはちょっと違いますね。

キーン　結論として、谷崎文学は読むべきものである……（笑）。

（昭和四十二年七月十日　赤坂　シドにて）

柳田学・折口学・茂吉短歌

大岡昇平
大江健三郎

柳田民俗学を語る

大岡　今日は大江さんの世代が、またあなたが、どういうふうに柳田国男、折口信夫と斎藤茂吉を受け止めているか、ということを聞きたいんですけれどもね。僕が柳田国男を最初に読んだのは、昭和八年かな、「桃太郎の誕生」です。なぜ僕が興味を持ったかというと、普通の近代文学史、明治以来の二葉亭四迷、自然主義、近代的リアリズムという形に沿った系譜、そういうものと全然違ったものが文学の中にあるということ、われわれの中にあるということを教えられた。そこが非常に驚異だったですね。

大江　その、近代文学の流れと柳田国男の存在の違いということ、僕もそう思います。柳田国男から言えば、近代百年というのは大体現在なんですね、あるいは自分が体験した過去というか。だから百年の間に新しい文学が出来上って、流派が生じるということは無意味なんです。それが柳田国男のスタイルになっていると思うのです。例えば「うつぼ舟の話」で、遺念火の怖ろしい話は、最もこの類の墓所に多かった、と言うでしょう。なんとかは何々に多かった、というのが柳田国男によくある。それは、秀吉は出陣する、という歴史的現在、そうではない民俗学的過去とでも言うか、自分が体験したのではない、しかしあたかも自分が何百年かの生命を持って生きている人間として、体験したように書いてあるでしょう。主格はなしで、しかし単なる過去として……。

大岡　そうね、だから僕はよく言う柳田史学、これは言葉の矛盾だと思っているんだ。民俗学というのは、歴史を否定して、何千年か前から現在までずーっと残っているもの、それを掘り起していくということだからね。ところで、僕は柳田さんのアプローチの仕方を見ていると、最初から学問、民俗学というものを系統づけるということではなくて、言葉もない因習の中に生きているものに対する驚きがまずあって、そこからアプローチしていく型ですね。戦後、フレイザーの「金枝篇」が翻訳されて、それで僕も民俗学のいろんな輪郭がわかってきたのだけれど、柳田さんはあれ翻訳させなかったんだよね。岡正雄さんが座談会で言っているな。ああいうものが嫌いだったんだよね。一種の文学者的なアプローチの仕方が最初からありますからね。だから柳田さんの学問は、民俗学として結局まとまっていない。どの論文読んでも結論が出てこないのだよ。

大江　その時、こういうものが今まで生きていたと感ずる時に、「うつぼ舟の話」のころから確実にそうですけれど、集団意識というものがあると信じていたんですね、柳田国男は。日本人の、例えば民族心理の法則とか、国民の癖とか、民族の想像というように。意識と言うよりイマジネーションと言った方がいいと思うのですけど、民族固有の、共同体のイマジネーションがあって、日本人独自のイマジネーションはこういう形だ、それは他の国と違っている、ということに対する確信があるでしょう。

大岡　ありますね。それを探っていくんだけれども、柳田さんにはそれが何であるかということが出てこない。

大江　「雪国の春」なんか、中国との対比の上では、日本人はこういうイマジネーションを持っているということは出ますでしょう。中国の言葉から伝達したものを、自分のイマジネーションで肉付けしなければいけない。その場合には、日本的な風土によってそれを変形する、というふうに書いてありますね。

大岡　そうそう。「雪国の春」でも、中国との比較で書いてあるんですけど、もう一つ信用出来ないんだね。自分の論旨に都合のいいところを持ってくる。中国がこうだというところを、柳田さんは選び取っているわけですよ。その点は頑固な人で、「金枝篇」を翻訳させなかったというのも、あれをいま翻訳して知らせると、日本の民俗学が変な方向にはずれていく。自分が組織したものに悪い影響を与える、という考えがあるんです。「桃太郎の誕生」あたりまではよかったんだが、戦争のころになると局地発生説になるでしょう。

どうも僕は戦争の時に、柳田さんのそういう態度が嫌いになってね。つまり、日本の民俗学というのは、普通本居宣長の「玉勝間」から始まったことになっている、そういう雅文脈でアプローチをしたということと、柳田さんが知的な散文詩みたいなもので近づいていったというのと、やはりこれは日本民俗学の運命みたいなものなんですよ。フランス民俗学が、マルセル・モース、今のレヴィ＝ストロース、社会学から文化人類学という学的骨格を持っているのに対し、日本はドイツに似てるんです。グリムの、何も注釈を加えないで、民話を収集するという立場ですね。これをあまり政治的にこじつけるのはうまくないけど、民主政体と、ドイツ的な半分専制半分封建的なものとの……柳田さんの集め方も天皇制と結びついて、結局、戦後一時枢密顧問官でしょう。農商務省の役人でもあった、体制にずっとくっついていた。

大江　体制的だというのは、江藤淳あたりによると治者の文学と言いますけれど、柳田国男は体制内の人なんですね。だから、自分たちの体制がどういう民族心理を持っているかというと、かなりタカをくくった、穏やかな民族を考える。「あのなつかしい菅江真澄は……」と書きますね。しかし菅江真澄はちょっと違う。頭に傷痕か何かがあって、それを隠すために頭巾をかぶっていたりする、恐ろしいアウトローみたいなところのある人だと思うのですけどね。体制内の人間として、アウトローに対して敏感なわけです。「山の人生」で、山窩《さんか》というものは人を殺したりするけれど、それはあまり荒々しいからたちどころに山窩がやったということがわかった、というように書く。柳田国男の場合、荒々しさは別の世界の人間のやることとなんですね。

大岡　案外簡単に割り切っちゃうところがありますね。でも、いわゆる近代文学のほかに、何千年も続いているものがあるんだということ。それがここにポッと出ているという、そういうことをやった。「不幸なる芸術」でも悪が書けてないとか、嗚滸《おこ》ということ、あるいは笑いが日本文学にないということ、しょっちゅうそのようなことを言ってくれた人がいた、というのは良かったことなんですね。

大江　確かに気持が衰えている時に読むと、力づけられる学問ではありますね。僕らみたいな俗流の読者にとっては、柳田国男、折口信夫の学問は実に説得力がある。僕は沖縄の石垣島に行って、夜、海を見に行ったら、ああ、このあたりに魂が浮んでいるのに違いないと本当に思ったですよ。

アウトロー折口信夫

大岡　折口さんは短文なんかでも割に攻撃的ですよね。実際、タッチが違うんだな。柳田さんとの違いはどうだろう、例えば沖縄を……。

大江　沖縄の場合、柳田国男は、やはり本土が心の中にあると思うのですね。「うつぼ舟」

の話にしても、海の向うよりは、渡ってきたこちら、渡ってきた記憶なんかなくなっているこちらが大切なわけです。折口信夫の場合は、海の向うの人間に対して、固定観念がないというのか、自分は海の向うの人間であってもいいというような感じさえあるように思います。だから八重山なんかの風俗を、非常に確実に捉えてあると思いますね。民俗学篇の琉球についての論文は、沖縄を知るハンド・ブックとしてもっとも簡略ですし、有効です。それから以後の沖縄学が方向転換したということはないでしょう。

大岡　それから折口さんには歌がある。今度僕ははじめてていねいに読んだんですが、いろいろ韻律を細かいところで工夫して、また特別な味があると思うのですけど、発散するとなると、もう一つ茂吉みたいに伸びない形だな。折口さんの説は「まれびと」、「たまふり」ということ、魂を身につける、鎮魂ということにあるんですけどもね。これは茂吉の「万葉秀歌」に楯つくわけですよ。例えば山部赤人の「ぬばたまの夜のふけゆけば、楸生ふる清き川原に、千鳥しば鳴く」だったかな。ぬばたまの闇夜なのに、清き川原云々と目に見える状景があるからわからないということで、茂吉は、それを想像しているのだろうという、茂吉流の合理的解釈をするわけです。それをひっくり返すわけですよね。夜、旅人が「たまふり」の儀式をしていて、その土地の景色を歌に詠む……そういう宗教・信仰と、叙情を一つのものにして捉えたということ、これは折口さんの非常な独創性だと僕は思うのですけどもね。

大江　折口信夫の短歌のように有効に、自分で特別のリズムを読者に指定する歌人は少ないと思います。丸を打ったり段落をあけたりして。岩野泡鳴は、詩でそういうことをしたと思いますけどね。そして例えば「誰びとか　民を救はむ。目をとぢて　謀叛人なき世を思ふなり」とか、「人も　馬も　道ゆきつかれ死にゝけり。旅寝かさなるほどの　かそけさ」というような不思議な歌がありますでしょう。そういう歌は、折口信夫の心の中では明瞭にイメージがあるわけです。自分の内部に宝庫のようなものがあって、そこに照合すればくっきりと内容がわかる。ところが、それがお弟子さんたちにまでは意味がわかるにしても、その伝達がつづいてうまくいっているかというとそうじゃないのではないでしょうか。ああいう呪文みたいな短歌は。

大岡　それで折口さんの悪口言う人は、古語を使ったり、意味のとれない言葉を使ったりするというわけだ。

大江　僕は、折口信夫という人は体制的でない、アウトロー的な人だと思うのですけど、それは戦争が終った時、悲しみと怒りもこめて一番生き生きしてた人が折口信夫だと思うからです。戦争中に、若い兵隊はいま万葉人のような精神で戦っている、とうたったりしてますけど、それは、そういうことで戦って欲しいという、それこそ鎮魂の願いを込めた歌なんですね。呪文のようなものです。ところが戦争が終ると、「新憲法」の歌というのを書かれる。「我が憲法　生きざらめやも」という言葉があるんですが、その詩なんか憲法についてうたわれた一番美しい歌の感じがします。本気で、本当に新憲法をうたっておられる。柳田国男はそんなことをしないで沈黙してるし、斎藤茂吉はすっかりまいって山に閉じこもっているけれど、彼はそれを書いたんですね。娘が、日本の女が悪くなったということもうたいますでしょう。汚なくなって、外国人にいいようにされているということ。あれだって占領中で、相当勇気の要ることだったと思います。

大岡　ちょっと忘れたんですけど、戦争中、すめらみことの語義か何かで問題が起った時、うまく論争を止めさせてしまったということですね。

大江　それは満州国建国十周年式典に久米正雄が文章を書いて、皇帝溥儀《ふぎ》に「あらひとがみ（現人神）」という言葉を使ったのです。そうしましたら、「現人神」は天皇だけだと御用文学者が追及したわけです。それを折口信夫が、「アキツミカミ」は事情が別だけど、「現人神」は一般的に使われることがある、と撃退したわけです。

大岡　そうだった、そうだった、大江さんの方が詳しいよ。

大江　そういう時に、「現人神」は天皇だけに限らないと言うことは、天皇制に対するかなり大きな匕首《あいくち》みたいなものでしょう。先ほどの「謀叛人なき世を思ふなり」だって、中野重治さんが書いておられますが、謀叛人がないからいいということではない、謀叛人がない世の中を残念無念に思うという歌なんですね。そういうところが折口信夫にはあるんですね。

大岡　その点、折口さんは攻撃的ですよね。ところで、あなたの「万延元年のフットボール」の御霊というのは、あれは折口さんから……。

大江　はい、そして柳田国男です。気が狂って森に入っていく女が、妊娠したあとが多いという「山の人生」の話と、「一目小僧その他」の、片方目が悪くなっているのが御霊になるという……。豊島与志雄の「水瓶《みずがめ》」を読むと、参った男が最後に、酔っぱらって水瓶を頭の上にかぶって、静かだと安心するというのがありますね。あれはフロイド的に解釈するより、「うつぼ舟」的に解釈した方がいいのではないでしょうか。大岡さんの「一寸法師後日譚」はどうでしょう？

大岡　そういう普通の文学史のそとで、網の目のように入ってきているものがいろいろあるんですね。でも僕の「一寸法師後日譚」、あれはほんの手なぐさみでね、結局うまくいかなかったが。

大江　いや、あの「一寸法師後日譚」は、僕は面白かったです。あれはやはり「桃太郎の誕生」と、石田英一郎の「桃太郎の母」、それを契機として、自分の無意識を掘り起そうとされたのではないかと、それに僕は興味を持っているんです。

大岡　無意識を意識化するというのも、僕の文学的方法の一つですけれど、そこからいろんなものが多様に開いていくというようには結局いかなかった。

大江　僕は大岡さんの評伝を書いた時にはまだ確信がなくて書かなかったんですが、大岡さんの内部にもやはり無意識のままで残っているものがあって、それが小説の厚味を増している。今度の「レイテ戦記」でもそれは出ていると思うのです。怒り、集団がワーッと全部怒っているというふうなことは、けっして意識化出来ないと思います。大岡さんが自覚されてない無意識としてほかの作品につながるものは、「野火」の百合の花が漏斗状に垂れてくるとかも、僕は母親の乳房のイメージだと思うのです。乳房を子供が上に向って見ている、いかがでしょうか。

大岡　おっしゃるとおりです。僕も勝手なものでしてね、自分の好きなものだけ意識化して（笑）、嫌いなものは全然無意識のまま放ったらかしてあるんですね。ユンクなんか、意識化しようとして読むわけだけれど、読んだところで何にもならないですね。

大江　小説を書く時には、僕はできるだけ無意識化しよう、無意識化しようとしていますけれど。

茂吉のリビドー

大岡　そこで茂吉の話ですが、斎藤茂吉はどうですか。

大江　僕は今度茂吉が自分のことを気が弱いと思っていたらしいことが初めてわかったんですが、欲望なら欲望、リビドーと言ってよいでしょうが、それにもう絶対的にとりつかれている人間なんですね。もう一つは、短歌の自注を読んでいるとわかってくるのですが、イマジネーションの型がおもしろかった。簡単にいえば「実相観入」という、やはりイマジネーションの問題だと思うのですが、どういうふうに実相観入するか。茂吉はいろいろ広がりのある精神を持った人ですが、それを日本的な短歌という形式に打ち当てることで、自分の精神を明瞭に把握していくわけですね。それがわかってきた。

大岡　僕が茂吉に興味を持つのは、自分が若いころ象徴主義の影響を受けたからです。結局日本の近代詩では象徴詩というのは実らなかったんですね。ただ茂吉が短歌の世界で象徴の説を唱えた。実相観入とサンボリズムというのはほとんど同じなので、その点、茂吉は小説家に割合評判がいいんですよね。あの短歌には、近代的な、サンボリズムと複合したようなバタ臭いところがあるということですね。それでわれわれの若いころは、「赤光」「あらたま」などざっと読んだんだが、あまり「あかあかと」「こうこうと」とやられると、どうも我慢ができなくてね。そのうち、ランボーの方が面白くなってくる。でも、僕は今年初めて読んだんですけど、終戦後の歌はいいですね。軍閥というものがあることも知らなかったというのは嘘だろうけど、やられてしまった老人の嘆きが出ているところが割にいい。結局、出発点として、短歌の中に日常的なアンティミテといったものを導入したということ、これが茂吉なので、啄木よりもこの点は早いのかもしれませんよ。

大江　正岡子規を学んだわけでしょう、そして茂吉になった。日本的なところは子規からまっすぐ来ている。正岡子規が発見した、短歌におけるアンティミテの問題、日常性の問題というようなことを文学的なもの、雅語的なもののうちへどんどん取り入れていこうというのは、子規の考え方をそのまま継承したと思います。片方、今おっしゃるようにサンボリズムの影響があると思うのです。日本人でサンボリズムの影響を受けた文学者の特徴を考えるのですけど、それは仏教用語の「観」ということを、文学用語として現実に把握できる人たちになると思うのです。浄土宗の言葉だと思いますが、観察のことを「観想」という。その「観想」という言葉が、実際に写生することでもあるし、イマジネーションを持つことでもあるということが、浄土真宗にあると同時に、小林秀雄の「私の人生観」にもあるんですね。そして韻文でいえば、茂吉の実相観入の「観」も、やはりサンボリズムプラス仏教の「観」ではないでしょうか。

大岡　そうですね。子規の写生、ものをそのままとらえるというものから、内面へ移した転換を茂吉がやった。僕が茂吉を読んでいくうちに、どうして茂吉に「あかあかと……」とやられるのが嫌になったかというと、これは夏目漱石にも、あのころの人間にみんなあるんですが、なんでも非常に通俗的な、わかりやすい形にしてしまう。茂吉でも、そういう精神の動きがはっきりあるんだ。例えば「万葉秀歌」、ベストセラーにしてしまうわけだよ。非常にわかりやすい。論争なんかもうまいし、人心を把握するのがうまく、ハッタリをきかしたりする才能がある。やりくりの才能がある。神童として東京へ養子に来る、養父は後で代議士になるんですよね。それを背景に博士になり、病院を経営した。戦後一時はボソボソしていたが、最後は宮中の短歌の、選者だ。いつのまにかまた体制の中にいた人間なんだよ（笑）。大江さん、想像力ということでは、茂吉はどういうことになるんですか。

大江　茂吉は、日本的な形式というか、枠組みを短歌として代表させて、それにかなりヨーロッパ的なもの、日本的な枠組みを越えた非常に激しい欲望とか、そういうものをなんとかその枠組みの中に入れてしまおうとしてがんばるでしょう。その過程で茂吉のイマジネーション、批評精神の形ができ上ったと思いますね。それで考えるのですが、もし茂吉が正岡子規の遺歌集に出会わなければ、短歌なしで茂吉はずっとやってゆけたのではないか、と思うくらいです。そうすると非常に西欧的な文化人になって、森鷗外みたいになったかもしれない。それが、短歌の桎梏を逆手にとって西欧的なものを消化しようとしているうちに、非常に特別なイマジネーションができていったわけですね。鷗外についての文章なんか、茂吉にちょっと自信があるというか、一つの拠点を現実に持っているぞという気持がみえる。ずるいこともずるいわけで、僕は茂吉の戦う文章が好きですが、勝つほかはないような戦い方をしますね。

大岡　論争する以上は、敵を殺す気でやらなければ論争にはならないとよく言われるけど、茂吉はそれを身をもってやった。たたかう場所は短歌の世界で非常にせまいんだが、自分の土俵に相手を引っ張り込む。まあ、自信があったんでしょうが、戦後の歌なんか読むと、実に日本的な、土俗的な人間だったということが結局いえるんでしょうね。そういうのは生命力ですよね。茂吉の歌には生きている感じがあるんですよね。

（昭和四十四年五月九日　紀尾井町　福田家にて）

詩人・佐藤春夫

堀口大学
伊藤　整

新詩社での出会い

伊藤　おふたりがはじめてお知り合いになられた機会ということからお話しいただきましょうか。

堀口　そうですね。佐藤君と僕とは一年ちがいで中学を卒業しているのです。つまり佐藤君が明治四十三年、僕が四十二年。それで、はじめて佐藤君に会ったのが駿河台の東紅梅町の新詩社、つまり与謝野鉄幹先生のお宅です。それまではぜんぜんお互いに知らなかったのです。いま時分の気候だったように記憶しますが、先生のところへごあいさつに伺ったら「おお、ちょうどいいわ、君に紹介する人がいる、こっちへお出でなさい」というので二階へご案内くだすった。そこにたまたま佐藤春夫君が来ていたわけでして……。

伊藤　その時の佐藤さんの最初の印象はいかがでしたか。

堀口　もう五十五年も前ですからね。あまりはっきりしないけれども……。

伊藤　あとの印象と重なりますからね。

堀口　骨っぽい、そうして烏天狗《からすてんぐ》のように尖った感じの大変鋭い人だと思いましたよ。その時、鉄幹先生がおっしゃってくだすった言葉は佐藤君が「永く相おもう」という小説のなかで書いていますね。彼は僕と違って記憶がいいし、あの才筆だから、その場面を実によく書いていますわ。こうおっしゃってくださったのですよ。「君たちはふたりとも似たような家庭、文学を愛する家庭の生まれだ。たまたまひとりは南の方から、ひとりは北の方からここへ来合わせて知り合いになったのだがこれを機会に友達になりたまえ。かえって君たちみたいに反対の土地で育った人がいい友達になれるかもしれない」とね。そばにいらっしゃった晶子先生も、何かと口添えしてくださいました。そんなことがあるためか知りませんけれども、私どもは自分たちの出会いというものを一種神秘的というか神聖なものだという観念を持っていましたね。というのは、私ども詩歌にあこがれた十八歳の青年には、与謝野先生なんてのは神様みたいなもの、いや神様以上ですわね。何ものにもかえられない尊いありがたいものだったのです。そのために同じような仕事をしていた私どもが一度も仲違いをせずにやってきたということ、これはちょっと珍しいことだと思うのです。

伊藤　佐藤さんはああいう方ですから、ときどき癇癪玉を破裂させたりすることも承っておりますけれども、おふたりの間はいつも緊密で、これは珍しいことだと、よそからも拝見しています。

堀口　私が温厚だから、争わずに一生続いたのだというふうに思っている人が大分いるようですが、私も必ずしもおとなしいだけじゃなくて、ずいぶんよく腹を立てますし、怒りもするし、今までに二度も派手な文壇的な絶交をやっております。しかし佐藤君とは駒が合うというのか、少しも腹が立たないのですよ。おかしいんです。ほれてるというのはこういうことかもしれません（笑）。

若き日の詩人

伊藤　私は佐藤さんの「退屈読本」を田舎の少年時代に愛読し始めたのですが、コクトーの詩の理解のことで、堀口さんのことが出て来ますね。それからポール・モーランの「夜開く」が出たときの佐藤さんの解説も見事なものでございました。

堀口　そうですね。それから「月下の一群」が出たときに、「朝日新聞」に長い批評を書いてくれました。これは今日から見ても立派ですね。その後あれだけのものはまだ出てないような気がしますね。それから佐藤君は、私の訳書を詩でも散文でも実によく読んでくれました。

伊藤　佐藤さん、それで勉強なさったのでしょう。

堀口　そう言っていますね。

伊藤　堀口さんはずいぶんたくさんお訳しになりましたから、お友だちの本を……。

堀口　よく読んでくれました。翻訳の本なんかそう読めるものじゃありませんがね。そうでしょう。そうして冗談まがいに、僕は慶応大学には五年いたけれども、一回しか進級しなくて、卒業はついにしなかったが、そのかわり堀口大学の卒業生だ（笑）。そう言っていますよ。

伊藤　堀口先生が明治四十四年にメキシコへおいでになったので、佐藤さんとの交際はあまり続かなかったのでしょうか。

堀口　明治四十三年に知り合いになったわけですから、期間は短いのですけれども、毎日会っていましたね。語るのは主に佐藤君ですけれども、詩のこと、それから思いつきのことでしたね。非常に思いつきの多い人でした。

伊藤　そう、思いつきの豊富な人でございますね。

堀口　毎日毎日新しい思いつきを聞かしてくれるのですよ。その代表作みたいなものが「西班牙《スペイン》犬の家」。あの本は何年に出ていますか。

伊藤　大正六年ですね。

堀口　その間、彼はプロットを作っては崩し、作っては崩ししていたのですね。

伊藤　そうしますと、佐藤さんほどの天才的な方でも、その間の七年ぐらいは待つ時間であったわけですね。

堀口　気むずかしいのですよ。

伊藤　そうですね。気むずかしい人でしたね。

堀口　それにまた、今日のプロットが明日はいやになって……。それに代るものが生まれるからいやになるのです。「きのう君に話したけれども、あれはつまらなかったから……」と言って、必ず話す人ですね。これは後年の小説の場合でも、だれかに必ず事細かに話す習慣でした。それがひとつの下書きみたいなのですね。

伊藤　ほんとうに才気煥発というか、思いつきの鋭い、すばらしい方でした。晩年までずっとその才というか、力は、少しも衰えが見えなかったようですね。はっきりしていました。

堀口　そうですね。それにまた文章の力が加わってきましたからね。

詩の人・佐藤春夫

伊藤　そうしますと、向うへおいでになって五、六年たってお帰りになると、佐藤さんはちょうど新進作家になっていたということになりますか。

堀口　そうでしたけれども、別に感じませんでしたね。私は初めから、彼は大作家で大詩人と思っていたせいですが。だって書くものがすばらしいんですもの。「殉情詩集」の前の、最初は発表しなかった初期詩篇などは絶えず見せてくれていましたし、いつも口ずさんでいましたし、私も一緒に歌っていましたから、そういうものを見ると、もう大詩人なんですものね。だから彼が「殉情詩集」でどうのこうのと言われたって、たいして驚きはしませんでしたよ。

伊藤　やはり佐藤さんは最初からそういう一種の使命感というか、確信を持っていらした人のようですね。

堀口　詩集の序文を見るとはっきりそれがわかりますね。自分こそはミューズの神の真子である、というようなことを絶えず言っていますね。それは裏の言葉で逆説的に言っている場合が多いのですが、あの序文を書けるということは大変なことですよ。それから詩人として申し上げますけれども、完璧な詩人ですね。一つの大きな円、サークルをなしていて。ああいう人はいないでしょう。

伊藤　初期の詩から拝見していましても、非常に抒情的で甘美な、ある意味ではセンチメンタルな詩を書くと同時に、批評的な、社会を批判するような詩を書いていらっしゃいますね。

堀口　その方が最初でした。

伊藤　激しい人でしたね。

堀口　最初はそういうものに傷ついて、それから心臓が傷ついて……、つまり、彼は傷つくたびに歌うのですね。最初は学校に対してなんですが、そのころの彼には反抗精神で何か耐えられなかったのでしょうね。

伊藤　反抗児であったようですね。

堀口　それでああいう詩ができたのですね。東京へ出てきてからでもそうですね。

伊藤　ちょうど大石誠之助の事件の時ですね。

堀口　そういう事件でことごとく傷つくのですね。傷から吹き出す血が彼の詩なんですね。最後までそうですものね。

伊藤　亡くなられる少し前、「読売新聞」にお書きになった詩は、オリンピックで東京は美しくなるけれども、しかし……という、批評精神のこもったもので、なかなかすばらしかったですね。

堀口　まるで自分の生命の奪われるのを知っておったかのようですよ。

伊藤　そうです。日本全体にいやがらせを言っておられたような感じでございました。

堀口　抒情性と批判性という二つの面があって、それがよく綯《な》い合わしてあって、いつの時代にもそれを持っているのですよ。ですから、私は完全な詩人だと申し上げているんです。

伊藤　詩人でもいろいろのタイプの方がいらっしゃるのですけれども、佐藤さんは作品そのものとその人柄がいつも一緒でして、たくさんの優秀なお弟子さんがまわりに集まったのも、才気煥発のあの人にじかに接するという喜びのためでしょうか。

堀口　あのにおいを嗅ぎに行くのですね。

伊藤　そのようですね。ピシャッと何か言われると、後輩としてはハアッと溜息が出るような……。

堀口　啓発されるのですね。多士済々というけれども、全くお弟子はみんなすばらしいですものね。

伊藤　いろいろな人がいますね。

堀口　ただ抒情詩人はあまり出ていないようですけれども。

伊藤　そうでしょうか。そういうとそうかもしれません。ほんとうの抒情詩人は出なくて、ほかのもっと広い意味でのいろんな人が……。

堀口　まあ文学者を生んだということでしょう。しかし抒情詩人なんてものは、佐藤君あたりが最後かもしれないですね。

伊藤　少なくとも文人で、そして詩人である。

堀口　いいことをおっしゃった。僕はときどき思うのですが、佐藤君が昔からある文人の最後の人じゃないか。つまりあらゆることの理解ができて、あらゆることの発表力があって……。

伊藤　去年ですか、佐藤さんの展覧会やりましたね。あのときも、驚きました。絵もお描きになる。それから女の人の帯、着物にまで、これはと見ればアイディアがハッと出るのですね。

堀口　そしてブラシを持てばああいう油絵まで描けるし、それから本の装幀なんかもやる。

伊藤　そうですね。つまり、なんでも身のまわりにあるものは生かして、形を与えることができるような人であったのですね。

堀口　ほんとうの意味の文人でしょうね。もういなくなるんですね。

伊藤　確かに、こういう人はいなくなりますね。

堀口　それから、「殉情詩集」は、ただ単に情緒のあるものと思っていたら、それはやはり読みが足りませんね。情緒ばかりじゃありません。血が通っていましたね。あの当時の人間の血が。

伊藤　そうですね。私はよくわからないんですが、ハイネという人はそういうふうであったらしいですね。だからいろんな抒情的な仕事と、批評・批判的な、あるいは思想的な仕事が一緒にできるような方であったのでしょうね。

堀口　珍しい人でした。

伊藤　佐藤さんは昭和の始めごろ、ちょっと体を悪くされたことがありますね。あのころのことはご記憶ございませんか。

堀口　あれはよくわからないのですが、谷崎さんがそばにいらしたときのことですね。

伊藤　谷崎さんがちょっとお書きになっていますね。ブランデーかなんかたくさん召しあがって……。

堀口　まあ、普通の言葉でいえば、自棄酒飲んだというような形で倒れたりしたことがあったらしいのですけれども、私はあのことはよく知らないのです。健康な人でしたが、三十七、八のときに病気しましたね。

伊藤　といいますと、昭和四、五年でございますね。

堀口　そのときの病気も、奥さんに伺ってみても、なんかはっきりおっしゃらないのですけれども、なにか脳溢血の軽いのだったのじゃないかと思うのです。それが足に残っていたのじゃないかと思うのです。

伊藤　ご不自由のようでしたね。左でしたでしょうか。

堀口　はっきりしたことはわからない。聞いても「お、いいんだ」としか言わない。佐藤君は僕が病身なものですから、それを絶えずいたわってくれたのですが、逆になっちまいましてね。それから佐藤君は酒をたしなまなかったが、私は酒を飲むでしょう。佐藤君、それをずいぶん気にしていてくれました。君は酒を飲むからなあと、ときどき嘆きの響きを込めて言っていましたね。

伊藤　しかし佐藤さんもブランデーを飲んで倒れられる前は、お飲みになったのでしょう。

堀口　いいえ、酒は弱かったですね。すぐ真赤になりましてね。晩年、少しずついけるようになったのですけれども、酒を愛したということはないと思いますね。一種の健啖家でしたが。

伊藤　昭和四、五年ごろ、関口町のお宅ができてすぐに、友達と講演会をお願いするので行ったことがあります。塀の色が目ざめるようにきれいで、非常にエキゾチックな感じのするお宅ですね。ああいうものはあとになると変に見え始めるものですけれども、あのお宅は変わらないですね。

堀口　さすがは西村伊作氏の設計だと思いますね。もちろん佐藤君の好みを十分に入れてやったことには違いありませんが、それにしても具合がいつまでもいいのは、やっぱり西村氏の美学だと思いますよ。そのころ、佐藤君、狭い書斎が好きでしてね、あの家の二階に塔みたいな部分があるのですよ。そこに二畳の部屋をこさえまして、ずいぶん長い間、そこを書斎にしておりました。枕の上とか、狭いところで仕事をすることが好きなのですね。大きな書斎なんか、かまえたことないのじゃないですか。

伊藤　佐藤さんとご一緒に旅行なさったことはありますか。

堀口　ありますよ。ふたりがまだ三十四、五歳のころ新潟へ行きましたね。野口米次郎先生と佐藤君と僕と師範学校へ講演に行ったのですよ。それから名古屋、岐阜、大垣を経て養老へ行ったことがあります。そのころ向うにいた佐藤君のファンの案内です。佐藤君は支那服を着ましてね。よく似合っていましたよ。

伊藤　そうですか。何を着てもよく着こなす方でしたね。

堀口　お洒落《しゃれ》でしたね。慶応へ行っていたころのお洒落は大変なものでした。

伊藤　大正十年代に私が文学少年だったときに、「文章倶楽部」かなんかにゴシップが出ていて、佐藤春夫はネクタイを何十本持っていて、毎日取りかえていくとか書いてありましてね（笑）。

堀口　ええ、載っていましたよ。何百本です。それから「殉情詩集」の表紙は、佐藤君の気に入りのイギリス製のネクタイのがらを織らしたものです。新潮社が織らせたのです。それはもうお洒落でしたね、学生時代から。

伊藤　宇野浩二さんが書いた文章のなかに、佐藤さんがちょいちょい出てきますが、宇野さんは少しあとだから佐藤さんに注目しているわけですね。銀座のどこかの喫茶店にいたら、佐藤春夫がインバネスを着て、第一等俳優の第一流の身のこなしで入ってきた、とか

（笑）。

堀口　すばらしいお洒落でしたね。あのころの三田の学校の制服は、上着は金ボタンのを着なくちゃいかんが、替ズボンは許されていたのです。そこで佐藤君、さっそく予科の一年生のくせにすばらしいズボンを作ったもんだ。もちろんイギリスの名のあるウールですよ。それから、先をエナメルにした編みあげの靴、それにこうもり傘、これは銀座の田屋という洋品店……いまは横丁へ入っていますけれども、一丁目の新橋に向って右側の四、五軒目、間口の広かった店です。そこで求めたのですが、五円か六円しましたよ。

伊藤　大金ですね。あのころ、こうもり傘はせいぜい一円するかしないかでしょう。

堀口　ええ、一円なんかしないですよ。それはお洒落なもんだった。それからしばらくあとになると、グレーの山高帽をかぶっていました。

伊藤　それも聞いていました。

堀口　三田の学校にはかぶって来なかったと思うのですが、しかし山高帽をかぶっていた時期があるのです。それから装身具の小物、ライターですとか、万年筆ですとか、時計ですとか、そういうものが好きでしたね、子供みたいに。

佐藤春夫展でも、なんでもない、机の上に置くようなものまで出されていましたが、みんないいですね。別に伝統的に形に合ったものとかじゃないらしいのですけれども、全部それが佐藤春夫自身のような感じでございましたね。

伊藤　あの忙しいなかで、よくあれだけ楽しめたと思って……。あの客間というか、サロンへ行ってみるとわかるじゃありませんか。ずいぶんいろいろなものがあり、珍品奇物が楽しそうに並んでいましたね。決して金めのものというのではなく、一々が何らかの由緒来歴にゆかりのある、いかにも文人座右の愛玩品にふさわしいものでしたね。

（昭和四十一年五月十六日　虎の門　福田家にて）

菊池寛と広津和郎

里見　弴
伊藤　整

国民文芸会のころ

伊藤　今日お伺いしたいのは、菊池さんと広津さんのお話なんです。私、今朝方、「赤き机に倚りて」に何か昔のことが出ているかと思って見てきたのですが、菊池さんと論争なさったことが出ているんですね。菊池さんとの論争は、つまり天才説と凡人説のようなことでございますね。

里見　天才は大げさですけど……どうも菊池君はもう終始一貫現実的だから。あくまでもラジカリストでね。だから僕が、文章はやっぱり形よりも精神であるようなことをちょっと言うと、すぐ気にさわるわけなんだ。つまり、根本はそれだけの違いなんだけれどもね。

伊藤　お年から言うと、菊池さんとは同じでございましょう。

里見　ええ、明治二十一年です。広津君と宇野君とは同じ卯年だったと思うな。

伊藤　広津さんや芥川さん、佐藤さん、久米さんは二つ三つ下でございますね。それで「新思潮」の人たちは、「白樺」の人たちよりも、出てくる時期はあとですけれども、「白樺」の中では、里見さんが一番若くていらっしゃいますから、「新思潮」の中の年上の菊池さんなんかとは同じくらいの年代ですね。そのころには里見さんも「白樺」の人たちよりも、久米さんなんかと付き合った方がいいというところもあったんでしょうか。

里見　そうね。でも知合いになって仲良くなったのは、僕がほとんど「白樺」にものを書かなくなってからだな。「白樺」の同人としては、僕は異端者で、ちょっと仲間外れにされた感じでね。それからあとで久米君など「人間」を一緒にやった連中と仲良くなったんだよ。

伊藤　「新思潮」の人たちが出てきた時に、里見さんたちはどんなふうにご覧になっていたんでしょう。ある意味では、東大系ですから、後輩グループというわけでございますね。

里見　そうも思わなかったけれどもね。中戸川というのが、ずいぶん若いころから僕の家に来ていたんだ。彼は「新思潮」の連中の家にしょっちゅう行っていたわけだから、久米というのはこういう人だとか、噂はよく聞いていましたよ。付き合いだしたのは国民文芸会というのを始めてからだな。

伊藤　その国民文芸会というのをお伺いしようと思っていたんです。

里見　それがたしか大正九年か十年ごろで、一番初めに寄り合ったのは誰だったかな。久米は入っているな、それから吉井勇、小村欣一。長崎英造という、なんとかいう神戸の財閥の……。

伊藤　鈴木商店ですね。

里見　そうそう、鈴木商店の東京支店長だった。それで交際費というのか、右から左にきちんと勘定が合わなくてもいいような金があるものだから、金は長崎君が受け持った。それから警視庁の官房主事とかをしていた大島直道といった人が寄って、大体は文芸というよりも、芝居をもう少し改良しなければならないという話から始まったんですね。それで僕にも、この間こういう寄合いがあったから、この次の時にはお前も出て来いということで、僕は二度目か三度目の時から出ていったかな。そうしたら、その時には小山内さんも久保田君も入っている。それから長田秀雄君。

伊藤　そうするとこれは「スバル」「新思潮」という感じでございますね。それから、これは今東光さんが話していたんですけれども、谷崎さんの家にいましたら、谷崎潤一郎にこの会から金時計をやるということで、久米さんが持っていらっしゃったということですね。谷崎さんは大威張りで受け取って、その受け取り方が非常に面白かったと話していらっしたんです。

里見　一年中で一番いい仕事をした役者なり、劇団なり、何でもいいんだけれどもそれに賞をやるということで……一番初めは誰が貰ったか今ちょっと覚えていないけれども。

伊藤　大抵記録があるんですが、この会はあまりどなたもまだ……二、三度はそういう賞を出したんですか。

里見　もう少し出しはしないかな。たぶん九年か十年に始めて、大正十二年の大地震でやめたんではないかな。

伊藤　昭和の初めの文芸懇話会なんかは、間接統制じゃないかという疑いの目で見られていますね。これはそういうことはなかったんですか。

里見　そういうことはなかったですね。それで披露の会かなんか、なかなか派手にやりましてね、内務大臣の床次竹二郎をまず呼んで、それから歌舞伎、新派なんかを呼んだね。

伊藤　明治四十二年ごろに自然主義に反対して文芸革新会というのを作ろうということになりますね。あれとは関係ないのですか。

里見　それは関係ない。それで「人間」を始める時にも、国民文芸会の機関雑誌ということで、長崎君のポケットマネーが使えたわけなんです。

菊池寛のことども

伊藤　大正の文壇を構成する人たちなんかは、たとえば講演旅行に一緒に行った人とか、「中央公論」や「改造」の新年号に顔が並ぶ人とか、「新潮」はもっと若い人とか、そういうことで十二、三人にしぼられていくわけですね。菊池、久米、芥川、谷崎、里見、久保田、広津、佐藤というようなことになってきますね。そういうところで座談会などにもお出になりましたでしょうし、だんだん元のグループと別にその時の第一線の作家の交際というものが始まるのでございましょうね。

里見　そうね。「白樺」の連中はなんとなく人見知りが強くてなかなか出て行かないでしょう。僕はしゃしゃり出るほど好きなんだから（笑）。

伊藤　そのころ「新思潮」や「スバル」や「白樺」には都会人が多いのですけれども、菊池さんという人は、貧乏に育ったものをそっくりそのまま受け継いだようなところがあって、東京に行ったら何とかいう店の天丼を食べてみろと言われて食べたら、こんな美味いものはないのでしょっちゅう行ったとか、ライスカレーを食べたらまた非常に美味かったというのですね。そういう点、私なんかも田舎もんなんだけれど、田舎ながらも多少のことは知っているふりをするのですが、それを真っ直ぐ言ったところが非常に魅力的でございますね。

里見　そうですよ。まあ、論争は喧嘩じゃないけれども、とにかく何ヵ月かわたりあった僕のことを、「話の屑籠」的なもので、自分が「時事新報」の記者をしていたじぶん、里見の麹町山本町の家に原稿を取りに行ったことがあるということを書くんだが、気取屋ならちょっと言えないことだよ。菊池君と僕とは、貧富という意味で、かなり差をつけられているように思うけれども、戦争中になって、僕は無収入同然でピーピーしていることをどっかから伝え聞いたのか、彼が一時大映の社長をしていた時分、「自分のところでこしらえる映画がある。イプセンの社会劇的な筋書なんだけれども、実に会話がまずい。そのままでやられたら実にみっともない」ということで、電話だったか、人をもってだったか、「君、そのシナリオを、台詞のところだけ全部書き直してくれないか」と言ってきたんだよ。

伊藤　それは別に、里見さんが困っていたからということではないでしょう。

里見　いや、そうじゃないんだよ。それで僕の方でやって、一緒にその映画の試写を見たんだ。帰りに車で僕のところまで送ってくれてね。金はその時貰ったか、前に貰ったか覚えていないけれども「こういうことでまた助けたいが、台詞の書き換えだけではいくらもあげられない。君、何か書き下しでもあればいつでも買いますよ」と言ってね、実にフランクに僕のためにいくらかの収入を用意しておくみたいに言われたことがあるよ。

伊藤　そういうことは見事な方でございましたね。

文士野球のころ

里見　広津君と一番先の心やすくなり方は、やっぱりベースボールだな。

伊藤　あっそうですか。

里見　われわれの仲間で始めたベースボールがあるんだよ。大正七、八年ぐらいに。

伊藤　早いものですね。

里見　それが面白いじゃありませんか、言い出しっぺは久米で、久米はなんでも言い出しっぺだけれども、そのほかに一番に加わってきたのが宇野浩二なんていうんだからね（笑）。それに里見弴とくるんだから、誰でもこれは……（笑）。

伊藤　いやしかし、里見さんは運動神経が非常にいいらしいけれども、宇野さんはいかがなんですか。

里見　どうもこれは不思議なもんですよ。どう考えてもね（笑）。あの時分は選手なんていう言葉は使わないで、チャン、チャンと言ったんだ。チャンピオンのチャンだが、本チャンというのはレギュラーのことなんだ。それで級だけのチームの場合は級チャンと言うのだな。広津などはセコチャンと言って、第二軍ぐらいのことはやったことがあって、いくらか形をなしているほうなんだ。久米などは口ばかりで、大したことはなさそうなんだ。初めは菊池も「俺はうまいんだよ、だいぶやったもんだ」と言うんだけれども、だんだん話を聞いてみると、袴はいてショートやっててゴロがくると、袴をパッと広げて腰を落しちゃうもので、必ずそこに球が入るわけだ（笑）。それを拾って投げればいいんだということで、怪しげなショートなんだよ。ほかのメンバーは加能作次郎、邦枝完二、それから仲木貞一なんていうのもいたな。そういうんじゃなんぼなんでもよそとは戦えないですよ。

それだから、キャッチャーぐらいは袴で取られちゃ困るから、受ける奴を探してこいというのでね、サトウ・ハチローがそのじぶんまだ立教の学生なんだが、あれは学校でもキャッチャー専門だというので雇ってきて、それからピッチャーだ。多少心得のある奴でないと駄目だというので、サトウに頼んで二人ばかり呼んで来させるわけだよ。こっちは大人だし、向うは子供みたいなもんだから、一応奉ってくれたけれども、そういうチームだよ（笑）。それで誰が考え出したか忘れちゃったけれどもGAYクラブという名前なんだ。

伊藤　試合はどことやったんですか。

里見　一番初めは、宇野君が昔話で書いているのによると、役者とやったというんだけれども、僕の記憶じゃ、画家じゃなかったかと思うんだよ。河野通勢という画家がピッチャーやっていたこと覚えているんだ。三田のグラウンドでね。それまで僕は本ボールというのを握ったこともないし、バットなども本当のバットを振り回したことはないんだよ。学校にいるじぶんに、級の奴とゴムマリで三角ベースというのをやったことはあるんだよ。

伊藤　でも里見さんは、非常にのちには権威になられたらしいですけれども（笑）。

里見　サトウ・ハチローが指南役だというので、新橋駅に集合した時に、脇の共同便所のちょっと誰にも見えないところがあったから、そこにサトウを連れてって、実をいうときょう初めてバットを握るんだから持ち方を教えろということで教わったわけだ（笑）。そして、「おい、この話はあんまりみっともねえから黙っていろよ」と言ったんだが、奴、面白がって広津にしゃべっちゃったわけだよ（笑）。ところが広津が喜んじゃってね、あいつがまたそういうのが大好きで、吹聴しちゃって皆を笑わせるんだ（笑）。チームの連中はすぐその場で知っちゃったわけだろう。ところが何も知らない人に対して、会ででもなんでも、俺の顔さえ見れば、「この人はね……」と一つ話に持ち出すんだよ（笑）。

伊藤　菊池さんは中学時代少しやっているらしいですね。しかし、広津さんはスポーツをあまりやったということは書いていらっしゃいませんね。広津さんもあまり自信があるほうじゃなかったんでしょうね。

里見　ショートだったけれども、きれいにさばいていたよ。

伊藤　その文士野球団というのは長続きしなかったんですね。

里見　しないしない。するわけがない。

広津和郎のことども

伊藤　広津さんという人は、あんまり仕事もしなくって、そして率直に申しあげるとあんまり文学的じゃなくて、むしろ理屈屋さんでございましてね。ご自分で、自分は怠けものだからとおっしゃって、怠けるのは非常にうまかったですね。私の友だちで、昭和初年に「中央公論」にいたのがいるんですけれども、広津さんのところへ行くと、どっかに連れられていっていろいろ雑談をしているうちに、原稿を急がせることを忘れて帰ってしまう目に何べんもあわされるほど、話の非常にうまい人だったということですね。われわれ今日考えると、広津さんの仕事を全部見通したわけではないけれども、あんなふうに遊んでばかりいて、よく暮せたものだと思いますね。

里見　本当だね。大体世の中全体がのんきだったんだな。それであの人はわりに不義理するとか、借金ためてどうのこうのするというのは嫌いなたちだから。

伊藤　そうらしいですね。家も建たないけれども、あまり大きな不義理もしない。それで怠けて適当に遊んで暮らしていけるという、一種の清潔な大正的文士生活というものが成り立ったわけですね。葛西さんはめちゃくちゃですけれども……。

里見　広津は葛西の文学を好きなんだよ。一緒に始めたという仲間意識以外に、立派なものだから好きなんだ。葛西を僕のところに一番初めに連れて来たのも広津なんだ。そのじぶん僕は逗子に住んでいた。葛西は円覚寺にいた。それで僕のところに葛西を連れて来た日ではないけれども、広津が、あいつに付き合うとえらい目に会うよ、なんて内緒話で言ったぐらい、ああいう生活は自分では賛成でないということははっきりしていたんだな。

伊藤　書いてもいらっしゃいますね。つまり、葛西さんは自分が見て俗物だとけなしている連中に支えられて、自分の清純な生活をしているんだ、と非常にうまく書いておられますね。そういうところは、一種の道理をはっきりさせることの好きな人だったんでしょうね。

里見　広津とはよく花《ハチハチ》を一緒に引いたね。

伊藤　やっぱりいくらか賭けてやるんですか。

里見　賭けますとも。逗子にいた時分、宿帳と称して、来て下さった方には、名前はむろんだが何か一言でも書いてもらう、そういうものをこしらえていたんだ。今だにいいあんばいに焼けずに残っているんだけれども、それに広津が「ハチハチで負けました、今日は」と書いているんだよ。今日は、とことわってあるところなんか、いつもこんな奴に負ける気づかいはないと思っていたのに負けて、よほど口惜しかったんだな（笑）。麻雀なんかでも、彼のは独特な麻雀でね。いろんなルールをどんどこどんどこ増やしちまうんだからな。

伊藤　田中さんも、そっちの達人だったらしいですね。

里見　田中純、あれは勝負強いんだよ。それで広津のルールを唯々諾々と受け入れてやっているのは、熱海時代からの志賀家だよ。そのルールっていうのはバカバカしいってないんだよ。たとえばふつうの一翻《イーファン》つく手のほかに、どうしてもう一翻つけるかというのでこしらえるんだ。あまり多くなりすぎてどんな手にするか、志賀なぞは初めに聞くとウーンと考えこんじゃう（笑）。将棋さしてるみたいになるんだ。勢いそうなるんだな。広津はこんどはこれをやろうじゃないかというようなこと言って、一人で喜んでるんだ。広津という奴は面白い奴だね。

伊藤　それじゃ広津さんは、あの松川裁判なんかも、こっちでいってこうだとかああだとか、面白いところもあったかもしれませんね。ただ正義感だけであんなにやれるものではありませんものね。

里見　それは大いに同感だがね、ある時こう言ったんだよ。調書というもののアナを広津は拾ってやっているが、そのアナが大き過ぎるから広津のようないい頭でなくとも、俺でも拾えそうなので、ちょいとからかい半分に「君、あれは熱心にやって大変立派だけれども、牛刀をもって鶏を割くで、わけなく切れるんで、ちょっと愉快かもしれないけれども、飽きちまいはしないか」とね。そうしたらクックックッと笑ってね。少し僕は自分で言い過ぎだと思うくらいだったが、そんなことで怒る人ではないんだ。彼は里見の野郎ちょっとやりやがったなぐらい、腹の中では思ったかもしれない。

伊藤　ふつうの田舎の検事なんていうのは、自分の説を立てられないのですよ。検事一体の原則と言いまして、ある検事が言い立てたことは、全部の検事が一致してこれを支持するんです。ですから、説を立てた検事が隙間のある男ですと、全部がそれを支持しなければならないから、広津さんなんかからみれば……。

里見　そうなんだよ。ところで宇野君は、もう天衣無縫におかしい人だったね。下関だったか夏のことで、皆貸浴衣かなんかでごろごろしててもつまんないから、ベースボールしようということになって、座布団がベースで、ハンケチを丸めてギュッと崩れないようにしたのをボールにしてね、それで扇子がバットだ。扇子はみんな持っているわけじゃないから、ポーンと打ったらそこに置いてというか、捨ててファーストに行けばいいのに、夏のことで浴衣がけだろう。それで、つい扇子を持ったまま行くと、さっと開きやがって、ファーストで風入れてやがるんだな（笑）。それを見て宇野が、「あれはいけない。バットを持ってファーストに駆けていくというのはないから、ルールとして扇子を持ってファーストに行った奴はアウトということにしよう」と言うから、賛成ということになったんだ。ところが宇野がバッターになって打ったんだが、次の奴がバットがないぞと言ってるんだ。宇野が持ったまま駆けて行っちゃったんだな（笑）。そして、さすがに開きはしなかったが、知らん顔してポーンとお尻のところから抛っちゃった（笑）。その格好がおかしくって、当分笑いが止らなかったね。実にちょっとしたところがおかしいんだよ。

伊藤　そういう時、ニコリともなさらないのでしょう。

里見　そうそうニコリともしない。

伊藤　じゃあ、そのころからそういうふうで、病気されてからあとでニコリともしないようになられたのではないのですね。

里見　そうだろうね。

伊藤　なにかそういうお話いろいろ伺っていますと、私は大体推定がつくんですよ。つまり、気の合った人と一緒に旅行したり、会をやったりして、相手に嘘を言ったり、ふざけたり、だましたり、そういうような文士の交際というのはあったんですね。遊び方というのは、まあもっと悪い遊びもあったでしょうけれども（笑）、そういう無邪気というか、明るい遊びもあったんですね。ですから芥川さんみたいな人も、深刻なことだけで解釈すると合わなくなっちゃうのですね。

里見　芥川のそういう話は、前にしゃべったっけな。（「里見弴をめぐって」『素顔の文豪たち』収録）

伊藤　河童の図なんかも、すごいとかなんとか言うけれども、ふざけた芥川の顔なんですね。

里見　そうなんだよ。まあ長生きしたってどうということはないけれども、いろんな立派な人などと付き合っている間に世の中に知られていない面で、俺が知っている話というものもあるんだな。あんまり芥川がそんなに馬鹿なことする人だとは思えないし、宇野だってそうだが、馬鹿馬鹿しいこともあったわけだ。

伊藤　ええ。皆どっか型にはまって、文豪芥川、文豪宇野というようになってしまうでしょう。本当はそうじゃないんですけれども、それがなかなか納得するように表現されないのですね。いや、大変生きている様子がわかりまして、ありがとうございました。

（昭和四十四年四月五日　鎌倉　華正楼にて）

私小説の三作家――浩二・善蔵・礒多

谷崎精二
山本健吉

「奇蹟」とその仲間

山本　この巻は、宇野浩二、葛西善蔵、嘉村礒多の三人集で、このうち宇野、葛西は、谷崎さんとは若いころからお親しかった方たちですね。とくに昔のことをいろいろとお伺いしたいと思うんです。「奇蹟」という同人雑誌を大正元年におはじめになったわけですが、そのときの同人は、谷崎さんのほかに、広津和郎さん、葛西さん、それから相馬泰三さん、舟木重雄さん、峰岸幸作さん、光用穆《みつもちきよし》さんなどがいらしたのですね。

谷崎　ほかに画家も二、三人、準同人ということでいたんです。同人会にはいつも出ていましたが、原稿は書かなかったですね。カットを描いたりなんかしてました。

山本　同人のなかで葛西さんだけ早稲田の学生でなかったのに「奇蹟」に入っておられるというのは、どういう関係でしたか。徳田秋声さんに師事されて、秋声さんの紹介で相馬御風さんを通じて、同人の方たちと親しんだということでしょうか。

谷崎　葛西はその関係で早稲田の聴講生になっていますね。相馬御風さんのところに光用が住み込んでいましてね、葛西が光用と初めに知り合った。それからわれわれと知り合ったんです。葛西と徳田さんの関係も、葛西の友人が徳田さんを知っていて連れていったんですね。それで門弟ということになったんですが、おそらく原稿なんか一度も見てもらったことはないと思いますね。葛西は徳田さんを「先生」と言ってましたが。

山本　それまでの葛西さんの経歴で、いろいろわからないことがあります。年譜を見ると大へん苦労されていますね。たとえば、十五歳のときに上京してきて、新聞売子のかたわら夜学に通ったり、それから街の演歌師のグループに身をおいたこともあったというんですけれど。

谷崎　おそらくほんとうだろうと思いますね。

山本　それから、明治三十六年には岩見沢で鉄道の車掌になったと。戦前のことですが、日本の近代の文学者たちの遺品展というのがあって、そのときに、葛西善蔵がかつて車掌をやってたときの車掌服というのが出品されたということです。私は見たわけではありませんが、宇野浩二さんが私に「あれはどうも眉唾ですね、あの遺品というのは」と、そう言われたことがありましたけれど……（笑）。

谷崎　それはどうも当てになりませんね。

山本　ところで、葛西善蔵とお付き合いになって、いろいろ癖の多い方だったと思いますけれど、どういうところが印象として強かったでしょうか。

谷崎　……率直な男でしたね。東北人らしい、ごく朴訥でね。酔っぱらうと始末に負えませんけれども、そうでないときは、非常に朗らかで、いい男だと思いますね。

山本　たとえば、友人たちのことでも、他流試合というんですか、もう勝手なことを小説のなかで書いて、いくら相手を傷つけてもしようがないといったような、一種の芸術至上主義の気質というようなものが、相馬（泰三）さんや葛西さんにはあったという……。

谷崎　ありますね。それは現実そのままじゃ面白くないんです。何かゆがめて、デフォルメしなきゃ面白くないんですね。そこではじめて作品になるんです。ありのままの人生というのは、彼には興味なかったんですね。

山本　相馬さんも葛西さんも、そういったことでいろいろ友人に被害を及ぼしているわけだけれど、谷崎さんも書かれたほうですか。

谷崎　僕はね、どこかでちょっと軽く揶揄されてますね。あんまり悪く書かれてません。というのは、僕があんまり平凡だから、興味がなかったんじゃないですかな。広津、相馬というのは、癖のある人間ですから、その癖をうんと誇張すると面白くなるんですね。ですから結局、僕がいちばん葛西に好意を持ってたわけです。

山本　「子をつれて」の中に、友人が香典返しにお茶の罐を送ってきた、それがいくらかへこんでいる、わざわざ鉄《てつ》唖《あ》鈴《れい》でへこませたのを自分のところへ送ってきたといって怒るところがありますね。

谷崎　あれは僕です（笑）。それがおかしいんです。あれは葛西がこしらえたんだと、僕は思ったんです。「君、うまいことを考えたね、ちょっと面白いね」と言ったことがある。それから半年くらいたってから、散歩しているときに、「君、あのお茶の罐は、君がわざとへこましたんじゃないか」というんですよ。そんなばかなことはないですよ。郵便局で、何かにぶつけてへこんだんですね。葛西は「君が僕を侮辱する気でたたいてへこましたんだと思った。それは悪かったね」とあやまったんですが、実におかしかった。僕は、でたらめを書いたと思っていたんだが、ほんとうにそう思ってたんですね（笑）。

貧乏物語と葛西文学

山本　葛西さんは、親戚や友人たちに迷惑をかけるということなど、自分の道を進むためにはやむを得ないというように考えていたように思うんですが……。早稲田の聴講生になっていたころ大洗海岸に行って、作品を書くために半年ばかり旅館にこもっていた、結局一枚も書けなかったのですね。そのとき、奥さんの実家に、しょっちゅう無心の手紙を出したのが残っていますが、そういったことは、わりあい平気で……。

谷崎　平気だったんですね。とにかく、亭主が飢え死にすれば、女房も子どももいっしょに死んでもいいというようなことを言ってました。

山本　「奇蹟」の仲間のなかで、谷崎さんがいちばん葛西と親しまれ、葛西さんの世話を見られたというのは、どういうところからきているのですか。

谷崎　私が初めて家庭を持ったのが牛込ですが、そのすぐそばに葛西が住んでいたんです。そういったことも一つの原因でしょう。

山本　家庭的に親しまれたというわけですね。

谷崎　初めは細君や子どもと一軒借りていたんです。細君が明日の米がないといっても、葛西は平気なんです。一日や二日、水を飲んでも生きてられるというんです。細君が気が変になっちゃったんです。だって、そうでしょう、子どもに食べさせるお米がないんですから。売れるものは売りつくして、硯箱を二十銭で屑屋に売ったというんです。それで細君は国へ帰ったんですね。そのとき葛西は、いっしょに飢え死にしてもいいじゃないかと言った。まあ飢え死にもしまいけれども。それから葛西は近所の下宿に移ったんです。急に妻子と別れて、寂しかったんでしょうね、ほとんど毎日、うちへ遊びにきたんですよ。それでいっしょに散歩したり、お風呂に入ったりした。

山本　それから奥さんは東京に出てこなかったのですね。

谷崎　ええ、それっきり。葛西はやがて鎌倉に行って、近くのお茶屋から三度の食事を運ばせていた。そこの娘さんといっしょになったんですね。

山本　小説のうえで、おせいさんといわれる、そのかたの印象はどうでしたか。

谷崎　ごく単純な、善良な人です。

山本　葛西さんのような生活は、大正時代にはなんとかあれでやっていけたんですね。

谷崎　僕の友だちで、国から送金があると、まずたばこをまとめて買っちゃうんです。というのは、一文なしでも下宿屋で飯が食えるんです。一と月や二た月下宿代がたまっても、あのころは平気ですからね。だが、たばこだけは現金がなくては買えない。

山本　下宿屋は、ちゃんとお膳を運んでくるわけですね。

谷崎　僕なんか気が小さいので、家賃をきちんと払っていたら、東京にいて家賃をきちんと払うということは男の恥だぞ、と葛西に言われた（笑）。

山本　葛西の文学をビタネス（苛烈）と形容されたのは、谷崎さんでしょう。

谷崎　ええ、ミケランジェロの伝記かなんか読んでいたら、それがあったんです。それで思いついて使ったようなものですがね。

山本　あれは、芸術作品と生活との関係するところは、どうも苛烈な火花を散らしている、というようなことなんでしょうね。

谷崎　とにかく葛西の小説には、甘いというところがありませんからね。

山本　しかし、非常にロマンティックな文学ですね。けっしてリアリスティックな文学だとは思えないし……。

谷崎　だがリアリズム的な要素もあると思いますね。

山本　それは徳田秋声の弟子ですし、リアリズムの系譜はひいてるんですけれど、秋声と善蔵は、およそ素質が正反対でしょう。

谷崎　共通なものはありませんね。

山本　私は、葛西文学というのは、小説であるよりも詩みたいな感じがします。そういう意味で、別にこれは甘さ辛さということに関係がないかもしれないが、自分を告白する文学というよりも、何かいつも自分と対話してるような、ブツブツつぶやいているような文学だという感じがしますね。

谷崎　告白でなくて、むしろ自分をいじめてる感じですかね。

山本　ほんとうにいじめてることになりますでしょうかね。なにか半分甘やかしてるような気もするんですけれども、どうでしょう。

谷崎　僕の見方が、あるいは同情的かもしれませんね。

山本　たしか菊池寛だと思いますが、葛西の文学を評して、身辺雑記の紙屑文学だと、悪口を言った……。

谷崎　葛西が怒ってたのを覚えてます。

山本　葛西さんは、芥川龍之介を全然買わなかったでしょう。

谷崎　さあ、特に認めてはいなかったでしょう。おそらく大して読んでないと思いますね。いま思いだしたんだけれど、芥川のお葬式のときに、牧野信一と加能作次郎と僕はいっしょだったんです。それで、久しぶりで、谷中の斎場から三宿の葛西を訪ねて行った。そのとき芥川の死の話が出て、「君、どうだ」と言ったら、「いや、おれは東洋人だから、自殺は絶対にしない。天命を待って死ぬ」なんて言ったことを覚えてます。

宇野浩二の大患前後

山本　宇野浩二さんは「奇蹟」の同人ではないわけですが、いつごろからお知り合いになりましたか。

谷崎　大学で一年下ですから、顔は知ってましたね。だけど知り合ったのは、学校を出てからです。まず、広津が知り合って、それからですね。

山本　そのころ宇野さんは、お母さんと家を持ってられたようだし、「苦の世界」なんかに書かれたヒステリーの細君と所帯を持ったりした。そのころでしょうか。

谷崎　よく宇野と付き合うようになったのは、もうちょっと後ですね。しかし、宇野のお母さんはよく知ってます。ヒステリーの細君は、僕たちに、あまり会わせなかった。ちょっとひどいヒステリーのようでしたね。

山本　小説に書かれているようなヒステリーだったのでしょうか。宇野さんは、面白おかしくお書きになるから、真実が何分ぐらいかと、ちょっと疑うんですけれども。

谷崎　「苦の世界」や「軍港行進曲」に書いていること、つまり、横須賀へ芸者に売られて、それから逃げてきたことなんか、あれはほんとうですね。

山本　諏訪の「ゆめ子」、これはご存じでしょう。

谷崎　あれは、私は宇野と行ったことがありますから、よく知っています。宇野は好きだったんですが、その女は、土地に旦那があって、子どもまでいたんで、別れられなかったんでしょうね。それで、もう一人の芸者といっしょになった。男というのは、ほんとうに好きな女とは、けっして結婚できない、二番目か三番目といっしょになる、これは宇野の持説ですがね（笑）。

山本　昭和の初めころ、宇野さんが病気をされたということを知った。その病気というのが、発狂したとか。とにかく精神病院に入れられたんですね。この次あやしいのは芥川だな、なんて学生仲間で生意気にも言ってたら、今度は芥川が自殺をした。これもたいへんショックだったわけです。それから間もなく葛西善蔵が病気で死んだ。これも私どもの印象では、急死したという感じでした。葛西善蔵が、文学に殉じたかどうか、とにかく貧乏のなかで死んでしまった。宇野さんは再起可能がどうかわからないし、芥川、葛西が死に、なにか大正文学のピリオドというような感じがしたんですよ。

谷崎　あのころ、何かの会で田山花袋さんに会ってね、「谷崎君、芥川が自殺、宇野が発狂、文士の道は、君、険しいね」なんていわれたことを覚えてますがね。

山本　宇野さんがああいう病気をされたとき、谷崎さんの印象としては、どうでしたか。

谷崎　ショックでしたね。ある朝早く、突然僕の家へやってきて、「僕、早稲田へ行って、明日から講義をしたいんだ。バイロン、キーツなんか、ずいぶん調べたから、どうだね」なんて言うんですよ。いきなりそんなことを言ったって、学校の都合もあるし、考えておくよと言うと、「そうかい」と、サーッと駆けて行ったですね。急に恥ずかしくなるんですね。

山本　それから何年かたって再起されたわけですが、以前の作品とはガラッと変わってきましたね。

谷崎　僕は、初期の作品はあまり好きでありませんね。どうも冗漫のような気がして。葛西と違って甘さがある。

山本　そうでしょうか。甘さという点では、宇野さんの方が、案外葛西より甘くないんじゃないかと思いますが。結局、どっちが人生をよく見ているかということなんですが、宇野さんの方がよく人生の真実を書いてるような気がします。葛西さんは、それを歌いあげているような気がするんですよ。ところで宇野さんは、いわゆる大患以前に新聞小説「魔都」、あとで「出世五人男」と改題してますが、書いていますね。宇野さんは、大衆的な興味をひきつけながら小説を組み上げるというような自信というものをもってた人のような気がするんですが。

谷崎　それはあったでしょう、きっと。

山本　それが大患以後、「枯木のある風景」をはじめとして、そういう才能を押えているというか、出すまいとしているのか、まったく違った世界に行ってますね。

谷崎　むしろ、はじめからなかったんじゃないですかな。なかったことを悟ったんじゃないですかね。

山本　宇野さんの小説の本領というのは、どこにあるんでしょうか。

谷崎　一種の説話作家というような感じがしますね。

山本　まあ、無類の説話体の名人、一種独特の説話体を創始したという感じですね。あの影響は、高見順氏も武田麟太郎氏もそうですが、ずいぶんいろいろな人が受けていますね。それから宇野さんの文学を考えた場合には、大阪出身だということ……。

谷崎　生まれは福岡で、大阪で育った。明らかに大阪文学ですね、あれは。

山本　宇野さんが小説のなかで使う大阪弁というのは、独特のもので、大阪弁の効果というものを強く出していますね。

谷崎　そうでしょうね。

山本　それから例の松川裁判ですが、広津さんが発言するのは当然だ、広津さんらしいという感じがするんですけれども、宇野さんの場合には、ああ、宇野さんがやったかと、われわれにとっては驚きだった。

谷崎　あれは広津の影響でしょうね。社会的関心というか、およそ世間的なことには関心がない男でしたからね。

山本　しかし、なにか宇野さんの文学の底に、そういった要素があったんじゃないかと思うんですが。幸徳事件にもずいぶん古くから深い関心を持っていました。

谷崎　絶対にないとは言われませんが、社会的関心ということでは、広津と宇野はまったく違いましたからね。

嘉村礒多の文学

山本　嘉村礒多をよくご存じですか。

谷崎　葛西のところへ口述筆記に来てましてね、そんなときに二、三度会ったきりです。挨拶ぐらいで、特に話をしたというような記憶はありません。

山本　日本の私小説というのは、詩の代用品だという神西清さんなんかの説もあるんですが、葛西善蔵にしても宇野浩二にしても、みんな詩の世界というものを持っているような気がします。嘉村礒多の場合、ちょっとそういうものと違ったものがあるように思うんです。人間の業《ごう》みたいなもの、それを見つめて、叫んだり、祈ったりしてるというような、そういったものが見えるんですが。

谷崎　非常に善人だという感じですね。それから、葛西に近づいたなんてことも、一つの運命ですかね。やはり何か、作家としての一つの態度を葛西から暗々のうちに学んだという感じがしますね。

山本　ありますでしょうね。葛西の文学について谷崎さんは、先ほども申したように、ビタネスということを言われたんですけれども、同じように、別の意味で、嘉村の態度もビタネスのように思うんです。それから陋巷に窮死するも本懐だなんていう考え方は、やはり葛西さんから影響を受けているのか、葛西と共通する点があるんじゃないかと思いますね。

谷崎　うん、そうも言えましょうね。

山本　私は、葛西とか嘉村とかいう私小説の系列の作家は、どっちかというと、非常に宗教的な感じがするんです。自分というものの醜態をさらけ出して、そういうことを平気で書くわけですが、それで何か救われてるんですね、本人は。

谷崎　だいたい、告白という形式が宗教的なものじゃないですかね。宗教的な懺悔からきてると思うんです。

山本　だから、そういったところが苛烈なんですね。私小説の告白的な態度という点、告白精神というものでは、葛西さんよりも嘉村さんのほうが強い。

谷崎　強い。けれども、僕は、告白する気持に何か誇張があるような気がするんです。もっとも、それをとってしまったら、嘉村が嘉村でなくなっちゃいますからね。

山本　むずかしいところですね。

谷崎　葛西が死んだころ、宇野が「知られざる傑作」というのを書き、嘉村の「業苦」と「崖の下」を推賞したように思うが、それ以前の作品というのはどうですかね。

山本　それが、まったくわからなかったんですが、最近になって、「黒潮」という同人雑誌が二冊手に入りましてね、初期の作品が二篇出てきたんです。それを見ましたら、一つは「業苦」「崖の下」以後に発売した作品とそっくり同じなんです。昔の習作を後に発表しているんですね、そのことがわかった。もう一つは、「崖の下」だったかの中に、回想として挿入してる部分なんですね。それを短篇として書いていたのがわかったんです。その作品を見ますと、昔のものは、やはり平板なんですね。いっしょに東京に出てきた千登世との生活を書いている中に、郷里で妻子と暮らしたことを書き込んでいる。そこには、祈るような、歌うような、さわりといったらいいのか、嘉村独特のものがあって、自分の世界を作っているというのがよくわかりました。

谷崎　「業苦」や「崖の下」は、たしか「不同調」に出たんでしたね。

山本　ええ。葛西善蔵が死ぬ半月ほど前に、病床で、雑誌に載った「崖の下」を読むんですね。そして、たいへん感心したという葉書を嘉村に書いているんです。これが葛西善蔵の絶筆なんです。自分のところへやって来た青年の小説を読んで失望するのが恐ろしいといって、しばらく枕元に置いていたんですが、思い切って読んでみたら非常に感心したという、そういう意味の手紙です。

谷崎　葛西は、なかなか他人の作品を認めない男でしたけれどね。嘉村が葛西の唯一の門弟だったわけでしょうね。だが、嘉村は「業」という観念にすがり、のがれている。葛西はどこまでも現実を見つめている。そこが違うと思います。

（昭和四十五年一月二十八日　番町　福田家にて）

稲垣足穂の世界

三島由紀夫
澁澤龍彦

逢わずにいたい人

三島　澁澤さんご存じかどうか、「日本の文学」の月報の対談は、その号に含まれている作家と、編集責任者が対談するのが、いままでの例になっているんです。亡くなった作家の場合は仕方ありませんけれども、現存の作家の場合は、お目にかからなくちゃいかん。ところが、今度は内田百閒さんと、稲垣足穂さんという、難物中の難物両作家、これが入っているわけです。僕はこの両作家の仕事に非常に傾倒していまして、どちらも天才だし、百閒さんの文章というものは、昭和文学の最高の文章じゃないかというくらいに考えているわけです。稲垣さんの文学者としての生き方の立派さから、思想的な大きさ、巨大さというものは、僕はこれからますます認識されると思うのですけれども、そういう真面目な話は別にして、僕は稲垣さんにお目にかかりたくないんです。

今日、その理由をあからさまに、この機会に申し上げようと思うんですけれどもね。二つ理由があるんです。一つの理由は、稲垣さんの昔からの小説をずっと愛読しておりますから、稲垣さんを、いまだに、白い、洗濯屋から返ってきたてのカラーをした、小学校の上級生だと思いたいんですよね、どうしても。そういう少年がどこかにいて、とんでもないものを書いているというふうに思いたいんです。つまり美少年がとんでもない哲学体験を持っているという夢を持っているわけ。また、向うからこっちを見ても、こんなむさ苦しい男が出ていって、稲垣さんに対談を申し込むというのは、はばかりがあるんです。それが第一の理由でお目にかかりたくない。僕は固く心に決するところがあって、一生お目にかからないでいようと思うんですね。

もう一つは、非常に個人的な理由ですけれども、僕はこれからの人生でなにか愚行を演ずるかもしれない。そして日本じゅうの人がばかにして、もの笑いの種にするかもしれない。まったく蓋然性だけの問題で、それが政治上のことか、私的なことか、そんなことはわからないけれども、僕は自分の中にそういう要素があると思っている。ただ、もしそういうことをして、日本じゅうが笑った場合に、たった一人わかってくれる人が稲垣さんだという確信が、僕はあるんだ。僕のうぬぼれかもしれないけれども。なぜかというと、稲垣さんは男性の秘密を知っているただ一人の作家だと思うから。僕はこの巻の解説にも書きましたが、ついに男というものの秘密を日本の作家はだれも知らない。日本の作家は、男性的な作家は主観的に男性的であるだけで、メタフィジカルに男性の本質がなんであって、男はなんのために生まれて、なんのために死ぬかを知らない。女を書くのがうまい作家は、一種の女形作家で、男の気持というものはまったくわからない。そして僕は、男の気持というものをメタフィジカルにわかって、男の秘密から発するものが天上と地獄をかけめぐる場合、どこでもちゃんと鈎でもってひっかけてくれるのが稲垣さんだという確信を持っている。上のほうだけでひっかける人、あるいは下のほうだけでひっかける人は何人もいる。けれども、天上界から地獄まで通じている人は稲垣さん一人だ。僕はそれを思うから、稲垣さんというのはすでにメタフィジカルな存在、これはそーっと会わないでとっておきたい。これが、僕が稲垣さんに会わないという二つの理由なんです。

澁澤　三島さんのほんとうの愚行に到達するまでの小さな愚行がいくつかある（笑）。その点については、稲垣さんかなり辛辣なことを、現におっしゃっていますけれどもね。ほんとうの愚行が出れば評価は逆転する。

三島　稲垣さんという人はテレ性ですからね。僕がほめればほめるほど僕の悪口をいうんです。

澁澤　そうですね。僕はそれを非常に面白いと思う。

三島　面白いと思うな、じつに。僕が稲垣さんを持ち上げれば持ち上げるほど、なんだ、あんな小僧というんで、非常に悪口をいわれる。これがまたじつに愉快ですよ。でも、最終的には、僕はあの人しか信じようがない。わかりますか。

澁澤　稲垣さんはわかっているはずだと思いますがね。

三島　と思いますね。あんな不思議な人はいないですね。とにかく男性の秘密を打ち立てて、それを本にして出しちゃった。僕は、歴史が続く限り、西洋人、日本人を問わず、男というものは黙っていたいはずだったことだと思うんだよ。なにが秘密かというと、宇宙と男性との間の関連性の問題でしょう。いま月飛行士が一生懸命月へ行ったり、失敗して帰ってきたりしますけれども、あれは一つの象徴的行為なんであって、月ぐらい行ったってなんにもならないんですよ。もっと宇宙の深淵の中に、男性原理の根本的なものとのつながりがあるはずなんですよね。それを稲垣さんは言っちゃった人ですよね。恐ろしい人だと思うんですよ。

澁澤　そうですね。生理学からメタフィジックまで、みんな言っちゃったんですね。

三島　こんなことをやった人は世界にいないんじゃないか。

澁澤　一般人にこれが理解されないんですよ。

三島　わからないでいいんじゃないですか、永久にわからないで。稲垣という作家がわかるということは、なんか気味の悪いことですよ。ほんとうはわかってはならぬことなんですからね。いちばんの、大神秘ということを言っちゃっているんですからね。いま稲垣足穂が受け入れられるいろいろな要素は、一種のモダニズムとか、一種の金属的な美学ですね。少年愛もそうですし、ある意味で、非常に新鮮な形で伝統と科学的に接触していくあの形とか、はじめから風土的なねばねばしたいやらしさというものから、あんなに関係のない人いないね。

澁澤　不思議ですね。あんなに風土的なものから、足を蹴って飛んでいるんですね。空中滑走なんですね。

三島　昭和初年代でも、いわゆるモダニズムの作家といわれているのは、みんな軽薄でね。都会の表面現象だけしか知らない。稲垣という人は、本質的なことだけやっているんですよね。変な人ですね。

澁澤　それがまた痩せ枯れた論理だけの、針金細工ではなくて、ふくらみがあるというところがね。

哲学小説への誘い

三島　非常に官能性が豊かで、感覚が新鮮で、それこそ白い衿をした昔の小学生みたいな感覚がまだ残っている。どういう作品があなたはお好きですか。

澁澤　僕はやはり「弥勒」かな、いいですね。

三島　あのへんの哲学小説が非常に重要だと思いましてね。これはちょっと自分の趣味で、非常にかわいらしいというんで、「フェヴァリット」をまず入れまして、それから「地球」と「白昼見」と「弥勒」と三つの哲学小説を、一種の連作としておきまして、それから「誘われ行きし夜」という天狗の話を、「山ン本五郎左衛門」の前に序章としておきました。一種の考証的なもので、小説じゃありませんけれども、これを入れて、山ン本の天狗を導入していって、それから「A感覚とV感覚」へ入っていこうという、僕の編集プランなんですよ。最後に理論的な、つまり形而上学が入ってくる。

澁澤　僕は初期のかわいらしい作品というんでは、「チョコレット」というのが好きです。あれいいですね。

三島　僕も好きだな。「チョコレット」も入れようか、入れまいか、ずいぶん迷ったんですけれども、枚数の関係もありまして、ああいうもの全体を「フェヴァリット」で代表しましてね。

澁澤　稲垣さんの童話というのは、僕は昭和文学の最高の童話だと思いますね。宮沢賢治よりはるかに純粋で。

三島　「一千一秒物語」、ああいうものですな。あれも今度は残念にも僕はカットしちゃったんです。というのは、ああいう作品を入れると、稲垣さんの最初のモダニズムからということになるんですけれども、いま非常に誤解されやすいと思うのです。つまりキュービスムとか、あの時代のああいうちょっと表面現象みたいなものが……。

澁澤　また稲垣さん自身、すぐ未来派がどうとかこうとかと言うでしょう。

三島　言うんですよ。あれといまとちょっと合い過ぎるんですよ、いまの若い人が読むと、ああいうものを面白がっちゃうと思うんです。僕はああいうものを面白がってもらいたくないんですよね。もっと大真面目に「地球」「白昼見」「弥勒」というところへ、無理やり読者を押し込んで、むずかしい小説ですよね、それから天狗の話へというふうな構成だったんですがね。

澁澤　「少年愛の美学」は入れなかったんですね。長過ぎるんですか。あれは本が出過ぎちゃっているしね。

三島　出過ぎちゃっているからね。それの草稿みたいな形で「A感覚とV感覚」が入っているんですね。

澁澤　解説に引用された種村君の書いた文、あれも面白いですね。

三島　面白いですよ。非常にうまく要約されていてね。

澁澤　女性は円に対して、男性は円筒という考えですね。それで無底だという。底がない。ヤコブ・ベーメです。

あやしき天狗的世界

三島　カモノハシなんだな。だから興味がまっすぐにいっちゃうんだ。「山ン本五郎左衛門」でも、まったくの現代語訳みたいなものですわね、原文の。だけど、その現代語訳が非常に微妙にできているんですよ。ラストでもって、テーマが原作と完全にひっくり返っちゃったんです。稲垣さん独得の、少年の持っている宇宙感覚と、一種の豪傑少年ですけれども、豪傑少年に対する、あやしき天狗的人物の愛着とに、話をすりかえちゃっているんです。ラストのすりかえがとっても見事なの。普通読むと、なんだ、単なる現代訳じゃないかと思って読んでいくんですけれども、完全に自家薬籠中のものになっていますね、この「山ン本五郎左衛門」は。

澁澤　モダニズムだけじゃないんですね、天狗もあるし。

三島　伝統的なものに対する感覚は、お能からきているんですけれども、題のつけ方がものすごくうまい作家ですからね。「失われし藤原氏の墓所」なんて、素晴らしい題でしょう。京大阪周辺の古い文化の、薄荷の匂いみたいなものだけサッととってくるんです、中世であろうが、どこであろうが。

澁澤　三島さんは中世の美学、侘《わ》びとか寂《さ》びとかいうもの、それにすら非常に艶なるものがあるということを、いつもおっしゃっていますね。僕は、まさに現代に材をとって、こんなに伝統を見事に現代化している人というのは、ちょっと珍しいんじゃないかと思うのですね。じつに艶なるものでしょう。

三島　現代化というよりも、もっとユニバーサライズされてますね。

澁澤　日本文学は、世界になかなかわからないでしょう。川端さんでもわからない。稲垣さんが意外と通用するかしら。

三島　稲垣さんみたいなものはわかると思いますけれどもね。ただ稲垣さんにおける伝統の位置というのは、西洋人にはつかみにくいと思いますよ。表面に茶の湯が出ていたりするほうがつかみやすいんで、たとえばブラスコ・イバーニェスが闘牛の話を書くように、なるたけ日本的現象が表に出ていたほうが、外国人にはつかみやすい。稲垣さんみたいに伝統が屈折して、水晶みたいになって光を放っているというようなものは、ちょっとむずかしいですね。

澁澤　稲垣さん自身いつも、川端康成は千代紙細工だといっている。やはりそういうもののほうがわかりやすいでしょうね。結晶や抽象は、やはり駄目かな。

三島　中世文学というもののエロティシズムを追求した点では、稲垣さんも川端さんも、別の方面で似ているところがあります。隠者文学の系統のものとしてはね。稲垣さんの場合非常に硬質で、川端さんの場合軟質ですけれども、中世文学にあるなんともいえないパセティックなもの、そこを通してくる非常に澄んだエロティシズムみたいなものを、稲垣さんはよくつかまえていますね。

思い出の西洋文明

澁澤　「飛行機物語」なんかもありますけれども、どうもあれは、その意味としてはわかるけれども……。

三島　飛行機は落っこちなければいけないんです、あの人にとっては、絶対に。それも非常にプリミティブな飛行機で、落っこちるところに意味があるんでしょう。ハイジャックなんかされて、無事に着陸するんじゃ、稲垣さんの世界じゃない。

澁澤　ああいう機械崇拝というのは、どういうんだろうな。古い機械、僕は大へん好きなんだけれども。

三島　産業革命に乗りおくれない国では、機械文明がすでに趣を持っているんです。いまパリに行きますと、地下鉄の入口がアール・ヌーボーでしょう。エレベーターなんていう機械は、お駕籠みたいなものですわね、日本でいえば。ほんとうに古風な機械ですよね。機械自体の持っている古風さ、たとえばいま蒸気機関車に感ずるノスタルジア、ああいうものは、日本で早くそれを見分けたというのは、たいしたものだと思うのですよ。日本はいつも古い機械を捨てて、新しい機械を移入していますから、機械自体に郷愁を生ずるほど、愛していないですよね。だけれども、ヨーロッパへ行くと、古い機械がまだいっぱい使われているでしょう。

澁澤　世紀末芸術の中に非常にありますね。そういう意味での機械愛好というやつがね。さかのぼれば、おそらくボードレールくらいからきっとあるのかもしれません。まだ産業革命の前ですけどね。だから未来派とか、シュールレアリスムの中にも僕はあるんじゃないかと思うのですね。

三島「フェヴァリット」にも、少年期というものの、もろい、すぐ過ぎてしまうものへの愛惜あります。われわれの存在自体が影で、思い出なんです。「地上とは思い出ならずや」というんですからね。われわれのことを思い出してくれているんですね。思い出というものは、だれかが未来であって、われわれはなにもお互い同士言葉を話すこともなければ、結びつく必要もないんです。影ですからね。稲垣さんは、それをちゃんと知っている人で、すごいんです。

あどけない文体

澁澤　ああいう人はどうなんでしょうかね。僕がふしぎに思うのは、スタイルというものはあるんだけれども、スタイルを練ったという形跡は一つもないでしょう。

三島　一つもないんだけれども、それをしょっちゅう改訂版を出したり、古いものをいじくっちゃ、やれこれが決定版だとか……。

澁澤　だけれども、あれは材料をつけ加えるんであって、文章はぜんぜん……ちょっと考えられないですね。

三島　その文章に、たとえばおとなの作家は普通なら菓子というでしょう。それをお菓子というふうにおをつけたりするところが、またとてもかわいいんだ。

澁澤　「なになにでない」というでしょう。「ではない」ではなくて、「でない」という、なんかちょっと舌足らずみたいな、非常に面白い子どもの用語ですね。それに、てにをはが、ちょっと間違えるかなと思うんだけれども、間違えないんですよ。不安定の安定。柔構造みたいに。

三島　皆川おさむの、「黒ネコのタンゴ」みたいに、音がどっちへいくのかわからないようなところに危機感があって、それがとてもかわいいの。声がもう一つかすれちゃう、かすれちゃうんだけれども、なんとか歌い込んじゃう、ああいうかわいさだな。いちばんラストの、タンゴ、タンゴ、タンゴというところの、あの一生懸命な、息せききった、ああいうものが稲垣さんのスタイルの中にあるんです。そうかと思うと、がたんと今度は非常におとならしいところが出てきたり。

澁澤　ノンシャランで、しかもシンセリティーのある。

三島　それでユーモアがあるでしょう。なんかで僕、いまだに思い出しておかしいのは、お能のお師匠さんが、飛行機のことをヒギョーキというんですよね。お能の師匠というのが面白い。それから、作品中の天才少年がたいてい気違いみたいな子で、ものすごい秀才みたいなんですけれども、学校がぜんぜんできなくて、未来派だのキュービスムに凝っていて、いろいろ変なことをやるんですけれども、おしまいに、たいてい道徳的に堕落して、めちゃくちゃになって、この世から消えていってしまう。そういうのが原イメージで出てくるんですよね、絶えず。なんかそういう子どもたちが、みんなとても育ちがいい感じがする、不思議に。下品な子じゃない。だいたい青いランタンのついた西洋館に住んでいるんです。

澁澤　普通の人がやったら、あんなに西洋館が出てきたりなんかしたら、見ちゃいられないでしょうね。

三島　ところが稲垣さんのを見ると、ホテルが二十階建になろうが、三十階建になろうが、ハイカラなものに対して、そう時代おくれにならないんだよ。その時点においてすでに思い出であり、ノスタルジアだからですね。

澁澤　つねに先んじているわけですね。そうなんだな。

三島　現実が思い出なんですからね。

澁澤　そうすると、未来とか何とかいっても、結局みんな過去なんですね。時間概念としては仏教的だな。

三島　過去なんですよ。それはお能とぴったり合うんです。お能は、ドラマがみんな終っちゃったところからはじまるでしょう。現に進行していることは、みんな過去なんですからね。いま僕が美しいとお能の舞台を見たものは、とっくに死んだ昔の恋物語ですから、そこに存在するはずがないんですよね。お能には、そういうトリックがあるんですね。普通の西洋の芝居は現在目の前で見て美しいと思うものは、現在進行しているという、そういう約束の上に成り立っているでしょう。

澁澤　そうすると、そういうところに稲垣さんの文学も生きているわけですね。

Aによる一元論

三島　「A感覚とV感覚」なんかでも、ずいぶん思いきった理論ですね。ワギナの感覚というのはもとでなくて、アニュスの感覚が原形だということをいうんでしょう。そこから派生したものだというんでしょう。Pなんていうものは問題じゃないというんだから、人類史ひっくり返しちゃうんだ。これはびっくりしたね、ほんとに。

澁澤　僕はこれはたいへんなものだと思うんだ。オットー・ヴァイニンガーだとか、いろいろな人がいましたね。あんなものはひっくり返っちゃうわけだ。セックスの文明論にとどめを刺すようなものだ。だって一元論だもの。

三島　完全に一元論ですね。これは不思議な考えですね。

澁澤　不思議な考えですね。ヨーロッパ人にも考えつかないでしょう、この徹底した一元論は。

三島　だって、人類の生殖とかそういうものを全部否定しちゃうんですからね。そして個人個人は完全にばらばらで、個体は空虚と、宇宙と、虚無に直面して、そのなかへ流星のように消えていくんでしょう。

澁澤　だけれども、よくできていますね、この理論は。そうとうがっちりしています。だって、これは証明できる問題じゃないですからね。

三島　どうやってこれを逆証明しますかね。恐るべき理論ですね、これは。でも、そうすると人間の文化というものの性質が、いちばんはっきり出てきちゃうんですね。いままでわれわれが文化というものを考える場合に、生殖の余剰精力がフロイト流にいうと昇華されて、それが文化になり、一種の余剰物として文化があったんですけれども、この稲垣理論は文化がはじめであって、あるいは言葉がはじめであって、あとのものはみんな空疎なんですから。文化論としても徹底しているんですね。

澁澤　しかし、それをどうして発見したのかな。

三島　どうして発見したのかな。ほんとうにこれは不思議な感じがするな。一つそれを発見したら、あとは今度日本文学史、日本文化史というのはするするすると解けちゃう。

（昭和四十五年五月八日　赤坂　シドにて）

瀧井孝作・梶井基次郎・中島敦

中村光夫
山本健吉

飛騨と俳句と

山本　中村さんは瀧井孝作論をお書きになったことがありますか。

中村　ないですね。ただ瀧井さんの言葉をもとにして短いエッセイを書いたことがあります。瀧井さんが八王子に住んでいることで、ある人が、手工業の機《はた》を織る人にたとえたことがある。おもしろい比喩だと思いますね。工場的生産ではなくて、手織りでものをつくっている人という感じではないですか。

山本　瀧井さんのお家は代々、飛騨の匠《たくみ》でお父さんが名人と言われるぐらいの指物師だった。そういう血を受けているということがあるでしょうね。

中村　昔の作品に、お父さんを材料にしたものが随分ありますね。

山本　お父さんを材料にしたのが、あの人の傑作なんだな。「慾呆け」とか「積雪」とか……。

中村　志賀直哉の文学に、このごろいわれている父親と息子というテーマがありますが、瀧井さんの場合も息子の見た父親ですね。息子は若いから潔癖さで父親に感覚的に反撥する。そういう感覚の使い方が、志賀さんに似ていると思うのです。ただ、瀧井さんの場合、志賀さんと違うのは、生活の荷を背負っている息子の気持が出ていて、自分の苦労から父親に対して単に反撥だけではない同情もあって、これが独特なところだと思うのです。瀧井さんの小説のなかに、「父は子に頼るのであった」という一句がある。ぼくはこれが印象に残っているのだけれど、これは志賀さんにはない文句だと思いますね。

山本　瀧井さんが故郷を飛び出してからお父さんは一人で非常に孤独な生活をしているわけですね。それに対するすまないという気持と同時に、父親をきつく突っぱなして書いている面が、ぼくには感じられる。文学のためには、親父さんが寂しい目にあっても仕方がないというような考え方が瀧井さんの根底にはあるような気がしますね。

中村　ことによるとそれは「白樺」の影響ですね。

山本　おそらくそうでしょう。

中村　ぼくは瀧井さんの俳句について山本さんに伺いたいんだけれど……。

山本　明治の末に、河東碧梧桐が全国を歩いて、飛騨高山に立ち寄った。そのとき、瀧井さんは十六、七ぐらいの少年で入門するのですよ。碧梧桐がかわいがったので、碧梧桐派の人たちが瀧井さんに力を入れたのでしょうね。その人たちは、人間としてすぐれていて、自分は非常な影響を受けているというのです。どういう影響かというと、俳句のうえで、直接的な表現、自分でじかに身体ごとぶつかって対象をつかむ、その気迫を感じ取ったらしい。

中村　そういう精神が、瀧井さんのなかに生きているわけですね。体当りリアリズムというか……。

山本　直接的表現ということを非常によく言っている。実感を重んじて対象にぶつかっていくというようなことだと思うんです。碧梧桐一派の気持がいちばん昂揚していた、幸運な時代に瀧井さんはぶつかったのです。だから、文壇人とつきあう前に碧梧桐であの人の個性はつくりあげられてしまったような気がしますね。

重みある文章

中村　「無限抱擁」は瀧井さんの代表作で、川端さんなどは、恋愛小説の一つの傑作だと言われていますが、恋愛小説としては非常に特異なもので、いわゆる恋愛心理というものはなにも書いていないでしょう。あれはとても個性的なものだな。

山本　ほんとうに花魁《おいらん》にあれだけ打ち込んで結婚するには、社会的にも心理的にも、さまざまの困難な条件があるわけですね。それを顧慮しないで、しゃにむに突き進んでいった。そういうところは碧梧桐派の体当り的なリアリズムを体現しているような気がする。

中村　あえて言うと、相手の気持も顧慮しないところがあるが、恋愛とはそういうものかもしれないね。しかし、あの小説でほんとうに描かれているのは、むしろ、ある恋愛をする青年をめぐる友達の世界で、それはなるほど恋愛の一つの重要な局面だから、存在理由もあるし、読んでおもしろいけれど、普通の意味での恋愛小説と思って読む人は、ちょっと面くらうのではないかな。

山本　友人関係が、前半と後半で全く違うし、それについての説明も加えていないものだからね。もう一つは女の母親で、娘を売ったことで恨みつらみのある母親を突きはなした見方で非常によく書いていますね。

中村　おふくろのところは、ほんとうにいいですね。

山本　あそこはいちばんいいかもしれない。第四章は恋愛のエピローグになるわけで、母親と一緒に、お寺へお参りに行くところなど、実にいい文章ですね。

中村　遊女との恋愛は、これからの人にはわかりにくくなるテーマの一つでしょうね。しかし、考えようによれば、非常に精神的なものだということも言えるでしょう。

山本　「無限抱擁」に関する限りそうですね。

中村　瀧井さんの恋愛は精神的というよりも意思的なのかな。

山本　意思的だね。戦後の作品はそういった事件がことさらないから、淡々と書いている。しかし、それが随筆かといえば、瀧井さんはおそらく不満でしょう。随筆と小説の文体は違うという実に確たる信念がありますね。

中村　瀧井さんの文章に関する考えは、ある意味では文を飾るということを、真っ向から否定するものでしょう。志賀さんからいってもそうだし、碧梧桐からいってもそうなのですが、そういう人が、文体ということに関して、いまどういう思想に達しておられるのか、興味がありますね。

山本　あの人は極端にまで作為を排した人で、同じ系統に立つ尾崎一雄などでも、自分の経験を書きながら、うそというものを書かないかというと、書いているという。ところが、瀧井さんは、うそは一行も書いていないということを言うわけですよ。少しでもそういうものが入ったら、文章はだめになるという信念をもっていますね。

中村　そういう文学に対するきびしい考え方の底には、ぼくらから見れば一種の理想主義があるのではないかという気がしますね。ただ、瀧井さんのそういう考えが、現代の小説全体のもっている趨勢とは、全く逆のものだということは事実だね。しかし、逆のものを、おそらくは犠牲にして保っているということの意味は、そう簡単に言うわけにはいかないものがあるという気がしますね。

山本　もう、ああいう姿勢はまたと出てこないのではないかしら。

中村　瀧井さんの文章には、確かにものの重みがありますよ。

山本　確かにありますね。

中村　そういう重みが、いまの小説にはほんとうになくなった。なくなったということが自由であるか、それとも退廃であるかという問題は、瀧井さんがいつもそれこそ身をもって示しているかもしれないですね。

梶井文学をつくったもの

山本　梶井基次郎は「青空」という雑誌を大学時代に出していて、あの雑誌からなかなかいい作家、詩人が出ている。三好達治とか、外村繁、中谷孝雄、北川冬彦、淀野隆三などです。その中で、あの雑誌自体でいちばん冴えたものを発揮したのは梶井基次郎ではないか。

中村　そうね。

山本　いまでもぼくらがときどき読む「檸檬《レモン》」とか、そのほかの短い作品をほとんどあの雑誌に発表していたのだから。ぼくは、あの人の書簡を読んでびっくりしたのだが、書簡にあれだけのエネルギーを使ったというのはないね。

中村　ないでしょうね。

山本　つまり、書簡が短篇の下書きみたいなものだ。手紙が一つの文学だったわけだ。

中村　梶井基次郎は日記もおもしろいですね。そういえば、小説も日記みたいなものがあるのですね。ぼくは梶井の気質をつくったのは、京都、三高というものがあると思う。京都では、学生が東京よりよほど社会的地位が高いんだね。梶井の小説にも、京都における三高生のもっている自負と同時に憂鬱があるような気がする。

山本　カラーが非常にはっきりしていて、三好さんとか梶井とかは三高的なんだ。

中村　梶井にある一種のデカダンスの中には、京都的なものがある。むろんそれだけではないが……。

山本　かれのは小説というよりも、ほとんど散文詩ですね。

中村　そうね。「檸檬」にはっきり出てくる。

山本　その後「冬の蠅」「交尾」「桜の樹の下には」など、すべて自分の感受性、それだけを表現したようなもので、人間関係を描いたものはほとんどないね。ただ晩年には、大分左翼の本を読みだして、その影響もあるかもしれないが……。

中村　三好達治が言っていたことがあるけれども、梶井は「青空」の仲間では、左翼の人たちから、批判されていたそうだ。三好さんは大いに梶井を弁護したものだと言っていますけれどもね。ぼくはその話を聞いて、梶井は随分左翼に同情をもっていながら、積極的に入っていかないということを、寂しくも、うしろめたく思っていた時期があるのではないかと思ったけれどもね。

山本　しかし、もっと自分の世界というものに、自信をもっていなかったかしら。

中村　自信をもっていたでしょうけれども、そういうことに非常に敏感なところがあったのではないかな。それから梶井の作品で大きい役割を占めているのは肺結核という病気だと思うのです。いまではすっかり青年の病気ではなくなったけれども、あのころは肺の悪い人が多かったね。

山本　不治の病というふうに思われていたから……。

中村　梶井は自分が肺が悪いから短命だと思って、強いて養生なんてしない。自分にはもっとほかの大事なことがあるんだ。そういう気持でいたのではないかしら。

山本　梶井は晩年には、自分は鷗外の小説を読んでいると、しきりに自分の先祖のことを考えると言いだした。それまでの作風から見ると、およそ考えられないことだ。けれども、やはり先祖のことを考え出すと、歴史とか人間関係とかいうことも出てくるので、ほんとうの小説をこれから書き出すきっかけをつかもうとしていたのでしょう。ところが、かれは若くして死んでしまった。

中村　まあそういうところですね。

若さと純粋さ

山本　ところで、梶井基次郎は、いつまでも読まれる作家で、戦後の作家でも、安岡章太郎とか、庄野潤三、吉行淳之介など影響を受けたという人が多い。その点は生命の長い作家だな。どういうところにその原因はあるのだろう。

中村　やはり若さというものを、一つの形にできたのではないの。つまり、学生らしいデカダンスが、あそこにかなり完全な形で描かれているというようなことがあるのではないかしら……。

山本　デカダンスを形にしたと言ったけど、形にしたことが大事なんだな。高見順にしても、学生、青年時代のデカダンスというものを書いているけれど、形にしてはいないね。

中村　していないと言える。もっともすまいと思ったかもしれないが……。梶井はその点、むしろ詩を書くつもりで作品を書いていたようなところがあるから、へんにはたに気がねするところがない。だから毅然としていて、同じ憂鬱を書いても芯がしっかりしているから、青年が甘えることができるんではないかね。

山本　その毅然としたところが見えるので、左傾した友達がばかにしたとしても、梶井自身は自分はそれとは別だという感じをもっていたように思うな。

中村　おそらくそうでしょうね。もう一つ、戦争中の青年たちがあれを読んだというのは、あの悪い時代の中で、自分というものを純粋に保つ手段みたいになったところがある。梶井を読むことで、時勢に抵抗しているようなところがあって……。

山本　生きる支えになったわけね。ぼくは、梶井というと同じ世代として、小林秀雄や中原中也あるいは三好達治を考える。そういった若い青年ではあったが、非常に純粋に生きようとした人たちの世代があったという感じがするわけね。

中村　なるほどね。それは西洋の詩とか文学の影響を真正面から受けて、そのままで日本の社会に生きたような人たちね。われわれになると、マルクス主義などが入ってきて、社会的条件などと言いだすわけだけれど、その前の西洋の影響をじかに受けて、じかに生きようとした世代のほうがどうも立派な仕事をしているような感じがするね。

山本　ぼくらは、左翼の波をかぶらないで、自分の純度を保った人たちに対する一つのあこがれから、再出発したような感じがする。

中村　ボードレールなどの直伝のものをもっていて、だんだん俗物が軽蔑できない時代に生きていく悲しみみたいなものが、梶井の作品のモチーフのような気もしますね。

中島文学の魅力

山本　中島敦は、あなたは一高時代から……。

中村　一高のときは知り合い程度です。

山本　なにか印象深いものがありましたか。

中村　非常に小柄な人で、色が白く、強度の近眼でしたね。どういうものかマントを頭からかぶって歩いているんだ。それが冬に見ただけではないんですよ。釣鐘マントは当時の一高生の風俗だけれど、頭からかぶって歩くやつはあまりいなかったね（笑）。それが印象に残っています。かれは文芸部の委員で、満州を材料にした一種の社会小説を書いていた。

山本　だいたい中島家は漢学の家筋で、子供のころから素読みで鍛えられていた。だから漢文はすらすら読めたわけですね。それが英文学をやったのだから、条件としてはちょうど漱石と同じです。そして漱石も中島もスティヴンスンが大好きですね。漱石がスティヴンスンに感心したのは、その簡潔な文章ですね。

中村　漢文に近いということですか。

山本　それと物語的要素でしょう。

中村　中島のフォーメーションの話だけれど、あの人の育った家庭の事情と健康、これが随分影響していると思う。つまり継母に育てられたことと、喘息に悩まされていたことが、中島という人を早熟にした要因だと思います。

山本　自分の短命を予知していたところがある……。

中村　おそらくそうでしょうね。

山本　「光と風と夢」の中で、スティヴンスンのこととして自分のことを書いている。とにかく自分は短命である。短命でありながら、作家としての仕事をしていくためには、普通の文壇からいえば通俗的だけど物語的な方法でやるより仕方がないというようなことを言っているところがあるね。それからフロオベエルよりも、あの俗物のディッケンズのほうがもっと大人だ。その考え方をつきつめていけば、結局なにも書かないということになってしまう。なにも書かないで大人であるということが、いちばん偉いんでしょう。だから、自分の日常の仕事に生きがいを感じて、それで大人としての成熟を遂げようというようなところが、見えるような気がするんだけどもね。

中村　それは中島の偉いところだと思う。文学者、あるいは職業作家にしゃにむになろうとしないなにかがあって、それがあの人の文学に非常に幸いしているようなことになっているように思う。

山本　そういう発想はなにかということを、ぼくは考えたんだが、儒教思想だね。

中村　そうかもしれない。ぼくは中島の奥さんに聞いたのだけれども、彼はいつもその日一日を楽しく暮すことをとても大事にしていた。子供などは非常にかわいがって、日曜日には一緒に楽しく食事をさせるということをとても重く見ていたそうだ。庭に花を植えようなどと考えると、あしたまで待ちきれないで夜中に電燈を庭につけて始めるのだそうだ。そういう点、全くおもしろい人だったな。

山本　そういうおもしろさが、ある程度あの人の作品に出ていると思う。

中村　それがあるから、教養の産物であるということがわかっても、わりと文学くさくならないのでしょう。

山本　中島の作品では、どういう作品をかいますか。

中村　ぼくは「山月記」がいちばんいいように思う。

山本　あの作品でいつも問題になるのは、中国の原拠との関係だ。人間が虎になる話は、中国に昔からいくつもありますね。たいてい、虎からまた人間に戻ってくるわけです。しかし、「山月記」に中島が新しく加えたものがある。それは、結局虎になった詩人、ほんとうに一流の詩人になれなくて不平不満だったあの男の悲しみを書こうとした。そこが「山月記」のオリジナリティーではないかと思う。

中村　中国に「人虎伝」というのがあって、「山月記」はそのつくりかえだと思うけれども、ぼくが両方を読んでみて感心したのは「山月記」の方では、虎になった李徴がまず自分の詩業の話をし、それから妻子の安否をたずねる。そしてあとから、自分は妻子よりも詩のことを気にするぐらいの男だから虎になったんだといってさめざめと泣くんだ。ところが「人虎伝」の方は妻子のことを先に聞いているんだね。つまり、中島は逆にしたわけだ。逆にしたために、虎が詩人になった。ああいうところはたいへんうまいと思ったね。ただ中島敦は、これからという時に戦争がおこって、自分のもっているものが伸びるのをはばまれたという感じだね。それはほんとうに気の毒だと思う。

山本　書かないほうが大人だと思っていたとしても、結局入口で倒れたようなものですからね。なにしろ作家になる以前の仕事ばかりだから……。

中村　中島を読む人は、もし興味があったら、作家になった彼というものを、めんどうでも想像してもらいたいと思うね。

（昭和四十三年二月十三日　紀尾井町　福田家にて）

横光利一を語る

河上徹太郎
永井龍男

横光さんとの出会い

永井　横光さんは明治三十一年生まれだから、僕より六つしか年上でなかったんだね。二十代、三十代で六つ違うというのは、非常に先輩のような気がしてたもんだね。

河上　昭和五年というのは日本の文壇の一つの区切り目だけれども、そのころから君や僕が書き出したといっていいだろう。横光さんはその前の人だからね。しかし、三好達治、井伏鱒二、中山義秀という人たちは、横光さんとほとんど同年輩だろう。ところが、この三人は友達みたいな気がしたな。横光さんはませてたんだね。

永井　ませていたというより、ちゃんと先輩の実績と風格を備えていたよ。

河上　そのくせ友達付き合いはしてくれたけれどもね。君はいつごろから面識があるの。

永井　昭和二年ですね。文芸春秋社が有島武郎さんの番町の屋敷を借りているころ、僕は食えないから困っちゃって、菅忠雄氏を訪ねていって菊池さんに入社を頼んでもらったら断わられてね。ちょうどそこへ横光さんが遊びに来て、菅さんが紹介してくれたんだ。それで菊池さんに口添えしてもらって、ようやく社員でもないし、手伝いでもない、不思議な存在で、「手帖」という雑誌をやれ、月給三十円やる、と言われてね。それがそもそも横光さんに会ったはじめだけれど、僕が同人雑誌に書いてたものは知っていてくれたわけだ。

河上　僕もそうだな。僕の書いたものなんか目に触れるはずはないと思うのに、初対面のときに僕の音楽論を読んでくれていたね。

永井　あの人はほんとうに若い人というか、後輩を愛したね。

河上　そうだ。ああいう人はもういないね。だけど、同時にきびしかったな。

永井　実に愛したよ、あの人は。横光さんに師事したという人がたくさんいるんだけれども、そういう人たちがこのごろになって横光さんのことを書くと、それが一つも書けていないような気がするんだ。僕なんかも随分お世話になった。仕様がないやつだと思っていたろうと想像している。

河上　そうでもないよ。なかなか横光さんは才人を扱う術を知ってたよ。君とか、池谷とか、菅とか、みんな才人じゃないの。

永井　うん……。

河上　うんと言ってやがる、自分で（笑）。

永井　そりゃ池谷なんて人は才人だけれども。ほんとうに若い人たちのことを本気で心配したね。しかし、そのことがなかなか若い人たちには通じなかったということかな。

河上　中山義秀という人は、必ずしも後輩じゃないんだけれども、横光さんをわが師と呼んでいるね。あの人なんかほんとうに受け止めた人じゃないかな。

永井　この間中山君に会ったんだ。すっかり元気で、横光さんもあるいは癌だったんじゃないかと言っていたな。あのころの医学ではそれがなかなかわからないからね。

作品をめぐって

河上　さっきも言ったけど昭和五年というのは文壇が変ったというよりも、なんか文学者、文士の気風とか柄ががらっと変った年で、横光さんは福沢諭吉じゃないけれども、一身にして二生を生きた人だね。

永井　そう。大衆文学が勃興してきたんで、それにどう対処するかということを真剣に考えたでしょうね。

河上　そうね。横光さんの「純粋小説論」は論理はまずいけれども、そういうことなんだね。どうして大衆文芸に対抗しようかと一身に引き受けて立ち上った人だよ。「寝園」などは大衆文学の読者にも通用するように純文学を使ったんだが、非常に先駆的なことだな。「寝園」のようなああいうインテリ・ブルジョア階級の社会性というものはそれまで小説にならなかったんだよ。漱石なんかもインテリ・ブルジョアジーを書いているけれども、個人を書いているだけで、その社会というものがないだろう。社会性を着せて書いたという意味で「寝園」は画期的なものだと思うよ。白鳥さんもそれを非常に認めているね。紫式部がサロンを小説にしたけれども、昭和のサロンは横光さんが書いた、というほめ方をしていますね。日本にサロンというものが存在するかどうかは別として。

永井　僕は大変な評判だった「蠅」をよく覚えている。「文芸春秋」にぎっしり詰まった四段組で発表されてね。これが評判ならおれだって書ける、今に見てろ、と思ったことを覚えている。若気のいたりでね。

河上　それは間違いないよ。あれなら君にかけるよ（笑）。僕は「蠅」を読むと志賀直哉を非常に感じるんだけれども、志賀さんは横光さんのああいうアーティフィシャルな方法論を認めない人じゃないの。

永井　認めないと思いますよ。

河上　そこのところは面白いな。志賀さんに私淑して、結局自分は技巧派的に「蠅」を書いたってことね。志賀さんはああいうテーマに対してもっと彼なりの神経でぶつかるよ。

永井　志賀さんに対する反抗といってもいいね。そういうものは横光さんの作品を見ているとだんだん成長して来て「上海」とか「機械」になるんだね。それは志賀さんに対する抵抗というだけではなくて、それまでの日本の小説に対するものかも知れないのだけれどもね。どうもそれが僕らには強すぎて、読めなかった記憶もあるんです。しかし小説に対しては実に貪婪だったな。

河上　そう、なんか征服欲で書いていったという感じがあるな。「上海」はたしかに、ある西ヨーロッパ風の一種の社会小説に対する抵抗だよ。「寝園」は代表的な成功作だけれども、それからインテリ・ブルジョア家庭小説風の、今の言葉でいうと中間小説がずっと続くだろう。そういう抵抗が積り積って、時勢にぶつかったインテリ・ブルジョアがパリへ遊びに行って「旅愁」という世界を現出するのだが、そうなるとサロンなんていう社会性がなくなっちゃう。そうして日本主義的議論ばかりして、パリで遊んでいる青年男女を書くようになるわけだ。そいつを総清算したのが戦後の「夜の靴」だよ。

永井　まあ、あの人は実生活に対しては欲望もなければ野心もなかった。そういうものを全部作品に注ぎ込んでいましたね。それが敗戦と同時に、作家というよりも裸の人間になって東北の小さな村に坐ったということね。素直に横光さんが「夜の靴」のなかに坐っているという気がするし、怒らしていた肩をおとして、実際、生活を全部かけているね。これは僕だけの考えかも知れないが。「赤蛙」と「黒猫」を書いて死んだ島木健作と「夜の靴」を遺した横光さんが生きていてくれたらと思うことがあるんだよ。島木も横光さんと同じように着ていたものを死ぬ前に脱いで書いたという気がして仕様がないのです。

河上　同感だよ。僕は島木が生きていたら、戦後の日本を批判するのにこんな適任者はいないだろうと思う。横光さんもあの人らしい批判ができた。この二人に戦後を見せたかったな。二人とも深刻になったろうな（笑）。憂国の士だから。

永井　二人ともあれから何か書いてもらいたかった。実に惜しい作家だよ。

河上　不思議なんだなあ。どうもあんまりいいものを書くと死んじゃうから、いいかげんにしておくんだな。少なくとも総清算的な仕事をするとどうも死ぬらしい。

永井　「夜の靴」は、横光さん自身が自分の生命の先をよく知っていたような、そういう意味で不思議な象徴的な感じまでするね。題からしてそうだよ。

誠実を貫いた生涯

河上　この巻では戦後の作品は「微笑」だけですね。そこに登場する科学者を自称する青年が、不思議な直感で殺人光線を発明して、これで日本が勝つだろうと口走った。しかし、日本は負けたんだから、これは後世の笑いものだよ。そうなると、横光さんは精神的な責任をとる人なんだよ。そこが面白いといえば失礼だけれども、そういう風だから、彼の考えていたこと、信じていたことはほんとうなんだ。聞きかじりで、うわべだけ信じていたんじゃないよ。

永井　横光さんは、興に乗るまま勝手な解釈をして考えることが随分あったんだろうな。「うん、オモシロイですな」と「モ」にアクセントをつけて言うのですね。どう面白いのかわからないけれども、そんなことから随分揚げ足をとられたよ。

河上　たとえば「旅愁」にはキリスト教というテーマがあるね。キリスト教は愛の宗教であると同時に西洋の科学文明を育てているんだ。そうするとそこに矛盾が起るわけだよ。つまり、ヨーロッパには、キリスト教の博愛精神と非常に残虐な大砲みたいな装備とを二つながらいっしょに持っている。その矛盾に悩むというのが「旅愁」のテーマだね。それを横光さんは自分で引き受けちゃうんだ。そこに揚げ足をとられると同時に、横光さんの誠実さがあるんだよ。その誠実さは「夜の靴」では、煙草の配給がなければいたどりで我慢するというかたちで現われている。だからそういう一元的なものが横光さんの作品にはいつもあるわけだ。君は昭和五年前の文士をたくさん見てきた人だが、横光さんてのは変っていたんだろう。

永井　僕はさっき思い出したんだけれども、何年ごろかな、直木三十五が新潟へ旅行しようと言い出してね。横光さんと池谷信三郎と菅忠雄と僕との五人で麻雀《マージャン》の道具を持って出かけたんだ。新潟の手前にある法師温泉の長寿館といいましたかな。そこへ一泊してね。長寿館てのは今でもやや昔の面影が残っているらしいんだが、そのころは部屋全部がランプなんですよ。そこへ行って一休みすると早速麻雀だ。麻雀もそのころは、世間では限られた人しかやってなかったが、文壇ではみんなやっていたね。横光さんもちょっとやるけれども、とても相手にならないほど下手なんだな。

河上　その四人が集まって、その中に入れちゃあね。可哀そうだよ（笑）。

永井　僕が風呂から出てその部屋に来たら、もうちゃんと直木さんも、菅忠雄も、池谷信三郎も坐っていて、横光さんだけが卓の脇のところに正座して僕のくるのを待っていたよ。それでガチャガチャやりだすと、「うん、今日このなかでランプを倒すやつがある」とニヤニヤしながら言ったんだよ。「また変な横光さんの託宣が始まったな、変なこと言うなよ」と言って麻雀を一回済ましたとき、僕が立ち上ったら、ランプひっかけちゃったんだよ。アッと思って、無意識に手をうしろに回すと、赤んぼをおぶった恰好になって、事なく済んだわけです。横光さんは「どうだ、わしが言った通りだろう」というような顔をして喜んでたけれどもね。そのときのメンバーはみんな死んじゃったんですよ。その時のことを思い出すと、どこかでまだそのまま麻雀の席をあけて、おれを待っているんじゃないかという気がしてね（笑）。

河上　横光さんというのはそういうことを言う人で、「文学の神様」といわれるのも、そういうツボへはまるようなことをパッと言うからだよ。実際は神様でもなんでもないんですけれどもね。素直すぎてほかに色どり、アクセサリーがないもんだから、坊主が神様になっちゃうんだ。そういうことが幸だったか不幸だったかわからないけれども。「旅愁」についても、戦後神がかりだといってみんなに叩かれたけれども、やっぱりそのランプの予言みたいなもんだよ。

実生活について

永井　菊池寛さんは横光さんを信頼していたね。

河上　そうらしいよ。

永井　ふだんは少しも付き合わないが、事があると両方とも実によかったね。菊池さんという人はよく知っている人で、いつもは陽気な取巻きや、チヤホヤするやつと遊ぶからね。横光さんのようにむっつり腕組みしていたんじゃ面白くないから、絶対遊ばないんだ。しかし、事があればちゃんと心と心を通じている。また通じさせるような会い方をしていたね。

河上　そうだったね。たとえば横光さんという人は日本酒飲ませると実に強かったが、ビールだとすぐ酔っ払っちゃうの。それで、「君、ビールちゅうものは酔うもんですな」と大きな声で言うんだ。そういう素頓狂なこと言わせるために毎日新聞があの人をパリにやったんだよ。あの洋行にはそういういたずらがある。「ブドウ酒ちゅうものは酔うもんですな」とかね（笑）。横光さんは何にも知らないから正直に行ってね、さみしがって鳥飯ばかり食っていた。鳥が好きだったんだ。

永井　君は連れていってもらったろう。両国の鳥安。鳥の鉄板焼。覚えると鳥安一本になっちゃう。鉄板の上で鴨を焼いて食べさせるのですが、そんなこと何にも知らないんですね。誰かに連れて行ってもらってこれはいいと思うとずっと続けるというようなところがあった。

河上　船で洋行した文士では、横光さんが最後だろうね。

永井　あとで今日出海もいったけれども、それからはないね。

河上　パリの横光さんに、いつも行く「はせ川」の品書の裏に中島健蔵やなんかと寄書きして送ったら、帰ってきて怒られたな。あんなに郷愁を催させるものはない。ひどいって。横光さんのパリってそんなものなんだよ。

永井　横光さんの写真にはステッキをもっているのが多いね。不思議な風俗ですね。あのころの文士てのは二、三十歳でちょっと文壇で名前がでるとみんなステッキ持っているんですよ。

河上　君も持っていたよ（笑）。

永井　うん、僕も持っていた。あいつステッキなんか持つ柄じゃない、おかしいんじゃないかと言われるやつもあるわけだ。新聞の文芸部の記者で、ひげを生やして、持っているやつなんかいたからね。そのステッキで思い出すことがあるよ。横光さんと犬養健とが非常に親しかったころに、いつも僕がお供をしてね。浅草に精養軒というレストランがあって、美人を揃えていてね、一度案内していったら、会うと必ず行こうということになる。何回目かにいったら、多分コックだろうと思うんだが、庖丁を持ってコック場から飛び出してきた。自分の女でも店で働かせていて、妙な誤解をしたのかな。

河上　へえ……。ハッシとステッキで受け止めたか（笑）。

永井　そうすると横光さんはステッキを両手でささえて、その男をじっと見ていたよ。僕はステッキ一本あればこわいことないですよ。剣道をやってるからとふだん言っていたから、余程自信があったらしい。その男は仲間から羽交い締めにされて引っ込んだけれどもね。

河上　野球もやったようだね。

永井　そう。横光さんはモーニングを着てエナメルの靴をはいて、神宮球場でやったんですよ（笑）。相手はどこだか忘れましたが、行ったらそんな恰好しているから驚いたよ。

河上　上着も着ているの。

永井　そこは忘れたけれども、「僕はほかに洋服ないんだよ、君」と言っていたのは覚えている。これは藤沢桓夫君なんかもいっしょだから僕の作り話じゃないよ。

河上　いや、モーニングに関しては聞いたよ。「君、モーニングちゅうもんはええもんですな」と言うんで、何ですかと聞いたら「寝巻になる」（笑）。

永井　そのくらい実生活については不器用な人でしたね。

河上　しかし、実生活では不器用でも、ある意味で、文壇渡世術には非常に器用な利口な人だね。不思議だな。

永井　芥川賞の委員会でも、この作品だと思ったら、それを表に出すことはうまかったですよ。選考している間におのずと流れというものがありますよ。ここで出しちゃだめだ、ここだなという時にすっと話にして出すということは実に上手だったね。

河上　つまりそれを世間智といえば、そういうものはたけていた。だから、ただぶきっちょうで滑稽な人じゃない。およそ逆の人です。それはもうモーニングの話とはまるで逆だ。

永井　そういうことを若い時にしては損だ、こういう時にはこうしておくべきだという身の処し方を、弟子たちにいつも教えたね。あの人の誠実さから出た処世の術なんだが、しかしそれが伝わらなかったね。

河上　横光さんって利口な人だから弟子が見てられないんだ。世渡りがまずくてね。自分は何するかというと、あのころアンドレ・ジードといっしょに横光利一が流行《はや》って、誠実さ、サンセリテという言葉がよく言われたね。アンドレ・ジードと横光利一のサンセリテとはある意味でダブっていて、ある意味では違っているのですね。あんまり僕がジードを横光さんに吹いたのがいけなかったかな。ジードとかヴァレリーとか、横光さんは好きだったからな。それから僕の最初の音楽論「セザール・フランク論」に非常に感心しちゃってね。「上海」の主人公・参木ね、「ありゃ、君、セザール・フランクじゃ」と言ったよ(笑)。そんなアナーキストがありますか。

永井　それはあの人の「オモシロイですな」という、それなんだよ。何が面白いのか、ちっとやそっとでは、外からはわからない。

横光文学の評価

河上　横光さんという人は、歴史的にいえば、近代文学的知性を日本の文壇へ導き入れた非常に大事な人ですね。それは鷗外だって、漱石だって知的な人だけれども、そういう意味の知性ではなくて、日本へ入ってきたヨーロッパの世紀末文学の知性とか批評精神を自分の作品に持ち込もうとした。成功不成功は別として。

永井　あれほど日本人的な人が日本人的なことに生命を賭けて反抗したでしょう。ある時期、それはもう実に反抗したね。だから、横光さんの作品系列というのは試みの連続なんだよ。そして最後にまた日本人にもどったということね。

河上　しかし、そういう横光さんの精神より、少し作品系列の方がさびしいですね。

永井　そういう点で大分損したな、あの人は。

河上　たとえば、ヨーロッパ精神、ヨーロッパ文化というものが十八世紀で没落するということは、今や世界史的に明瞭なことでしょう。これを自分の小説で書こうとしたのだから、ちょっと手取り早すぎたのだな。そこで作品の上で混乱が起って、一種のカリカチュアみたいにされて、突っ込まれたわけだよ。狙ったことは非常に大事なことだった。

永井　狙っているところへ、何かあの人の知らない知識とか、自分の思っていることに触れるような知識が来ると、それにウワッと飛びついちゃって、つまり「オモシロイですな」ということになっちゃうんだね。それを少し調べようとか、知ろうとかいう暇もなかったですね。

河上　そういう便宜もなかったしね。まあ便宜があっても、それに頼るよりも自分で考えちゃう人だな。

永井　面白いと思うと、どんどん行っちゃうからね。だけど、横光さんはそういう点でもやはり誠実な人だったんだな。いつまでもそれが抜けないな。あんな誠実な人というのはいない。

（昭和四十一年二月二十四日　虎の門　福田家にて）

プロレタリア文学のころ

佐多稲子
小田切進

プロレタリア運動の作家たち

小田切　今日は、佐多さんが「驢馬」を経て「プロ芸」（プロレタリア芸術連盟）に入るころのプロレタリア文学の話から、葉山嘉樹・小林多喜二・徳永直ら三人のことをお伺いしようというわけです。

佐多　私も、どこまでお答えできるかわかりませんが、うまく話を引き出していただければと思います。

小田切　「驢馬」や「プロ芸」のころの中野重治さんの印象、残っていらっしゃいますか。

佐多　ええ、覚えております。今でも新宿の西口に行くと思い出すのですが、何とか生命、大きなビルがありますね。あのあたりに、昔は煙草工場がありまして、その工場の横から浄水場の土手に沿ってずっと入った左側に、古めかしい洋館がございましてね。前庭が広くて、緑のペンキが剝げたような木造で、そこが「プロ芸」の事務所だったんです。そこにみなさん集まっていて、中野さんもいらっしゃる。実際には「驢馬」の時代から中野さんには始終、お目にかかっていました。前から中野さんはプロレタリア運動の方にも、「新人会」にも関係してらしたわけでしょう。で、その当時中野さん、詰襟のような服を着て……。

小田切　学生服ですか。

佐多　学生服ではなかったと思います。一度などは、縄の帯締めてましたよ。そのことをいうと、「おれは縄の帯はしたことないね」というのですよ（笑）。私は確かに見たんです、壺井繁治さんも「おれも見たことがある」というと、「したことないよ」と突っ放しているんですけれども（笑）、そんなこともありましたっけ。

小田切　「驢馬」の話を伺いますが、佐多さんは大正十五年に窪川鶴次郎さんと結婚されてますが、窪川さんのところに「驢馬」同人が集まったりしてたわけですね。中野さんはそのころは学生で、ハイネやゴーリキイなどの翻訳をし、「夜明け前のさよなら」などの詩を発表していた。堀辰雄が一緒に……。

佐多　「驢馬」ではしょっちゅうみなさん一緒におりましたね。それが窪川さんが実際運動に入ってゆき、西沢隆二さんが入ってゆく、というような傾向から一緒だったものが崩れるわけです。それも解散するというのではない、自然に雑誌が出なくなったという状態でした。だから、堀さんと「驢馬」のみなさんとの仲は、文学の傾向としては大分違っていたようですけど、友情として続いていたということですね。私自身階級運動に入っていくんですが、「驢馬」の文学的雰囲気というものは、私をたいへん養ってくれました。どこまで洗われたかは別として、日常的な感覚を、あそこで洗われたと思います。

小田切　「驢馬」が佐多さんの学校だったわけですね。

佐多　はい、貴重なことでございました。

小田切　そして昭和三年から四年にかけて、小林多喜二、徳永直、中野さんも小説を書き出し、佐多さんも「レストラン・洛陽」のような作品を発表するという具合で、「ナップ」（全日本無産者芸術連盟）の時代になるのですが、葉山嘉樹の作品はそのころお読みになりましたか。

佐多　私はその時分には読んでないんです。葉山さんの作品を読むのは、ずっとその後でございますね。あの時分は実際運動の雰囲気の方が激しくて、自分の文学のために勉強をするという気持ではなかった気がします。

小田切　小林多喜二を読んだのは?

佐多　はい、多喜二の「一九二八年三月十五日」が発表された時は、ずいぶん注目されましたし、実際、大きな影響があったと思います。当時の私たちの受け取り方というのは、いい作品が出たというよりも、警察の弾圧をよくあそこまで書いたなということ、よく拷問をあそこまで書いたな、ということで、そこに奮い立たせられたんです。

小田切　「ナップ」の運動は、蔵原惟人の理論提起があって、それに拠りながら多喜二が出てくるという関係ですね。こういう理論と作品の関係は、他に例のないものなんですが、佐多さんは……。

佐多　私、その時分には、窪川さんが地区の実際運動に入っていまして、私の家にも人がたくさん出入りするようになる。「ナップ」に入って作品は書くけれど、どちらかというと、「ナップ」の運動に専念するよりも、実際運動の中で小説を書くこともその運動の一つ、というように把握していたのです。

小田切　そうですね。あの時代は。

佐多　はなはだしいことでいえば、窪川稲子がたくさん金を稼いでくれるといい、といわれたりしました。一方では階級闘争の中で、プロレタリア作家といえども、作家という特等席はない、という風潮がある。運動してる人からは、そのように見られるんですね。当時の個人的事情をいえば、窪川さんが胸を悪くしまして、そういう激しい時に、私は子供を産んで、産んだということで、たいへん申しわけないと思っているんです（笑）。

小田切　ずいぶんつらい時代だった……。

佐多　そうなんですよ。小説を書いていくことが、周囲に申しわけないような、ひけ目になっているのです。決して特等席だと思っているのではなく、そういわれることで、私は悶々とするんです。そうかといって、窪川さんは病気だし、生活の資は私が稼がなければならないし、とても苦しい時代でございました。ですからいい小説を書こうという気はありませんね。それから後になりますと、作品にその時々の目標を書けといわれますでしょう。宣伝文を書けということですね（笑）。

小田切　いろいろわかってまいりました（笑）。女で、母親で、というのは、ただでさえたいへんなのですが、佐多さんの場合、「コップ」（日本プロレタリア文化連盟）ができた後、窪川さんが起訴され、「働く婦人」の編集も宮本百合子の後を継いで、という順になりますね。当時の百合子さんはもっぱら理論家として活躍しますね。

佐多　溌剌とした、頭が鋭い、感受性も鋭い、豊かな女性だ、とはわかるのですが、いわゆる理論家の感じはありませんでした。たっぷりとした中で、厳しい批判をするというような……。

小田切　多喜二はどうでしたか。

佐多　つき合いが濃くなったのは、非合法の連絡時代なんです。連絡といっても何を話していたのか……思い出すと、みんなで笑ってばかりいた気がします。ちっともすごんでいないのです。ああいう時の人間の神経というのは面白いですね。しかし、多喜二さんが四谷近くの本屋さんで立ち読みしているのを、私は電車で通りかかって偶然に見つけて、はっとして、こちらがあわてたことがあります。もぐっている人ですから、誰かに見つかりはしないかと思って。

小田切　多喜二という人は、よく冗談をいって人を笑わせるようなところもあったとか。

佐多　ええ、一つ覚えてることは、私の娘がまだ赤ん坊でしょう。おぶっているのをおろして膝の上に抱いたりすると、人見知りするころで、私の懐《ふところ》の方に顔をうつむけたことがありました。そうしたら多喜二さんが、「おやア、こいつおれに惚れたな」といって（笑）。多喜二さんらしい言葉だと思いますけどね。

小田切　徳永さんとは……。

佐多　「太陽のない街」を書かれたころ、大塚の駅近くに住んでいられたので訪ねて行ったことがあります。たぶん、お会いしたのはその時が最初でしょう。

小田切　徳永さんが出てきた時の反響も、たいへんなものだったでしょう。

佐多　本当に労働者が闘争を書いたということですからね。非常な評判になりましたし、事実それだけの作品ですよね……。経堂に徳永さんが家を作って越されたのは、何年でしたか。その時分は、みんな貸家に住んでいた時代ですから、何かしらの印象がありましたね。

小田切　昭和七年の三月から「コップ」への弾圧がはじまって……昭和八年へかけてです。

佐多　そうですか。それで、徳永さんにはお気の毒ですけど、弾圧の渦中ですものね。家を建てたことにつき、何かしらの雰囲気で語られた記憶があります。

小田切　そういう事情があったのは、今まで知りませんでした。戦後の徳永さんは、ちょうど頑固な親父さんといった印象でしたね。

佐多　会えば、私も徳永さんもインテリではないし、何でもないんです。頑固なところはあったでしょうけど。

葉山嘉樹・人と作品

小田切　作品の方から伺うと、佐多さんは先ほどずっと後になって、葉山嘉樹をお読みになったといわれましたが。

佐多　たとえば「淫売婦」「セメント樽の中の手紙」、あれはいい作品だと思います。プロレタリアという言葉は、労働者というよりも階級的な意味を持っていて、私たちはそのように言葉を把握しているのですが、葉山嘉樹の作品は、それも含んだ意味で片仮名の字になったプロレタリア、そのような感覚を持ったものですね。作品としていま読んでも、たいへんハイカラな感じがしますでしょう。

小田切　そう、ドストエフスキイの影響があるのかもしれません。「淫売婦」の場合、一種の幻想的な世界といってもいい、葉山嘉樹という作家の個性がみごとに流露している作品です。すばらしく新しかったにちがいない。

佐多　ええ、あの作品は葉山嘉樹の個性ともちろんいえるでしょう。その個性の中に、つまりお百姓ではなくて海員生活をしていたという、ボースンなどといえる感覚が含まれているでしょう。鑑賞ということなら、実にハイカラないい作品ですね。私はあの二つの作品は好きですわ。あんな小説書きたいと思って（笑）。徳永直の労働者の感覚ともまた違います。

小田切　そうですね。「海に生くる人々」は、スケールの大きい作品ですが、いろいろ問題もあります。その点では、あの二つの短篇は素晴らしいものですね。

佐多　どういうことなのだろう、と思うのです。ハイカラなという言葉の中には、単に西洋臭いというだけでない、私にとって肯定的な意味がいろいろ含まれている。……葉山は、鋭い作品を書いた人ですよ。その人が後には満州の開拓村に行かれたということ、これはどういうことなのだろうと、自分のことは棚にあげて、一人の人間の生きていく道筋として探りたい気がします。ずっと地方にいたでしょう、嘉樹は……。

小田切　「文芸戦線」がもめにもめて、特に「労農芸術家連盟」が分裂した時期から、青野季吉との感情的な対立もあって、葉山たちは「プロレタリア作家倶楽部」を作りますが、組織を割ったというので前田河広一郎をはじめ、葉山以外は詫びを入れて一度戻りますね。葉山だけは都落ちをしてしまう。結局、東京にいても生活していけないということもあって、木曽から伊那の方へと、純朴な農民たちの間に、あるいは飯場の労働者の中に入っていく。極度の人間嫌い、インテリ嫌いという様子がみえます。

佐多　そうですか。

小田切　極度な理論嫌いでもあるのですね。小説なんてものは理論で書くものではないというところがもともとあって、葉山が「文戦」に行く必然性があったのですが……東京を去ってからも、ユーモラスな一種の庶民気質、徳永さんとは違った純粋な、親しみやすい、素朴な味のある作風が後までずっとあります。

佐多　そういうことからも考えるのですが、理論嫌い、インテリ嫌いという、働いている人の感情のいわゆる庶民気質――逆にいいますと、理論的な知識人としての自覚を持っている人は、あの時代に自分に籠もる、つまりあの時代の国民全体の巻き込まれている状態に、背を向けることができるのです。庶民気質のものには、それに対する反撥があるのです。こういうこと、私がいうと自分の弁護のようにもなりますが、みんなが巻き込まれ、みんながたいへんな時に、戦争に対して背を向けているもの、に対する反撥のようなものはあると思います。

小田切　ええ、わかります。

佐多　みんなが巻き込まれている中に、やはり自分も一緒にいようという、それは何も理論立ったものではなくて、心情といいますか、そういうものじゃないかな。葉山さんにあったのかどうかはわかりませんが、私の考えるのはそういうことです。きちんとした理論を持って、自分の行く方向を確立している、その時の全体からも背を向けている人たちは、それはそれと認めながら、その時の状況の中で、いってみれば状況に流されているかたちですが、そういうものはインテリでない人間の中にあるような気がします。葉山嘉樹が、満州の開拓団に行ったということを考えると、そのような開拓団に行かなければならない人間と、自分も運命をともにしようという点に……。葉山嘉樹のその後の行動からもそのように思えます、どうなのかな？

小田切　葉山は、昭和十年代になってから、荒畑寒村が何度か訪ねてきたりして、一緒に木曽の駒ヶ岳に山登りしたりする、あんな時代になって、俺はとても書けないとこぼしたり、怒ったり、毎日、釣りばかりしていた、一方にはそういうこともあったんです。満州に行く時には、ロシアのスパイだという噂を村に広げられたりして、そんなこともあって開拓民になったらしいですね。ともかく時代がひどかった。

小林多喜二・政治と文学

小田切　多喜二の作品でお好きなものはなんですか。

佐多　そうですね。北海道を書いた作品なんか好きです。

小田切　「防雪林」とか「東倶知安行」ですね。

佐多　ええ、それに「党生活者」などは、始終、地下活動の連絡で会っている時に書いたんだな、ああ、あそこで書いたのだな、と思って感動しましたわ。あの時代にまた、もぐっている人の作品を、「改造」や「中央公論」などは掲載しましたね。そういうことでも私たち、支えられたんです。

小田切　連絡するだけでもたいへんだった時代ですから。「党生活者」が発表になったのは、死の直後ですね。「中央公論」昭和八年四・五月号に、「転換時代」という仮題で発表されています。

佐多　四月号は三月に発売でしょ？

小田切　そうです。あのころの総合雑誌の発刊日は二十日ですから、没後一ヵ月ですか、それにお通夜が全員検挙、労農葬まで解散命令ですから、とにかく容易でない時代の雑誌発表で、伏字もすさまじいものです。佐多さんも、多喜二の死の前後のことはいろいろお書きになっておられましたね。

佐多　当時のことは、作品としてよりも、何もかももう全体としての方が……そうですね。多喜二という人は、私などが作家であることに悩んでいる時に、非常に自覚的に作品を書いていたという、その点に敬服しておりました。その自覚がもぐっていかざるを得なかった、そういう生活にしていったのだと思います。つまり、私がくよくよしておりました時には、共産党員を描けということが、すでにいわれていたのです。作家というのは、対象を把握するのに、自分が下手《したて》に出ては把握できませんよね。そうすると、共産党員に対しておずおずしている人間は、書けるわけがない。だから「コップ」ができて、非合法の共産党が、非合法ながら公然と大衆の前に姿をあらわして、作家も共産党に入っていくわけですけど、そこではじめて私の悩みが昇華するわけです、解決するんです。多喜二さんは、政治と文学があの当時実に一体となっていて、それのいい悪いは、今後も議論されてゆくと思いますけど、作家として政治に片寄ったわけではないのですね。決して政治に突っ走ったのではない、作家そのものとして、そこに行き着いてしまった感じがあります。そういう自覚的に遂行していった作家が、あのようなむごいことで命を落さねばならなかったこと、もう私には弾圧のひどかったこととか、拷問の激しさとしてしか、言葉がありませんわ。

で、あの当時にも、多喜二さんが殺されたことを、それは多喜二の勇み足ではなかったか、という論がありました。私でさえ、子供背負ってやろうとしている時、そのようなことがいわれるのはわかる気もするけど、とってもつらかった。その論は、多喜二と親しかった立野信之さんだったと思いますが、立野さんは愛情を持っておっしゃってるんですよ。

その時分の気持のことから申しますと、拷問とか弾圧とかいろいろなことがあるのですが、行動している人間たち、私たちは真正面に自分がぶつかっていますでしょう。ですから、あの時代はつらかったでしょうねといわれても、弾圧が悪質でひどい、とは常にいわなければならないと思いますが、それをいうことと、つろうございましたということとはまた別なんです。つろうございました、とはいわないんです。妙な話ですが（笑）。

小田切　なるほどね。ところでいろいろ問題になった伊藤ふじ子ですが、手塚英孝さんの書いたものなど見ますと、多喜二と正式に結婚していたようですね。お会いになりましたか。

佐多　多喜二さんがなくなった時、阿佐ヶ谷の家に来ていたらしいのですが、私はその人をよく見る間もなく捕まったので……きれいな人だったということですよ。

小田切　そうですか。最後に徳永さんの作品はいかがでしょうか。

佐多　いい作品が短いものにもありますね。「はたらく一家」など、徳永さんらしい作品だと思います。

小田切　初期の「馬」という短篇もいいものですね。……戦後の徳永さんとは、「新日本文学」と「人民文学」の対立の時に、佐多さんたちに少々にがい思いをされますが（笑）。

佐多　にがいということではありませんよ。徳永さんに対してではなく、党内のことでたいへんなことはありましたけど。そういえば、徳永さん、岩上順一さんとみんな癌でなくなられて、お気の毒でしたね。残ったわれわれが図々しいような（笑）。

小田切　結論になるのですが、佐多さんの立場から、プロレタリア文学運動、「ナップ」の運動というものは、ひと口にまとめるとどういうことになりますか。

佐多　「歯車」という作品を書いたとき、この時代の運動をそのまま書いても仕方がない、ある時の運動に対する理論的考察はあるのだから、という論もございましたが、私にとってあの時代を書くことは、私の青春讃歌なんだという気持なのです……。

小田切　ありがとうございました。ご健康で、倒れた人の分まで含めて、いい仕事をなさってください。

（昭和四十四年十二月二十日　麴町　秋本にて）

林芙美子の思い出

壺井　栄
平林たい子

大正末期の青春

壺井　芙美子さんと知りあったのは、私が東京へポッと出てきた当初のことなんですけれど、世田谷の太子堂ではお隣りに林さん、お向いに平林さんが住んでいらっしゃったわね。

平林　そうでしたね。

壺井　本郷の南天堂レストランにはお二人に連れていってもらいました。その時、壺井さんの奥さんを教育してあげましょう、と言われましたよ。

平林　私が?

壺井　お二人が……。

平林　そんなこと言いましたか（笑）。

壺井　とにかく南天堂の二階に行ったでしょう。そうしたら煙草のけむりがもうもうと立ちこめている中で、つぎつぎにたくさんの詩人を紹介して下さるのですけれど、ぜんぜん覚えていないのです、びっくりしてしまって。

平林　私が芙美子さんと知りあったのは、その前の年のことでした。私こそ南天堂ではじめて会ったのです。それは野村吉哉さんと一緒になるまえのことなのですが、手塚緑敏さんと結婚されてからは、疎遠になりました。いろいろと考えてみたのですが、どなたが芙美子さんをよく知っているかというと、彼女の生涯を通して知っている人はないでしょうね。どちらかというと、通して知っているのは、われわれかもしれません。

壺井　足しげくおつきあいしたのは、野村さんと一緒のころと、ずっとあとで私が小説を書くようになってから。あとで緑敏さんとの法律上の結婚には、私たち夫婦が仲人役になったのです。それは両方前後して人の子供を育てましたでしょう、そんなことで主婦同士のおつきあいが多く、文学談などをしたことはなかったですね。

平林　詩の話はよく聞かされましたね。それに童話を書いていました。二人で売りに行ったりしたのですがね。

壺井　林さんの生き方には、しぶとさがありましたね。図太いというか、たくましいというか……。

平林　生きる知恵ですね。

壺井　あれは林さんが小さい時から放浪していたでしょう。家というものはないし、家庭生活には恵まれていなかったですね。それがいいか悪いかは別として、そんな環境が林さんの図太さを作ったのではないでしょうか。

平林　アッという間に手もとから鳥が飛び立って行くように人を出しぬくかと思うと、涙、潸然《さんぜん》です。

壺井　ほんとうに、不思議なほどに……。

平林　よく泣きましたね。私が人と別れるところに芙美子さんが居合わせることになったのですよ。大黒屋という酒屋の二階に住んでいるときで、ときちゃんという女給さんを連れてきたのです。私が別れる場面です、私はどうしても男と別れようとしているのです。ところが彼女は、こんなに愛しあっているのにどうして別れるんだと言って、涙を流して泣くんですよ。愛していても別れるんだと私は思っているのですがね。その時、芙美子さんの知られない一面を見たような気がしました。

壺井　よく泣きましたね。

平林　涙もろかったですね。

壺井　そういうと悪いけれど、安直に泣けた人ね。

平林　そう。だから抜きさしならない場面で、こんなときは泣くに限ると思って泣いたと告白したこともありました（笑）。それが実にぴったりしている。泣いてごまかしちゃった、ということもありましたよ。

壺井　私はごまかされたのじゃありませんけれども、銀座のど真ん中で芙美子さんに抱きつかれて、ワアワア泣かれました。その日、読売講堂で詩の朗読会があって、芙美子さんは桃割れに結って朗読したのです。そのあとみんなで銀座に出て、いよいよさようならとなると別れたくないというんです。とうとう私の家までついてきて泊って行きましたけれども。天真爛漫といえば天真爛漫、大げさといえば大げさでしたね。平林さんの言われたように、泣いた方が得だということもあったでしょうけど。

平林　実にいい場面で泣くんです。芸術家の一つのタイプといえるかもしれない。

世田谷時代のことなど

壺井　太子堂時代は両方とも食うや食わずでしたね。

平林　でも壺井さんのお宅はいちばんよかったのよ。

壺井　通信社の筆耕をして、なんとかやっていけたのですがね。でも仕事にありつくまで四日も五日もお米を食べなかったことがあるでしょう。社会党代議士だった詩人の松本淳三さんのお宅にみんなでお米を借りに行ったでしょう。ところがあちらでもお米がなくて、芙美子さんはビスケットを食べさせてもらったと言って、私に五粒ほどビスケットを持ってきてくれたことがありましたわ。

平林　芙美子さんはわりあいに所帯持ちがよかったのじゃありませんか。炊事が好きで……。ちょっと気のきいたことをやる人でしたね。

壺井　私がいまでも忘れられないのは、芙美子さんがどこからかお金を借りて、今川焼を買ってきたら、野村さんが怒って二階の窓からパッと捨てたのです。今川焼が道路に散らかってしまって……。

平林　どうして怒ったの、野村さんは。

壺井　だいたい気の短い、陰気な人でしたね。芙美子さんはかわいそうだなと思っていましたわ。しょっちゅう喧嘩して、私の家へ逃げてきました。

平林　荒っぽい、残酷なことをしたのじゃないでしょうか。

壺井　玄関の土間に叩きつけられたとか、炭俵にいれられたとか、台所の下に突っ込まれたとか、芙美子さんはよく言っていましたね。私はそんな現場を見たわけじゃないから、わかりませんけどね、そういう時はあまり泣かないのね、芙美子さんて人は（笑）。

平林　芙美子さんが私に教えたことは、買物の値段の嘘を言って、お金を少しとっておいて、それでお化粧品を買うものよ、ということでした。そういう知恵はないでしょう、私たち。へそくりの才能はみごとでしたね。

壺井　それはきっとお母さんの生活を見てきたからじゃないかしら。

平林　太子堂から瀬田へ引越して行ったでしょう。

壺井　あれは夜逃げしたのですよ。私たち夫婦だけが知っていたのです。夜逃げするからあとはよろしく頼む、大家さんが来ても知らないと言ってくれ、と言いましてね。私たちだって大家さんが怖くてしようがないんですよ、それなのに……（笑）。

平林　私はその前に高円寺へ移ったので知りませんが、新宿の鶴家というカフェに芙美子さんを訪ねると、私を虎屋という店に世話してくれたのです。芙美子さんはずっと鶴屋にいて、そこでは姉さん、姉さんでとおっていました。人のラブレターを書いてやったりしていましたよ。カフェの女給としては、そんなに美人じゃないけれど、とてもお客がつくのです。

壺井　芙美子さんは人をおもしろがらせるのが、上手でしたからね。

平林　心のなかは寂しくても、陽気に歌をうたってましたよ。いい声でしたもの。「さのさ」なんか実にいい声で歌ってました。

壺井　そのラブレターが残っていたらおもしろいでしょうね。芙美子さんのことだから、きっとおもしろい書き方をしただろうと思うけれど。

平林　新宿の洋品店の店員が彼女のお客さんの一人でしてね、ショールとかいろんな品物を盗んできては芙美子さんにやるのです。私もモヘヤのショールを借りたことがあったけれど（笑）。そこへ別れた野村さんがやってくるんです。椅子を振りあげて暴れまわるので、みんなに嫌われていました。芙美子さんは姐御肌のところがあって、ちゃんと下の人を押えて楽しそうに働いていました。

壺井　芙美子さんは着物がないというので、よく私の着物を着ていきましたよ。あのときの私は、いまみたいに大きくはなかったけれど、あの小柄な人がよく着こなせたと思います。

平林　あら、芙美子さんもお借りしたのですか。私もよくお借りました。壺井さん、衣裳持ちだったから（笑）。

壺井　ええ、芙美子さんはしょっちゅう……。

平林　そうですか。それは初耳でした。私もしょっちゅうお借りしましたね。壺井さんの着物は田舎から持ってこられた、みんな新しいものばかりでした。

壺井　芙美子さんは絵ごころのある人だから、自分で花の絵なんか描いた黒繻子の帯をもっていましたね。

林芙美子をめぐる人々

平林　芙美子さんの男性との結びつきは、みんな彼女の詩からはじまるのです。その詩を読んで男の人が感動する。それから一緒になって、みんなうまくゆかなくなる。アナーキストの仲間では、詩人として一流でした。「日本詩人」なんかに詩を発表していましたから。

壺井　繁治が田辺若男さんのところへ行ったら、林芙美子というのがいて、おもしろい詩を書く、ぜひ聞いてくれ、と言われたのだそうです。すると芙美子さんが出てきて自作の詩を滔々と読みあげたのだそうです。詩はほんとうにおもしろかったという話を繁治から聞いたことがありました。芙美子さんは詩を朗読するのを、ちっとも恥ずかしがったり悪びれたりしないでね、また上手でしたね。

平林　いい声でしたね。すこし古い読み方ですけれど、それがいいんですよね。詩集「蒼馬を見たり」は林芙美子の文学の原型といえるでしょうね。「放浪記」とは一心同体のようなものですけれど。

壺井　そう、みな「放浪記」的ですね。

平林　芙美子さんをめぐる男性像というものを考えてみると、不思議なことに、その男性が社会的能力という意味じゃなくて、人間として優れていて、一緒に暮してもいいと思われる人とは、自分の方から別れたのですね。ほかの人はたいてい相手から別れられたのですが、解説の中にちょっと書いた詩人のＫ氏だけは、芙美子さんが捨てたのです。ほんとうに不思議ですね。芙美子さんにかかわった人の中ではいちばん優れていました。いまは市井に埋ずもれていますが、その人とだけは非常に残酷な別れ方をしました。

壺井　悪い人に魅力があったのかしら。

平林　そうかもしれません。「浮雲」で言えば富岡というようなタイプの、ある意味ではくずれているところに魅力があったのでしょう。

壺井　つぎつぎに女を作っていく……。

平林　富岡にあたる人はぜんぜん知りませんが、芙美子さんの文学生活の中で、ああいう個性の発見があったのじゃないかと思います。

壺井　「浮雲」はいかにも芙美子さんらしい小説として読んだのですけれど。

平林　でも「放浪記」を出して大当りをとってから、作家として思う存分やれたのは、旦那さんの手塚緑敏さんがよかったと思うのです。ほんとに内助の功ですわ。緑敏さんははじめ画家になろうとしていたのです。しょっちゅう展覧会に出品していましたよ。

壺井　いい旦那さんを見つけたものですね。

平林　結婚当時のことを書いた「清貧の書」は、「放浪記」の一部というか、続きみたいなものですけれど、作家としての芙美子さんは、「放浪記」から離れるためにずいぶん苦労していますね。小説をだんだんと勉強していって、あれだけの作家になったのだから偉いと思いますね。私たちが知りあった時は詩人でしたから。

壺井　そうですね。

平林　「風琴と魚の町」でお父さんにあたる人が、オイッチニ、オイッチニとやるでしょう。あの時は芙美子さんが薬を売ったのです。

壺井　芙美子さんが売った方がおもしろいわね。

平林　それはなんとなく書けなかった。書いていないですね。だが、尾道に行って聞くとそうなんですよ。

壺井　お父さんが警察でぶたれたりするところがあるでしょう。ああいうところをほんとに見て、芙美子さんの図太さみたいなものが養われたと思うけれど。

平林　芙美子さんはどちらかといえば、幸運な作家生活のスタートをきったわけですが、それにふさわしいだけのものはもって登場しました。不当に評価されたとは思いませんけれど。

壺井　と同時に、人づきあいのよさというものがありましたね。

平林　しかし、昔のアナーキストの仲間が訪ねて行くと玄関払いだったそうです。私の亭主（小堀甚二）も玄関払いをくわされた方で、非常に怒っていました。昔のことを知られているのが、いやだったのでしょうね。実は、私は林芙美子を「文芸戦線」の某氏と結婚させようとして、見合いさせようとしたことがあるのですよ。

壺井　へえ。

平林　成立しなかったのですけれど、私の記憶では芙美子さんが断わったと思います。ところが小堀は、相手が断わったのだと言って議論したことがありました。相手というのは里村欣三なんです。

壺井　話はとびますが、私、終戦直後に困っちゃったことがあったの。芙美子さんが信州から帰ってきてお子さん連れで遊びに見えたのですね、そこへ宮本百合子さんもやってきてかちあってしまったんですよ。林さんにとって宮本さんはいちばん競《せ》りあったライバルでしょう。とても激しかったですよ。百合子さんにすると、私が林さんとつきあっていること自体、私の堕落だというのですね。戦後の勢いのいい時でしたから。その調子でひと言、ふた言、皮肉をいわれると、芙美子さんはプイッと立ち上って帰っちゃったんです。私はただ真ん中に立っておろおろしてしまいましてね。

平林　百合子さんとの競争意識は凄じいものでしたね。たしか鎌倉文庫の女流文学者会のときに、芙美子さんはものすごく宮本さんの悪口を言ったことがありました。

壺井　芙美子さんはとても意気さかんでしたね。いろんな意味で、百合子さんと芙美子さんが生きていらしたらおもしろいと思うのですけれど。いろいろとエピソードの多い方でしたよ。それだけにまた、にぎやかな方でしたね。

母親が芙美子の文学をつくる

平林　なにしろ芙美子さんは非常に精力旺盛で、叩きつけても死なないというものがありましたね。戦後の仕事ぶりをみてもわかるように、戦後は他の作家の場合でも、戦争でおさえられていたものがどっと出てきたのですが、それにもっともよく応えて強く耐えられたのは芙美子さんでしょう。

壺井　ほんとうに不死身な感じでした。女流作家の仲間で林さんが最後まで生きるだろうと、冗談に話しあったことがありましたけれど。

平林　ほんとうに百まで生きるかと思いましたね。小さくて丈夫で、お母さんとそっくりな体つきでした。お母さんの奔放な生き方が、芙美子さんを日本の社会の因習的なものから引き離して、才能を育てたともいえますね。お母さんの功績です。私生児を二人も生んでね、他にもまだ生んだかもしれないけれど、戸籍には載っていないからわかりませんが……。

壺井　二十歳も年下の旦那さんと、ともかくやっていけるんだから大したことですね。

平林　艶っぽい、きれいな人でしたね、お母さんは。

壺井　育ちというものは、ついてまわりますね。

平林　つまり生活というものはそういうものです。非常に奔放なところと、人の口の端にのぼるような、いやなところがあるでしょう。両方ともあの社会の特質なんですよね。

壺井　しかし、芙美子さんのような人は、もう出ないでしょうね。

平林　出ませんね。日本の社会の慣習なんか無視して生きた人で、文学の仕事としてもぜんぜん異質なものです。芙美子さんは自分の特異さは知っていたでしょうが、それほどに思わなかったでしょう。たとえば尾道女学校に行っていますね。あの当時ですから女学校に行けたのは上の部だと思うのです。そればかりではなくてヴァイオリンまで習っているのです。そのくせ、帆縫工場の女工になったり、日曜日にはそば屋の手伝いなど、いまでいうアルバイトをしているわけです。そういう点で上流社会とまざっているのです。

壺井　文学の素質といえば、お母さんから受けているのかもしれませんね。

平林　お母さんという人は、非常にやわらかな、それこそ男がすぐ手を出すような、純情な人なんです。しょっちゅうだまされてね。お父さんも非常に才能のある人です。義父の沢井喜三郎はお父さんの店の番頭ですよ。ですから、雪の降る日に母が芙美子の手をひいて出て行ったという悲惨な情景はどう考えていいか。言葉どおりには受けとれないのです。ほんとうは沢井の手をひいて出て行ったのかもしれない。その後、お母さんが芙美子さんに荷札をつけて汽車にのせ、いとこのところへ送ってやったということがあるのです。沢井との新婚で、二人で暮すために芙美子さんが邪魔になったのじゃないか、と思われるところがあるのです。

壺井　「泣虫小僧」にそういうところが出てきますね。お母さんが芙美子を作ったのですね。

平林　そうです。お母さんが林芙美子を作ったのです。普通の家庭には、芙美子さんのお母さんのように奔放な、因習を無視した母親はありません。芙美子さんは、ああいうお母さんから、しかも私生児として生まれたおかげで、日本の女の歩まなければならないコースを採らずに、まったく独自の日本的な慣習を度外視して生きることができたのですよ。それが、林芙美子の作品として結実したのです。

（昭和三十九年五月十三日　虎の門　福田家にて）

女流文学の道程

平林たい子
大原富枝

林芙美子のこと

平林　大原さん、すみませんね。こんどはあなたの力作にまったく寄りかかってしまって。

大原　とんでもない、逆でございます。この間の「林芙美子」（「新潮」4月号）たいへん面白く拝見しました。

平林　あれは小説じゃないんですよ。

大原　小説としてではなくて？

平林　伝記です。ずいぶん欠けているところがありますけれど。

大原　一気に読んで感動しました。文学が老年のものだという自信が出てきたような気がします。林さんを知らない若い人が彼女を書くなんて、冒険をする方がありますが、ほんとうの林芙美子をやはり知っている人でないと。

平林　いや、しかしわたしではまだ書けないことがありました。世間体が悪くて。まあせいぜい年代、いつどこに住んでいたというくらいの参考になるだけのものを残しました。

大原　わたしも少々つながりがありまして、戦後まもなく病気で寝込んでいたとき、短篇集を出す世話をするからという原稿用紙に書いた手紙をもらったことがあるんです。そういうことをあの方がなさることは非常に珍しいことだってほかの人はいうんです。まだ一面識もなかったときなのでたいへん感動しましてね、病気がよくなってからお礼かたがた伺って、はじめて交渉がはじまったわけなんです。そのあとは、いろんな思いをいたしましたけれども（笑）。

平林　しかし晩年はだんだんよくなっていましたよ。あれで……（笑）。

大原　そういっちゃ失礼ですけれども、文学として立派なものばかり遺していらっしゃるから、人柄としての思い出は消えてゆきますね。

平林　「晩菊」がいちばん傑作ですかね。「夢一夜」というのも私小説ですが、案外いいですよ。戦時の暗澹たる生活を描いて。

大原　わたしは若いときのことはぜんぜん存じあげません。それで不思議な思いをしたことがたびたびあるんです。でも今度の作品を拝見して、育ちからくるあるものが、あの方の人格の芯にずっとあったんだなって、はじめて納得がいき、考え方が少しかわりました。あの高松棟一郎に宛てたラブレターのよさ、あれにはびっくりいたしました。

平林　あのラブレター、いったい信じていいのかどうか。

大原　あれは発表されることを予期して書いたものだと思うんです。

平林　思うでしょう。そう言った人があるんです。第一ちゃんと書きなおしているんです。消しはありますけれどもね。

大原　あれから林芙美子を想像するとしたら、実際の彼女とはずいぶん違う人を思うくらいちがいますもの。

平林　いや、あれは真実の林芙美子です。まあ、あとの手紙は捨てられてから書いたものですよね。ラブレターも考えて書かないとああいうことになりますから、えらい人は（笑）。

虚構こそ文学

大原　わたしこんどゆっくりお話ができるというので、初期の「嘲る」あたりからずっと読みかえしまして、とにかくもう頭があがらないなと思いました。

平林　そんなことはないですよ。世の中にそんなものはないですよ。

大原　とにかく日本の女性の地位がぜんぜんできていないときから今日まで歩いてこられた、身を挺して生きてこられたということね、その重みをつくづく感じます。それにひきかえて、いまのものを書く女の人たちを見るともどかしいというか、また羨ましいというか、ずいぶん感慨もおありでしょうけれど、その辺のことを伺えますでしょうか。

平林　いや、わたしは文学なんてわからずじまいに、メチャクチャなことをやってきたんですよ。いま、この年になってやっと文学というものがわかって、しまった！（笑）と思っているんです。

大原　でも、わかっちゃ書けないのじゃないでしょうか。

平林　そうかもしれませんけれどもね。わかってわからないというとおかしいけれども、つまり両方でなくちゃいけないのじゃないでしょうか。いまの人は両方もっていますよ。第一に教養が高いということ、このことではほんとうにかないませんよ。

大原　加賀乙彦さんとか辻邦生さんとか、教養ある人の書くもののおもしろさは感じますよね。ただわたしは、そういうものにはあんまり感動しませんね。やはり人間って生の肉体をもっているのですから、それも滅びるものであればこそ、肉体を張って生きたということに、いちばん文学の意味があるのだと思うのですが。

平林　加賀さんもやはり肉体を張っているんですよ。ただ張り方がちがうので、ああいう張り方をしてみたいのです。わたしどもの時代までは、女ってものはこういう小説しか書けなかったのですよ。それでもまだ前の時代よりはいいんです。前代はまったくフィクションの小説を書くでしょう。樋口一葉のお友だちだった三宅花圃なんて人の小説ね。

大原　「藪の鶯」なんて……。

平林　一葉だって二頭だての馬車の世界を書いているのです。わたしどものときにはそんなものは書かないというところまで行ったんですわ。しかしわたしどもの後の人は、またフィクションが書けるようになっているでしょう。「ヴァージニア」（「群像」43年12月号）というようなものが小説になるんですから。

大原　わたしはあれを読んで、女の人の奥さんになるということの意味を倉橋由美子さんにおいてさえ感じたですね。自分の夫のことを、主人が主人がと書きますものね（笑）。それにあのなかでの倉橋さんのご主人への対し方に、やはりいままでの日本の女に似たようなところがたくさん感じられましてね。

平林　ああいう変った小説家でも、やはり結婚すれば「パルタイ」は書けないですね。両方とも非常に面白い小説であってもちがいますね。

大原　女の生理の限界みたいなものをちょっと感じました。そんなふうな意味では作家ではありませんが、高群逸枝《たかむれいつえ》さんの生き方なんか、たいへん面白いと思うんです。

平林　わたしはいくらか知っておりましたがね。家出して巡礼になったり、駈落ちしたりなんかして、「日月の上に」なんて詩集を出したり……。

大原　人柄はぜんぜん知りません。

平林　非常にアブノーマルだったですね。

大原　日本の女が自分を生かして生きるには、ちょっとアブノーマルでなくては生きられないのじゃないですか。

平林　しかしお医者さまの対象になるような人でしたよ。ただ強烈というだけでなくて。あの人の女性に対する論理も非常にかたよったものでしょう。とにかく女性オンリーというようなもので、常識ばなれしたものです。しかしそういう文献がつぎからつぎへ現われてきて証明するからおもしろい。

大原　歴史学者がずいぶん参考にしているようですよ。だから学者として見て、女として見て、書かれたものを文献として見て、あれだけのことができたあの人にたいへん興味をもつわけなんです。

平林　まあ詩人としてのほうが面白い。自分の信じた論理を証明するために一生かかっていましたでしょう。そういうことには感心するけれども、論理そのものはなってないと思うんです。

大原　それは一つ勉強になりました。でも、日本の女にもそういう人がいたっていうことはたいへん面白いですね。

平林　平塚雷鳥さんが、「元始、女性は太陽であった」と言ったのと同じですね。そのことの意味を考えてみれば太陽でもないですよ。ないけれども、それほどまでに言えたかと思ったら羨ましいですものね。

青鞜運動と文学

大原　ああいうことを言わせたのはひとつの時代の風潮でしょうか。

平林　ひとつにはね。革新の強さでしょう。そのくらいの強い勢いがなければ、ああいう運動はできないですからね。平塚さんはご存じでしょう。

大原　ぜんぜん存じあげません。

平林　平塚さんはアブノーマルではありません。ノーマルな、たいへん穏やかな人です。ただわたしども後から考えてみて、青鞜運動が非常に短かった、すぐ生命がなくなったということについては、考えさせられるものがあるのではないかと思うのですよ。

大原　とても不思議に思います、ああいう崩れ方をしたということは。

平林　それから作品がありませんでした。論文も短い、ピカッとしたひらめきみたいなものでしょう。

大原　評論家も出ていませんね。

平林　むしろ社会的行動としては、富本さんが男装して歩いたり、五色の酒を飲んだというのはうそらしいけど、二色ぐらいの酒は飲んだそうですね（笑）。そういう男と同じ行動を実際にやるということで表現されたのじゃないかと思われる。それがいちばんの強い表現であって、あと雑誌をやるとすぐ仲間割れしちゃったらしいですね。

大原　「美しきものの伝統」という大杉栄と伊藤野枝を書いた芝居がありますが、青鞜運動をからかって、平塚さんなんかもまったく戯画的に扱われていましたけど。ああいう見方をされてもしようがない一面があったということは非常にもろい崩れ方に感じますね。

平林　自分たち自身がまず文化生活をすることが解放運動だったのです。だから、少数の高等教育を受けた人たちで、教会に出入りしたり、恋愛もして……。伊藤野枝さんが大杉のところへ行くときに、野上弥生子さんがずいぶん止められたのですよね。一年だけ我慢して考えて、どうしても行きたかったら行きなさいと。だけれども、そのまま行っちゃった。

大原　でも結果から見ると、伊藤野枝さんがあの運動の中ではいちばんはっきりしていますね。

平林　そうですね。知っている人が少ないかもしれないけれど、生田花世さんなんかも仲間ですね。

大原　生田春月さんの奥さん。わたし林さんのお通夜の晩にはじめて会ったのですよ。もうたいへん年とっていらっしゃいましたけど。そのときに、林さんは無名のときの知合いに会うのを非常にいやがられるので、一切出入りしませんでしたけれども、亡くなってみればお通夜ぐらいにはと思って来ました、と挨拶されました。時代がかわって知らない人ばかりだったのでしょうね。

平林　芙美子さんが春月を生田長江とまちがえて訪ねていったことがあって、それから行きするようになったのですが、花世さんも春月に似てなかなか詩はいいですね。「獅子は抗し難し」というような詩がありますが。

大原　詩という経済的には恵まれないお仕事で、あの時代を生きていらっしゃったということは大変なことだったでしょうね。

平林　春月さんが亡くなってから少し印税が入りましたが、籍が入っていないので苦労したようですね。春月さんに割合に冷たく扱われていたらしいですよ。

大原　結婚なさる時のエピソードを読んだことがありますが、つまり花世さんが醜い女の悲しみということをお書きになって、それがたいへんいい文章で、春月さんが感動して会わないさきにさっと結婚を申し込んだんだそうですね。

平林　文章はうまいですよ。ただ花世さんのような人はほかに青鞜にはいなかったようです。みんな名家のお嬢さんや夫人なんかで、だから自分自身が文化に浴することが必要だった。小説の方からいえばあとから水野仙子さんなんかが現われて、リアリズムの小説が出てきたわけなんですけれどもね。でも、そのときは女の生活の幅って狭いでしょう。だから小説がその身辺にまつわって、とても起伏の少ない日常生活記みたいなものばかりでした。それでも、恋愛などを小説に書くようになったという裏には、いくらか小説家としての誇張があるでしょう。男でも太宰治がそうであったように、女の作家もどうしてもそうせざるを得ない、小説を面白くするために実演するんですよ。

大原　小説を書く必要というとおかしいけれども、小説も恋愛することによって高揚するという、相助けるところがずいぶんあったのでしょうね。

エポックをなした女性

平林　田村俊子さんなんかはそうだと思うのですよ。

大原　あの方なんかはかなり意識的にあったでしょうね。

平林　実演してそれから書くんですよ（笑）。

大原　ロシア文学者の湯浅芳子さんが、彼女の作家生活を「あなたなんかには想像もつかない、それは華やかなものだった」とおっしゃるんですが、どういうわけでそういうふうになったのでしょう。

平林　それは、女が原稿を売って金をとるということがその前にはあまりなかったのです。原稿料のかわりにかんざしをくれたりなんかしたんです。女は自分で生活していないからそれで済んだのですけれども、やっとあの人が生活の道を切り拓いたのだと思うのです、女の作家としての。だから一種の勢いというか、とにかく売れるにまかせて書くわ書くわで、ものすごく書いたらしいですよね。そのおかげで道が開けたので、感謝しなくちゃならないのですが、あの人自身は破滅しちゃった。

大原　あの人に迷惑をかけられた話なんかはいろいろな人がなさいますが、いまのお話はだれも聞かせてくれませんでした。歌舞伎座をなんとかしてすごかったといったふうなことで……。

平林　女形を待合に呼んだり、相撲とりに羽織を投げたりしてね。

大原　ちょっと痛快な女ですね。

平林　つまり金を使うためですよ。それには「中央公論」の例の瀧田樗陰さんも大いにあずかっていますよ。なにせ、夜遅く瀧田さんのところへ車を乗りつけて、閉めてある門の上にのぼって中へ飛びおりて入ったという、おもしろい痛快な人なんです。

大原　死ぬまでその魂はあったわけですね。

平林　ただ金をとってもほんとうの女自身の使い方というものは、まだ確立していなかったのですよ。それでわからないときどうするかというと男の真似をするんです。本町アパートという、はじめてのアパートができて。

大原　どこにあったんですか。

平林　日本橋本町です。二間でしたね。いま考えてみればそれほどでもないのだけれども、豪華でしたわ。そこで盛んに男を漁って、……アメリカから帰ったばかりでまだ日本の情勢がわからないでしょう。ちょっとふさわしくないような相手をお見かけして、円地文子さんなどと「まあ」(笑)、などということもありました。

大原　女の歴史とか生き方が一つずつ、一段階一段階と移っていくには、そういうエポックをなした女性があるんですね。

平林　いつか鈴木茂三郎さんにどうしても会いたいというのです。そのころは若いので、会計係とか世話係ばかりやらされまして、わたしが走り回って会わせたのですが、帰ってからプンプン怒って、「だれだッ、あんな女房まで呼んだのは」(笑)と怒鳴られちゃいました。

大原　奥さんも来たのですか。

平林　それはしかたがないんです。鈴木さんの奥さんという人は、わたしどもの研究会にいたひとで、そのとき講師に来た茂三郎さんと大アッアッになって結婚した。引き離そうったって無理です。とにかく太く長い人でした。結局は短かったですけれどもね。ひとつの曲り角ですね。「炮烙《ほうらく》の刑」という小説があるでしょう。

大原　あの時代にあれだけのものを書くということはたいへんなことですね。

平林　風が吹いて着物がめくり上るような感じの小説ですが、あれは自分で意識したかどうかはわからないけれど、やはり実演の気分がありますね。でもその前に実演しなかった鷹野つぎさんなんて人は悲劇的に死にましたね。

大原　素木《しらき》しづさんとか水野仙子さんなどの一群は非常にかすかな存在になって、いまの人はほとんど読まないようですね。

平林　知っていませんよ。あの人たちから写実主義になったのですからね。その前の時代は、樋口一葉ですら若いころは、もうありえないようなお屋敷の令嬢なんかの世界を描いてます。でも途中から「二頭だての境涯は甲斐なくや」なんて書いてますよ。自分にはそんな世界は書けないというんですね。

大原　日記のなかにそういう変化がよく表われてますね。婚約者だとかに、出世して捨てられて屈曲してゆく気持、彼女自身の身の上のことも大分関係したのでしょう。

平林　樋口一葉という人の存在、ああいう作家が歴史のなかにポツンとある——わたしやはり明治維新の女に対する一種の変態を現わしていると思うのです。というのは、古典に対する知識、文字知識のあれほどある人が、あんなに苦労して、大音寺前で荒物屋をやって、自分で仕入れに行くんでしょう。そういう二つの境涯を一身に体現しているということは、当時においてはありえないことなんです。それがあの人にはあったのです。材料はあるわけだし、人生を知っているし、しかも書く教養があって書けたのです。ふつうの人にはどっちかしかなかったのですよ。えらい教養ある人はそんなことには関係ないし、貧乏で苦労している女の人には小説なんて書けない。

大原　三宅花圃なんて人は、教養はあったかもしれないけれども、実生活がなかったから、あんなものしか書けなかった。ほんとうに、あれだけの才能のある人が、その教養を生かす仕事の場がなかったんですねえ。平林さんが東京へ出ていらしたころでさえ、電話局とか、二、三種ぐらいしかなかったわけでしょう。あのころ電話交換手というと新しい職業じゃなかったのですか。

平林　いや、いまとちがうんです。昔は電話交換手の経歴があったら、だれもお嫁にもらわなかったです。なぜって、機械が幼稚だから大勢いたわけですよ。

大原　いまならよかった（笑）。

平林　ことに知識的な職業というのがないんです。ですからみんな婦人記者になるんです。

大原　わたしは父の三度目の結婚で生まれた子でして、二度目の奥さんというのが赤十字社の看護婦だったのです。あれは高い職業だったようですね。

平林　あれは高いです、ふつうの人はとらないから。しかし、昔の職業婦人はみな結婚できないですね。ずっと後になって、わたしがもといた市ヶ谷局に訪ねていったら、昔一緒だった人がいるんです。感慨無量でした。

大原　世の中って、ずいぶん早い足どりで変っていくものなんですねえ。

（昭和四十四年三月十四日　番町　福田家にて）

女流作家について——円地文子・幸田文

塩田良平
平野　謙

文学運動と女流作家

平野　塩田さんは明治以後では女流作家をどのへんまでお調べでございますか。

塩田　それは僕より年下の人のは読まないことにしている（笑）。

平野　なるほど。それは簡明な原理だなあ。

塩田　つまり、研究の対象にしないということです。宮本百合子さんが同じ年だからあの人までです。だから大正くらいまででしょう。はじめは明治から上へさかのぼろうとしたんですよ。そうしたらたいへんなことになって。

平野　明治の女流作家を全体としてもあるいは個別にも当ってごらんになった感想として、明治時代の女流作家の一番大きな特徴というとどういうものですか。

塩田　明治時代の女流作家というと、ほんとういうと何人もいないですね。今の女流作家とくらべて、女流作家といえる作家はね。

平野　しかし、樋口一葉とか、与謝野晶子とか……。

塩田　いや、数はたくさんいますよ。だけどある程度までお父さんとか先生とか、それから夫とかいうものに引き立てられて、お嬢さん稼業、奥さん稼業とかいうもののかたわら、余技的にしているのが多いのじゃないのでしょうか。ですから、どうしても先生、私淑している作家の真似が多いです。しかし、初期のまだ自由党が結成されて盛んなりしころ、中島湘烟というような人たちは、小説作法は知らなくとも、とにかく書くものに一つの主張があったようです。中島湘烟は「山間の名花」という中篇を書いて、それも途中でやめてしまったけれども、あれは一種の女権拡張運動に参加する形の小説ですね。牛肉屋の娘の木村曙だって、あれは自分の家に対する反撥だろうけれども、形としては女性の社会進出を狙った小説で……これらはみんな独りだちの小説だけれども、それは文学としてどうでしょうかね。あまり面白くないですね。

平野　私もそういうことを今日ちょっと考えたのですけれどもね。私は自由民権時代のことは弱いのですが、たとえば自然主義とか、白樺派とか、プロレタリア文学とか、新感覚派とか、とにかく文学運動というのはいろいろ今日まであるわけですけれども、プロレタリア文学時代を除いては女流作家は出ていないわけですね。明治についていえば、塩田さんがおっしゃったように、自由民権運動の中島湘烟を除けばほとんどないということが一つの特徴じゃないかと思いますけれども。それはいったいどういうことなのかなあ。女性の身でなにか社会的に訴えたいものがあるということになれば、福田英子の「妾の生涯」のようなものが最初で、やはり政党運動とか、女権拡張とかに関する女流の発言というものは、ずっとたどれるのですが、文学、小説ということになりますと……。

塩田　結びつきにくいですよ、最初は。

平野　最初だけじゃなくて、プロレタリア文学時代における宮本百合子さん、平林たい子さん、佐多稲子さんという人たちはほとんど例外であって、みな文学運動と文学運動の谷間みたいなところで女流作家が出てくる。ということは、文学運動というのは、一つの時代思潮みたいなものを強く社会的に訴えかけたいというときですから、理論とか評論というものと嚙み合わさって出てくる。そういう時に女流作家は非常に育ちにくいというのが日本の特徴じゃないでしょうか。ヨーロッパはそうでもないらしい。むかしのジョルジュ・サンドにしても、現在のボーヴォワールにしても、それぞれ理論家でもあるわけですね。

塩田　スタール夫人でもそうだしね。ただ中島湘烟時代、佐々城信子のお母さんの豊寿、それから明治女学校の先生になってすぐ死んだ富井於菟《とら》なんているのですよ。これは大阪事件にも関係していますが、こういう連中がもし生きていたら書いたでしょうね。そういった女権拡張と結びつけてなにか論じたい連中はたくさんいるわけですよ。だから芽はあったのですが、けっきょく中島湘烟だけにとどまったわけです。

平野　福田英子も小説めいたものはあるにしても、文学者とはちょっといえませんからね。

塩田　形式的な言い方になるけれども、明治の女流文学の発芽というのは三宅花圃でしょうね。坪内の「当世書生気質」に刺激されて「藪の鶯」を書いた。そのあとに一葉が出てきた。

平野　明治の終りごろになると、作家の奥さんが小説を書きますね。鷗外の奥さん、独歩の奥さん。独歩夫人はなぜ書く気になったのでしょうかな。

塩田　最初は門前の小僧ならわぬ経読むの類ではなかったのでしょうか。それに独歩が近事画報社を引き受けて独歩社になって……。

平野　それが赤字になって……。

塩田　「新古文林」の埋草ぐらいの気持ちではじめ使ったのじゃないでしょうか。

平野　そうとう書いてますか、治子さんは。

塩田　書いていますね。「貞ちゃん」「愁い」などの短篇以外、長篇では「小夜千鳥」という単行本、あれは地方新聞でしょう。それから「万朝」に「破産」という長いのを出しています。これは独歩がひどく悪くなってから、おそらく家計を助けるためじゃないでしょうか。

平野　女流作家が女流作家として独立したというのか、一家をなしたのは、やはり自然主義以後でしょうか。

塩田　そうですね。やっぱり田村俊子あたりじゃないですか。

家庭と女流作家

平野　明治三十年代には現在第一線で活躍されている女流がぞくぞく生まれていますね。三十七年で幸田文さん、佐多稲子さん、亡くなりましたが林芙美子さん、三十八年は円地文子さん、平林たい子さんというふうに一斉に生まれている。日露戦争と関係があるのかなあ。

塩田　網野菊さんは。

平野　たしか三十三年です。壺井栄さんもそうだな。宇野千代さんが三十年ですね。

塩田　この年代の方たちは明治時代にくらべたらたいしたもんですよ。文学自身だってずっといいし。

平野　宇野千代さんから平林たい子さんに至る世代は、なんとなく家庭と文学が両立しがたいという、一つのジンクスみたいなのがあって、それが一種の文学上の肥料にはなっているのでしょうけれど。たしか壺井栄さんが短い文章のなかで、女流作家は家出するか離婚するかしなければ小説家として自立できなかったと書いていましたが。

塩田　家出組が多いのじゃないですか。明治三十年代生まれの人たちには。

平野　多いようですね。去年ですか、芝木好子さんが文学賞をもらわれて、そのお祝いの言葉を今日出海さんが言った。ユーモラスでおもしろいことを言ったですよ。よく覚えていませんが、とにかく芝木さんは持ちのいい方で、旦那さんも持ちがいいしとか。芝木好子以後が新時代ですね。曽野綾子さんなんかは、旦那さんの三浦朱門さんと二人で、なかよく小説を書きっこしているらしい（笑）。

塩田　大正でも水野仙子とか素木しづとか、ああいう若くして死んだ作家を生き残らしたら、いい作家になったと思うんですけれどもね。

平野　水野仙子はよくなったでしょうね。

塩田　あの時分の女の人が弱いというのは、体も弱いんだけれども、やはり貧乏に負けますね。

平野　つらいことだものな。貧乏ってのは。それから例の「蒲団」のモデルになった岡田美知代さんも、田村俊子さんみたいに中途でアメリカへ行っちゃってやめたんだけれども、ああいうスタートのしかたはあとから見れば非常に不幸だけれども、それに負けないで作家として大成する強さというものはなかったでしょうね。

塩田　なかったでしょうね。地盤も弱かったのだろうが、はね返せないのですよ。

平野　田沢稲舟《いなぶね》も明治時代ですが、日本の女流作家の一番悲惨な事例を代表しているような気がしますね。しかしほんとうにあの時分から比べると、現代は変りましたね。女流作家と家庭生活が両立しがたい時代を乗り越えて、生活と文学が一致したというのじゃないけれども、あるバランスをとって両立しうる時代になった。男流作家もふくめて、いわゆる破滅型の作家というのはほとんどまったくなくなった。平林たい子さん、林芙美子さんというようなタイプは今後はでなくなるのじゃないかなあ。なぜそうなったかということがよくわからないのですが、僕の感じでは、意識的に戦後の若い作家が「ああはなるまい」と考えてそうなったのだとは思えないところがありますね。そういう点が強味でもあると同時に弱味でもあるわけですね。だいたい文学運動と女流作家というものが、プロレタリア文学、あるいは自由民権運動を除けばほとんど関係ないということ、ある点からいうと日本の女流作家の作品がドメスチックというか、日常的な時間の枠内に制作上の根拠をおいている。だから戦後になっても、第一次戦後派が進出したときに、ぜんぜん女流作家は出てこなかった。あの時分は女も男に劣らずずいぶんつらい目に会ったのだから、肩をならべるような作家が一人ぐらい出てもいいような気がするけれど、ぜんぜん出てない。

塩田　ドメスチックということは、明治の女流には共通でしたろうね。だから小説も悲恋に終るか、ハッピーエンドの結婚に終るか、どっちかですね。ほかにないんだもの、扱い方が。ただ明治時代には女流文学時代というのが一年か二年あった。一時だけれども一葉が、紅葉、露伴と肩をならべたときがあります。それがいまはないでしょう。大作家といっしょに時代を分け合うというような女流はないですね。文学の内容は別問題として。もっとも二十八年の終りから三十年にかけて「文芸倶楽部」が女流作家特集をしたというのは、あの当時女流を盛りたて、あっと言わせようという商策かも知れません。

平野　しかし、平安朝時代の花盛りというものは、日本の文学史上非常に特異な時代でしょうが、現在のように女流作家が妍を競っているということも、やはり非常に特異な現象なんでしょうね。極限状況やシュトルム・ウント・ドランクの時代は女流作家が出にくいとすれば、現代はやはり泰平無事な時代ということになるのかな。

円地文子・幸田文について

塩田　こんど円地さんと幸田さんの集でしょう。それで「女坂」を読んでて感じたのですが、この人は「源氏」をよく読んでいるね。

平野　ことに「女面」はそうですね。

塩田　「女面」は明らかですが、「女坂」でも須賀というかわいらしい小間使いを妾にする。はじめは手をつけないが一と月以上もほっといて初夜を迎えることになるのですが、そのことをなんとも書かずに、ある日のこと須賀が頭痛で寝坊したというのですね。あれは葵の巻で源氏が紫の上にはじめて手をつけたところですね。本文には「男君は疾く起き給いて、女君はさらに起き給わぬ朝あり」とあるが、この日に限って、いつも紫の上が早いのに源氏のほうが早く起きて、紫の上が寝坊をしたとそれだけ言っている。それを円地さんはうまく使っている。モデルは警視庁第三局長の村上楯朝夫妻らしいが、実伝は知りませんが、あの倫をさきに死なせるあたりは、やはり源氏と紫の上を念頭においたと邪推したくなります。

平野　「女坂」にそういうところがありましたか。全体として、たとえば岡本かの子と古典の関係と、円地文子と古典の関係を比べた場合に、素人考えでは円地さんのほうがオーソドックスのような感じがするのですが。

塩田　オーソドックスだし、いつのまにか身にしみたものですね。岡本かの子の場合は勉強したという感じですね。知識がなまなましいところがある。ところが円地文子や幸田文の場合には、改まって勉強したという特別な努力ではなく、もちろん子供の時から勉強はしていたろうが、周囲の環境から古典の雰囲気なり文体なりが、いつのまにか身についたという感じがしますね。

平野　円地さんは上田万年の娘で、幸田さんは幸田露伴の娘でしょう。そういうとご本人たちは嫌がられるでしょうけれども、やはりなんとなく感じが出ているような気がしますね。

塩田　出ていますね。それは読まないだって、本の表紙を見ているだけでもちがいますからね。

平野　幸田さんは素読をお父さんからやられていますね。はじめ書かれた露伴の思い出なんかは、とても難しい露伴の言葉をちゃんと書きとめています。あれは学がなきゃとてもできない。耳学問にしましてもね。

塩田　記憶力がいい人なんでしょう。

平野　記憶力はものすごくいいようですね。いや、記憶力という点では、女流作家はみんないらしい。壺井栄さんなども、少女時代郵便局へ勤めたり代用教員したりしているが、その生活経験の記憶が作家生活にはいったとき無限の宝庫になった感じだなあ。その点は幸田さんにしても円地さんにしても、やはりお生まれになった家庭環境というものからくる特殊な生活体験というものが、作家としての芯をなしているような気がするな。

塩田　知らず知らずのあいだに、お父さんの文章とかリズムてのをとっているのじゃないかな。

平野　とにかく本が身近にたくさんあったということと、円地さんの場合はことに草双紙だけじゃなくて、歌舞伎が一家の楽しみで、小さな時からよくごらんになっているところが、一つの土台をなしている。

塩田　円地さんの処女作は演劇ですか。

平野　ええ。出世作は「晩春騒夜」という戯曲ですね。小山内薫のお弟子さんといってもいいらしい。しかし円地さんも芝居を書きはじめていたころ、それから武田麟太郎の「人民文庫」の同人になって小説を書き始めたころのと、今日の円地さんとはぜんぜんちがっていますね。「人民文庫」時代はまるで観念的で、堅くて今日の円地さんとは同一人とは思えないくらい、非常に知的で観念的な作風で……。

塩田　でも、まだ残っているんじゃない。

平野　しかし、いまは生硬なという意味での堅さはぜんぜんないでしょう。そういう点からいえば、幸田さんはやはり露伴の思い出の文章と小説のスタイルと、少しずつ変ってきてはいますけれども、根本は円地さんほど変っていませんね。円地さんは「ひもじい月日」以前と以後というふうに、はっきり分けられるのじゃないですか。

塩田　いつだか近代文学館の講演会のときに、一葉の紅入れを持っていって、一葉でもお化粧するんだと言って紅入れを見せた。円地さんは「これ一葉さんの、あやかりたいわ」と言っておし戴いて見たんですよ。ああいうところは作家の礼儀があると思って……。

平野　なるほど。しかし円地さんも、そういうこと言うと失礼に当るかもしれないけれど、戦争の終りごろから昭和二十五、六年まで、つまり「ひもじい月日」をお書きになるまでは、一種の作家的スランプの時期です。あの時に実力が蓄積されたと結果的に見れば言えますが、ともかく現在の円地さんは一種のカムバックですよね。ああいうカムバックのしかたは、単に女流だけでなく、常に困難なことだが、それだけ円地さんのねばり強さには敬服しますよ。あの作家的執念というものはたいへんなものですね。おそらく女の幸福というようなものを犠牲にした上、ようやく獲得したんじゃないかという気がします。その点岡本かの子は作家としての幸福と、女としての幸福をあわせ獲得したいという欲張ったところがあって、それはそれで立派だけれども、円地さんは作家としての執念のために、さまざまな女性としての幸福を切り捨てているところがあるな。

塩田　しかし、なんか女をいじめているようなところがあるような気がするな。

平野　だから実生活上の復讐を作品の上でやっているわけでしょう。円地さんはムキッケの私小説はほとんど書いてないけれども、そのモチーフには実生活上のインデックスみたいなものがあるような気がしますね。

塩田　それから、あれは中央公論の女流文学賞の時だったか、僕の着物を「あなたのそれ、なに」と聞くんだ。いちいち聞くんですよ。その時はチャチなものを着てたんだけども「この紋はどういうの」とか。ああいうところは尾崎紅葉ですよ。

平野　話は別ですが、幸田さんの着物姿というのは実にいいな、写真で見ると。僕らそういうこと言える柄じゃないけれども、実にうまく着こなしているという気がします。

塩田　幸田さんは非常に女を意識している人だと思うな。一葉もいつでも「われは女なりけるものを」と言っている。自分の作が褒められても、自分は女だからといって警戒しているのですよ。

平野　なるほどね。

塩田　でも僕は幸田さんの文章のリズムというのは好きだなあ。一橋の亀井孝君が「紙」の中に出てくる「出ず入らずの手軽な贈物」という表現を批評して、これは理屈の上では「出ず入らずの贈物」あるいは「手軽な贈物」でいいのだけれども、わざわざよけいな言葉を使っている。それがまたいいところだと言っています。だから知的な文章じゃないとは言っていないけれども、ああいうリズムが人をひきつけるのですね、あの人は。

平野　そうですね。リズムがあるから、幸田さんはよくオノマトペというか、擬音をよく使いますけれども、ふつうあれだけ使うと調子が狂ってくるのですが、幸田さんはそれがないのはさすがですね。

塩田　幸田さんは鏡花を読んでいませんか。僕は「流れる」を読んでいて、あそこの女将が清元をやるが、どうしてもうまくいかなくて、こっちでハラハラ聞いている。ところが、いよいよ出演の二、三日前になって、はじめて間がわかってすっと通った。その時庖丁で怪我するでしょう。それで女将にとがめられて、「どうしてこれが素人のおまえにわかったんだ」と言われてそれから答える台詞が鏡花の台詞なんですよ。あれは幸田文の地の文章じゃないな、あそこだけは。

平野　それは当然読んでいらしていいわけですね。僕の印象では円地さんや幸田さんのような、ああいうタイプの女流作家はもう出ないような気がしますがね。どうでしょうか。

単に教養という点だけでなくて、やはりよき時代の最後の作家という気がするな。

塩田　ああ、そうね。そういう家庭の環境と東京の習慣とそれから古典的な素養がうまくミックスしてね。

平野　そうですよ。そういう意味でも長く生きてくれたらいいな。円地さんもはた目から見て、よくもあんな華奢な体であれだけエネルギッシュに書いていらっしゃると思うし、幸田さんは一時よりずっと寡作になられたようですが、いや、寡作とか多作とかを別にして、今後もお元気でずっといい作品を書いていかれることを希望しますね。

（昭和四十一年二月二十八日　虎の門　福田家にて）

尾崎士郎と火野葦平

吉田健一
高橋義孝

尾崎士郎の印象

吉田　今日は高橋さん、僕は聞き役なんですよ。火野さんとは、じつは講演会のときご一緒したことが一度あるっきりでね。尾崎さんとは、新橋の小川軒によく見えたもので、それで何度かお目にかかった。それから座談会をしたことがあって……。尾崎さんとはよくお飲みになったんでしょう。

高橋　ええ、非常にひんぱんに。

吉田　何かちょっと、そうだなあ、尊敬の念を起させる方……、つまり、たとえば若い小説家が、同じような傾向の人だったならば、お弟子になれるような方だと思いましたね。

高橋　こんなことがありましたよ。中年で売り出した人ですけど、この人がある時、一風変った小説を書いたんですよ。それで僕が連れて尾崎さんのところへ一緒に遊びに行ったことがある。ところが尾崎さん、君は旗を立てなくちゃいけないとその人に言うんですよ。ただそれだけを言ってましたね。

吉田　旗をねえ……、旗幟《きし》鮮明にするということですかね。

高橋　理想を持てということですね。尾崎さんらしい、ちょっとうまい言い方だと思ったな。豪放磊落なんだけど、気持も細かい。そんなところ、ありますね。それからあの方、ものをいろいろ下さるんです。

吉田　あっ、そうですか、それは損したな……（笑）。

高橋　僕はずいぶんいろんなものをもらったんですよ。始末に困っちゃうんですね、もらっても（笑）。関孫六《せきのまごろく》なんて名刀ももらっちゃいましてね……。すぐ誰かにあげたのかな、その後、なくなっちゃった。

吉田　それは大変なもらいものをしたもんですね、もったいない……。

高橋　尾崎さんの精神からすれば、頂戴したものを握ってるのも、済まないと思ったものだから、どんどんあげるんです。あるとき私、酔っぱらいましてね、腕時計を人にあげたんです。その翌日、尾崎さんのとこへ遊びに行きまして、じつはこういうわけだと何の気なしに言ったんです。そしたら「これ持ってらっしゃい」って、いきなり自分のをはずしてくれた。その晩、僕がまた酔っぱらって、人にそれをまたやっちゃった（笑）。

吉田　じゃ、人にやりたがるのは、全くそっくりじゃないですか。

高橋　土管みたいなもので、もらってきても、こっちからあっちへ通りぬける（笑）。こんなこともありましたね。大森のお宅で石燈籠をほめたんですよ、そしたら帰りに、トラック呼んで持ってってくださいというんです。もし奥さんのことでもほめたら、帰りにあれ持ってってくださいなんて言いかねない（笑）。

吉田　武芸などなさってたと聞いてますが、お身体つきなんかもがっしりとして……。

高橋　お相撲が好きでしたね、主として……。それがこうじたのか、横綱審議会の委員もおやりになってたし……、好きな力士は朝潮だったんですよ。その前は亡くなった清水川という大関、これが非常に好きだった。

吉田　そういう相撲取りをずいぶん大事にされたんでしょうね。

高橋　ところが恥ずかしくって会えないんですよ、好きで好きでたまらないのに。それで清水川が年寄になって、しかも何年かたって、はじめて会ったんですね。よく芸者なんかで、好きな相撲取りが出てくると、便所へ行っちゃうのがいますね。見てられないんですよ、土俵を。

吉田　でも、それとも違うんでしょう。

高橋　ちょっと違うんですね、あんまり好きで恥ずかしくって……。やっぱりそういうことありますよ、あんまり好きだとなんにも言えなくなる。

吉田　そうだなあ、僕がもう少し若かったころ、もしグレタ・ガルボに会わせてやると言われたら、お目にかかりましたかねえ。ちょっと考えるな（笑）。僕は男に対してそういう気持をもったことはないけれども、煮詰めると、ずいぶん美的なものでしょうからね。だから非常に美しい力士だったらそうかもしれないな。

高橋　口もきけず、畳の上で〝の〟の字を書いている。そういう点に、いじらしいところがあった方ですね。子供の時分に横浜に養子にやられたでしょう。おそらくそのときの苦労といいますかね、淋しさというものが、あの方に一生つきまとっていたようですね。

吉田　養家から、また戻ったんでしたね。

高橋　すぐ戻ったんです。そのころの暗い印象があるんです、一生涯それがある。なんか無能者だというんで、突っ返されたらしい。その後直されたんですが、あの方、若いころはどもりでしたからね。ですから、一ぺんしゃべり出すと、とめどなかったでしょう。やめるとどもっちゃうんですよ。

吉田　座談会でお会いしたときは、全然感じなかった……。

高橋　しゃべりだせばいいんですよ。どもりというのも、やっぱり養子のときの暗い印象とくっついているんでしょうかね、精神的に。

吉田　ひどく劣等感を持つものらしいんだけれども。

高橋　だからあの人のウウーッてつまるようなところと、何か関係があるのかもしれませんよ。

吉田　お書きになるものからは、それは感じませんね。

高橋　それはありません。ただあの方の面白かったのは演説ですね。講演会で僕は幾度も一緒になったんですけれど、何言ってるのかわからないんですよ。だけどなんとなく面白いんだな、それが……。

吉田　小説家ってそういう人が多いのかもしれませんね。人物を設定しないとものが言えない。それでいて、聴衆はついてくるでしょう。

高橋　ちゃんとついてきます。僕なんか論理明晰にいったって、聴衆はついてこないんだ（笑）。人徳というのは、そういうものですね。だから人間は、論理にはくっついて行かないで、論理以上の何かにくっついて行くんですね、きっと。

「人生劇場」と尾崎士郎

吉田　実は、今度はじめて読んだんですが、よかったたな、「人生劇場」という作品は。

高橋　浪花節だと言う人もいるけど、理屈ぬきでおもしろい。

吉田　浪花節というのは非常に重宝な言葉で、なんにでも言えますよ。シェイクスピアの「ヘンリー四世」だって浪花節って言えば言えるもの。大体日本の小説から、英雄が消えて久しいでしょう。「青春篇」だけでは英雄とはけっして言えないかもしれないが、まだ英雄が出てくる小説ですね。溌剌と動く人物に可能性がある。

高橋　早稲田でストライキをやるところ、あそこは特におもしろい。今と違って、ただ名を成したくってやるんだからね。それでいてみんなワーッとついて行く。

吉田　尾崎さんの書いた英雄といやあ、九州柳河の立花宗茂のことを書いた、あれは見事なものでしたよ。

高橋　「立花宗茂」。読んだ読んだ。

吉田　パッと裸になって、いろいろ身体の傷を見せながら、こういうことがあった、ああいうことがあったと説明する。尾崎さんの小説だけかもしれませんね、ああいうふうに書けるのは。第一、普通の人は着想できないでしょう。それから尾崎さんについてもう一つ言えると思うのは、家康が書ける人ですね。「立花宗茂」では本多平八郎を通して、宗茂に家康の言葉が伝えられるんですが、その家康が生きてるんだな、ほんとに。家康というのは、通説じゃ狸親父でさ、あるいは策略家とばかり書くでしょう。まあ、策略をなんと定義するのかも問題だけれど、尾崎さんは家康をわかってた人だと思う。将たる器《うつわ》でない人では、家康はわかりませんよ。幅があったんだな、尾崎さんは。

高橋　それに尾崎さんは、非常に苦労された方なんです。女にも金にも、人生すべてにわたってね。その陰影があるんですね。

吉田　そんなに苦労なさった方とは知らなかった。

高橋　ですから人にすぐものをやったりする反面、お金に対しては相当厳しかったですね。こんな話がある。ある出版社が十万円近いものを原稿料のかわりに持って行ったんですって。そうしたら、おれは売文業者だから、これが何十万しようとも五円でいいから現金持ってこいって。それから週刊誌で読んだんですがね、職人を二人座談会に呼んだそうです、お礼にお金を出したら断わられたという。私は仕事で金とってるんだから、しゃべって金もらうなんてとんでもないというんですね。おんなじ感覚です、尾崎さんの話と職人さんの話は。裏返しなんです。

吉田　まあ、金ってないと困るけど、ただ、どんな金でもというわけにはいかないんですね（笑）。

高橋　で、そのあと尾崎さんに聞いたら、そのとき原稿料をもらっておいて、ついでに何万円のものももらったんですって（笑）。苦労をなさったということが、思いやりのある尾崎さんをつくったんですね。それにお人柄が出てるというのか、「人生劇場」に黒馬先生という、いつも変な、汚ない洋服を着て、下駄をはいている先生が出てきましたね。あの人が下駄をはいたまま隅田川を渡って行こうというのはおもしろい。ほんとに水の中に入って行っちゃう。ああいう奇想天外で、ユーモラスなところがあるんですね、尾崎先生には。

吉田　どうせ小説書くんなら、そういうところもなけりゃね。だから、ほんとの小説家でいらしたんですよ。つまりわれわれみたいに金が欲しいだけで小説書くんじゃなくて。われわれって、僕みたいにさ（笑）。

高橋　それから尾崎さんの作品でいつも感じるんですがね、季節感が非常に強いことですね。

吉田　あ、僕もそう思ったな。「解説」に書くひまなかったんだけれども、季節感ということ、あれは文学的に非常に大事なことだと思う、人生上もそうだけど。季節の変りもわからないような文章だとか、生き方というのはつまらんもの。

火野葦平を語る

高橋　火野さんは尾崎さんの後輩になるんですね。どちらも早稲田で、同じ小説家ですし、非常に親しかった。

吉田　年はどのくらいお違いだったんですか。

高橋　十は違わないでしょうね。火野さんは、九州の人の傾向でもあるんですが、いわゆるドイツ語でフリスターという、日本語では俗人ですか。

吉田　その言葉、僕は鷗外を読んで知ったんだ。

高橋　その俗人的なものと、金に糸目をつけないで無駄なことをする精神とが一緒になってるんですね、火野さんの中で。自分で金を出して豪華本の出版したり、かと思うと、自分が九州の文壇を握ってるんだという親分意識が強かったり、全然違った異質のもの二つが不思議に一緒になっている。そこがおもしろいところですね。それに、わりに寡黙でね、控え目にしておいて、パッと飛び出す、そんな感じがある。火野さんの印象を言えば、北九州の風土を「人間」にしたら、あんなふうになるんですね。荒々しさがある。ザラザラして、ほこりっぽいような、いつも煤煙《ばいえん》がきて土が真っ白けで、細やかなものがヒョッと変なところにあったりしてね。

吉田　僕も九州なんですよ、薩摩ですから。でも、長崎までしか知らないけれど。長崎とは正反対だな。

高橋　長崎は違いますよ。北九州はそういうもんです。

吉田　高橋さんはよくご存じなんですね。

高橋　そりゃあ知ってますよ。

吉田　あ、そうか……(笑)。

高橋　尾崎さんの持っていた細やかさというものは、火野さんにはなかったんですね。反対に、火野さんの持っている荒削りの鉛筆みたいなギクッとしたものは、尾崎さんにはなかった。

吉田　そういえば「糞尿譚」の結末、実に妙なんですが読ませますもの。仁王立ちになって、金色で、ああそうかな、見事だなと思っちゃうもの。考えてみればびっくりする結末なんだけれども、そういうふうにひきつけるものがあった方ですね。

高橋　くさい結末でもある（笑）。でもあのときはもう糞も尿もないんですね。非常にきれいな極楽浄土にいる感じがするんですよ。

吉田　実際に、夕陽が当っていたらそう見えるかもしれない。その効果は十分すぎるほど出ていますね（笑）。それから例の「麦と兵隊」、あれはよかったな。ただそういう荒々しさを、人に意識されてたんだな。見渡す限りの麦畑という、広漠とした大陸の中の兵士たちの描写、あれは実に見事な描写ですよ。

高橋　それに人間火野葦平としては、彼の軍隊生活が非常に大きな比重を占めてますね。あの人の人柄すべてにね。それから出身ですね。お父さんが沖仲仕の組長、みんなつい火野さんをそういう目で見るし、本人も人が見るから自分もそういう格好をするという……、もっとすんなり文学にいけた人なのに、ちょっと引っかかっていたところがありましたね。

吉田　尾崎さんも戦争の影響がずいぶんありましたね。報道班員として従軍したでしょう。

高橋　ええ、二人は戦地でも会っているんじゃないですか。だから、火野さんにしろ、尾崎さんにしろ、戦争の影のようなものがみえますね。

最後の文士

吉田　高橋さんは「人生劇場」の一番終りに登場されてるとか、ききましたが……。

高橋　出てくるんですよ、ナントカ博士って。そう言えば一度、尾崎さんが北陸に講演旅行に行くとき、私は下谷で飲んでましてね。酒のビン三本とお肴を一皿持って、上野駅へ送りに行ったことがあるんです。先生が寝台で股引をぬいでるところへ、持ってきましたよっていったら、ウッ、ウンと返事をされて、それをやはり小説に書いてますね。題名は忘れましたが。

吉田　小説家っていいな、何でも書けるんだから。評論家はちょっとねえ……（笑）。

高橋　寝台に入って股引脱いでるところへ、酒持ってきたからって、評論にはならない。

吉田　ナントカ的ナントカ性はだ……（笑）。そういうところを書けるのが、小説家、いや文士なんです。尾崎さんのようにね。

高橋　そうですね。それでこういうことを考えませんか。火野・尾崎という人が死んじゃって、いわゆる文士がいなくなったという感じがするんですよ。

吉田　ここにプロが二人いますよ（笑）。

高橋　これはプロ文士で、アマ文士がいなくなっちゃった。

吉田　アマチュア文士ねえ、ウム……。おっしゃることよくわかる。それはちっともいいことではない、つまり文学のために惜しむべきことですね。商人になったのかな。そういえば、戦後、金が入るようになったでしょう、ことに小説家は。それだけ需要があるから、商品を供給して、金が入るんだし、確かに文学作品として書いたものは商品です。けれども、同時に商品であったらいけないんですね、本物の面がある。

高橋　結果において商品になるのはいいんですけどね、近ごろは出発点において商品なんですよ。

吉田　しかも近ごろの文学上のつきあいというのは、みな、編集者とのつきあいなんですよ。ほかの文士、文士とは言えんな、ほかの……作家だ（笑）。ほかの作家とのつきあいというのは、おつきあいなんですね。

高橋　おの字があるか、ないかの違い。

吉田　そう、何かのときは編集者のところへ行くんです。今度、こういう小説を書こうと思うけれどもどうだろうと言うと、今はこういう傾向だと答える。よしよし、ではそれに決めたということになる、商売ですよ。言葉も変ってこのごろ批評家と言わない。評論家という。今は小説家も批評家もなくて、作家と評論家です。詩人だけは名前が同じだけど、もともと詩人は金もうけにならないしね。だけど確かに、火野さん、尾崎さんは、おっしゃるように文士でしたね。大体文士じゃなくて、誰が人に関孫六をやりますか。あなたも僕にくだされればよかったのに、惜しいことをなさった（笑）。

高橋　運転シュってどの字を書きますかね……。

吉田　このごろは「手」で、昔は「士」だったんですかね。

高橋　士が手になって、あっ、今は「者」といいますね。だから文士という場合も士ではなくって……。

吉田　文者はどうですか。

高橋　これはいいや、文者、評論者なんてね。今後そうしましょう。運転者に調子合わせて、近ごろの文者はなってないなんてね……（笑）。

吉田　しかしね、これがいつまで続くことか。続けば文学は滅びるんですもの。

国事を憂える

高橋　尾崎さんや火野さんの不思議なおもしろさは、政治に関心を持つんですね。国事を憂えるというところがあるんですよ。そういう文士がいなくなっちゃった。

吉田　当然この国に生を受け……。

高橋　……国事を憂えたわけです。尾崎さんは社会主義運動に加わったしね。社会主義の本を翻訳したこともあります。詩人でありながら、片方では政治家であるという、不思議なコンビネーションが可能だったんですね、当時の文士は。火野さんもそうです、九州で労働運動やってたことがある。

吉田　今の人たちより積極的な意味で、政治には常に関心があったんでしょう。

高橋　国事を憂えるという風があったのですよ。そんな意味で、政治と文学がくっついているという、そういう文士がいなくなったということを言いたいんですがね。……尾崎さんをみると、小さな微視的な意味ではなくて、巨視的な意味で関心がありましたね。そう、バイロンの例によりますと、純粋の詩人ほど政治に関心があるんでしょうか。

吉田　何かできるという気になっちゃうんだな、憂えるあまりに。バイロンは、ギリシャへ行ったけど何もしない、死んだだけですけど。

高橋　病気になって……。

吉田　それで一言いいたいのですけど、政治はいわば市民というものが持つべき関心ですよ。今政治というとなんというか人目につかないと駄目でしょう。そうじゃない、政治というのは、自分自身から始めて、国際政治にまで行くんだもの、それが本当ですよ。「青春篇」の終りだって出てきましたね、ソ連まで行こうというのが……。

高橋　上海まで行くのも出てくるし……。

吉田　とにかく、自分の場を広げようとする。

高橋　だから「人生劇場」というのは、幅広い小説ですね。今の若い小説者のものに比べれば。

吉田　今のは全然限定されてますよ。「人生劇場」はほんとに広々としていいんです。空気が漂っているんだ。

高橋　息をつけるという感じがありますね。そういう意味で、ごく若い方々の書く文学は、なんというか密室の文学みたいな、ね。

吉田　排気ガスです。いや、あれは方々《かたがた》とおっしゃることもないし、文学とおっしゃることもない。

高橋　たまにはお世辞使わなければいけないから（笑）。

吉田　いやいや、必要ないでしょう。第一、思い上がらせるばかし。

高橋　思い上がらせたいですね、天まで上がれ……（笑）。

吉田　困っちゃうだろうな。

高橋　降りてこられないからね……（笑）。

吉田　ここまでおいでですか（笑）。憂えていたら、とんだ話になってしまった。

（昭和四十三年四月一日　麹町　秋本にて）

「対談 日本の文学」に寄せて

大岡昇平

現在出版されている各種「文学全集」には、月報と折込付録をつけるのが慣習になっている。その巻に収録されている作家の、友人その他関係者の短い回想が三、四篇集められている。これは本文のあとにつく「解説」の、いわば補足として、その作家の逸話、挿話など日常的な面を示して、読者の肩をほぐすのを任務としているようである。

「日本の文学」八十巻にも、月報をつけねばならないのだが、同じような寄せ集め原稿で埋めるのは、芸がない、同じスペースで、収録作家自身、もしくは遺族、あるいは研究家との対談を載せる方が、有意義ではないか、といい出したのは誰だったか。多分、中央公論社出版部の担当編集者の案だったと記憶するが、われわれ編集委員は一も二もなく賛成した。

「日本の文学」は編集委員が、谷崎潤一郎先生は別格として、それぞれ四巻か五巻の解説を担当するのが、最初からの申合せだった。対談は解説者が聞き手になるのだから、同じ回数、対談をしていることになる。

谷崎潤一郎、川端康成、伊藤整、高見順、三島由紀夫、D・キーン——こう編集委員の名を列挙してみると、あれから八年しか経っていないのに、この中から残っているのは、キーンさんを別とすれば、川端先生と私だけである。感慨無量である。

幾度か回を重ねた編集委員会は、必ずしも平穏ではなかった。むしろ荒れ模様の時の方が多かった。それぞれに一城の主であるから、独自の文学観、文学史観と、個々の作家の評価について、見解を持っている。「日本の文学」八十巻に誰と誰を入れるべきか、誰を一巻とすべきか、二人一巻とするにしても誰と誰とを組ませるべきか、について蜒々《えんえん》と議論を闘わせたのであった。

喧嘩になった時の眼付とか、頬や額の色とか、同意に達した時の笑い声とかが、特に今は亡い同僚について、思い出される。

対談にはそれらの同僚たちの、インタヴュアーとしての手腕が出ている。ひとにものを訊くとは、同時に自分を現わすことである。そこにはあの人たちの文学が現われている。その風貌姿勢、声調まで記録されているように、私は感じる。

「日本の文学」の編集委員のもう一つの工夫は、すでに惰性化し形骸化していた、いわゆる「解説屋」の解説を避けたことである。なるべく現役の作家、批評家の、しかもそれまでに対象の作家について、発言していない人、あるいは反対の立場にいる人などに依頼し、一種の対決を強要したことである。これはわれわれの親切な悪意であるが、日本文学に、新しい角度からの照明を加えることができたと思う。

つまりそれぞれの解説は、ドラマの要素を内包しているので、「対談集」とは別に「解説集」が作られることも願わずにはいられない。「日本の文学」八十巻にそれぞれ三十枚であるから、合計二千四百枚となって、おいそれとは実現しないであろうが。

対談にはそれらの選ばれた解説者のなまの声が出ている。対談は原則として、解説の執筆の前、あるいは執筆中に行われた。それは取材と確認をかねた作業であったから、対談の途中、思いがけない発見があり、新しい資料の呈示もあった。それらがすべてここに記録されているのである。

「月報」は本の見返しに挿み込まれるだけだから、長い間にはどっかへ行ってしまうことが多い。そこに大事なことが載っているのは、却って迷惑といえないこともない。ここに一本にまとめたのは、中央公論社の善意といえる。

「日本の文学」には明治十八年（一八八五）から昭和四十年（一九六五）まで、約八十年のわれわれの文学が収められている。八十年で八十巻とは偶然の一致にすぎず、そこには百三十人近くの作家が扱われている。文学遺産の総括であると同時に、それに対する現代文学の反応の記録でもある。その対決がこの対談集において活々したなまの形で、現われているように思う。

以上、手前味噌ばかり並べたようで、気がさすが、編集委員の生き残りの一人として、思い出すことを記した。

「日本の文学」刊行と一九六三年という時代

関川夏央

一九六三年（昭和三十八）五月二十九日、三島由紀夫は中央公論社社長・嶋中鵬二からの電話を大田区南馬込の自宅で受けた。嶋中鵬二は、先代社長であった父・嶋中雄作の急死で社長に急遽就任して十四年、まだ四十歳だった。しかし三島由紀夫はそれより若い三十八歳だった。

嶋中社長はいった。

中央公論社では創業八〇年記念事業として「日本の文学」八〇巻を、翌六四年二月から順次刊行する予定だ。それは日本近代文学八〇年の代表的作家と作品を網羅した決定版となるはずだが、ぜひその編集委員になっていただけないか。

編集委員は七名、最年長が七十七歳の谷崎潤一郎、ついで六十四歳の川端康成、五十歳代の伊藤整、高見順、大岡昇平、それに大正生まれのドナルド・キーンと三島由紀夫であった。ドナルド・キーンは日本語と日本文学の古典を網羅した恐るべき知識の持ち主であるのみならず、『近代能楽集』を英訳するなど三島とは昵懇《じっこん》の間柄だった。

哲学者の鶴見俊輔は、嶋中鵬二がキーンを編集委員に選んだことを、日本文学のための英断と評価した。鶴見と嶋中は東京高等師範付属小中の同級生であった。しかし過剰なまでに早熟かつ反抗的であった鶴見は中学を退校となり、父親の鶴見祐輔からアメリカに「島流し」された。彼は当地で哲学のおもしろさに目覚め、日本の中学校の卒業資格がないまま十六歳でハーバード大学に入り、一九四二年、交換船で帰国する直前、十九歳で卒業していた。

コロンビア大学の学生であったドナルド・キーンは、戦中、アメリカ海軍の日本語学校で学び、アリューシャン列島キスカに日本兵の残した日記などを読む仕事をした。そうするうち、日本と日本語に強い興味を抱き、戦後、京都大学に留学したのである。

京都の同じ下宿にいたのが永井道雄であった。その才能を認めた永井は、高等師範付属以来の友であった嶋中にキーンを紹介した。キーンが嶋中を訪ねたのは中央公論社がまだ丸ビルに入っていた一九五三年、三十一歳のときであった。嶋中はキーンをたちまち信頼し、五五年から一年間「中央公論」に「紅毛文藝時評」を連載させた。

嶋中社長は三島由紀夫への電話を、このようにつづけた。

すでに八〇巻の人選と作品選定はあらかた出版部で行っている。一八八六年（明治十九）から一九六六年（昭和四十一）まで八〇年間の文学史上に名前を残す作家は約千五百人いるが、そのうち漱石と谷崎潤一郎は一人で複数巻、それ以外の著名作家は原則一人一巻とする。そうでない作家や若い現代作家は二人あるいは三人で一巻とし、それに漏れた作家は、三、四巻分の「名作集」に作品を一作ずつ収録する。編集委員諸先生にはその検分をたまわり、また各巻に付する解説を、お一方四、五巻分お願いしたい。

この壮大な企画の第一回編集委員会議は六日後、六三年六月四日に虎の門「福田家」で行われたが、収録作家の選考をめぐって議論は白熱した。第二回は七月二日であったが、高齢の谷崎潤一郎、コロンビア大学で教えているドナルド・キーンは、第一回と第二回の会合を欠席した。この五月に『午後の曳航』を書き終えたばかりの三島由紀夫は、同月中に大長編『豊饒の海』の構想を得ていた。作家として最も脂ののりきった時期であった。

中央公論社は一九六〇年前後から波乱のただなかにあった。

「中央公論」「婦人公論」と純文学単行本の刊行で定評のあった中央公論社は、五九年十月、「週刊コウロン」を創刊した。取材力・販売力・資金力のある新聞社以外には成功しないとされた週刊誌だが、五六年に創刊して定着した「週刊新潮」の刺激を受けてのことだった。しかしうまくいかず、六一年八月に休刊していた。

六〇年十一月十日発売の「中央公論」は深沢七郎の小説「風流夢譚」を載せたが、皇室を過剰に揶揄したその作品は物議を呼んだ。三島由紀夫は編集部に頼まれて掲載前にこれを読み、書き上げたばかりの自分の短篇小説「憂国」とともに深沢の原稿を編集者・井出孫六に渡して、二作一緒に掲載したらどうかと伝えていた。そうすれば深沢作品の「毒」

をいくらか中和できるだろうと踏んだのである。しかし六〇年十二月一日発売の「小説中公・冬季号」に掲載された。「憂国」は、二・二六事件の蹶起《けっき》に、新婚ゆえに友人の将校らに誘われなかった若い中尉が、その無念を晴らすために妻とともに自死する話だから、深沢作品の毒消しになったかどうかわからない。

六一年二月一日であった。新宿区佐土原町の嶋中社長宅を訪れた十七歳の少年が、深沢作品を「不敬」だとして刃物をふるい、お手伝いの女性を刺殺、嶋中夫人に重傷を負わせるという凄惨な事件が起こった。少年は拘留中に自殺したが、その後嶋中家はもちろん、三島由紀夫も警察の警護の対象となったのは、三島がこの小説を「推薦した」という説が流布したためであった。

「思想の科学」は鶴見俊輔、丸山眞男、都留重人らが中心となって四六年に創刊した雑誌で、五九年から中央公論社が印刷と発売を引き受けていた。六一年十二月、その「天皇制特集号」を中央公論社が発売中止とし、刷り上がった雑誌を断裁してしまったので、「思想の科学」同人は中央公論社に執筆拒否を宣言した。

だが中央公論社の出版事業は、このような悲劇と齟齬にもかかわらず隆盛を極めつつあった。

「風流夢譚」が「中央公論」に掲載された十日後の六〇年十一月二十日、『世界の歴史』が発売された。創業七五年記念事業としての「ホームライブラリー」、すなわち各家庭に教養書を常備させるという大構想の第一弾として企画された『世界の歴史』全一六巻は、それまでの論文寄せ集めの「講座」風を廃し、「小説より面白い」「人間の体温を持った歴史書」を謳い文句とし、著者一人に一冊すべてを書かせた。全体の監修者は貝塚茂樹、村川堅太郎、それに池島信平であった。池島信平は文藝春秋社の出版部長であったから、まさに異例の人選で、当時の出版界の解放的な空気が察せられる。

装幀にはファッションデザイナーの中林洋子を起用、B6の小型変型判として「ハンドバッグにも入る」と強調した。大いに売れたこのシリーズの精神は、「日本の文学」八〇巻はもちろん、六三年開始「世界の文学」五四巻、六五年開始「日本の歴史」二六巻、六六年開始「世界の名著」六六巻、六七年開始「日本の詩歌」三〇巻、六八年開始「新集世界の文学」四六巻に受け継がれ、装幀もシリーズごとに色を変えただけで踏襲された。本が教養の源として売れた幸福な時代であった。

六三年七月二日、「日本の文学」の第二回編集委員会議では編集担当者から提案があった。全集ものには各巻本文の「解説」に加えて、作家を回想するエッセイなどを載せた「月報」を挟むのが普通だが、それではおもしろくない、本シリーズの「月報」には作家本人と編集委員、あるいは「解説」執筆者との対談を載せたいというのである。対談は原稿用紙三十枚分、八〇巻では合計二千四百枚にも達する。それだけでも何冊かの本の分量で、実際、のちに単行本となり、さらにのち全三巻の文庫版として刊行されたものが、まさにこの本である。そして、そんな野心的提案に編集委員は全員賛成した。

存命作家ならその肉声が、物故作家ならその家族が、編集委員を中心とする「解説」担当者との対談のかたちで伝えられるのは、それまで読者に軽視されがちであった「月報」の価値を飛躍的に高めることになる。それは従来の「全集」の「習慣」に対する編集者側からの異議申し立てでもあった。その意味でも中央公論社版「日本の文学」は「世界の歴史」とおなじく野心的企画といえた。

一人三巻とするのは漱石と谷崎潤一郎、一人二巻が鷗外、藤村、志賀直哉、永井荷風で、谷崎以外の編集委員は、キーンをのぞいてそれぞれ一人一巻とした。ただし翌六四年二月の第一回配本は谷崎潤一郎（一）で、以後川端康成、太宰治、石坂洋次郎、藤村（一）、林芙美子、漱石（一）、売れそうなところから毎月刊行する予定であった。

ここまでは一同異存はなかったが、そのあとが紛糾した。それは前回から持ち越された、松本清張を「日本の文学」に入れるかどうかの議論であった。

松本清張は小倉の朝日新聞西部本社に勤めながら小説を書き、『或る「小倉日記」伝』で五三年に芥川賞を受賞した。五四年、四十五歳で上京して朝日を辞め、専業作家になると推理小説に転じて、五七年、列車時刻表をトリックに使う『点と線』を発表して話題をさらった。

さらに『眼の壁』『ゼロの焦点』とたて続けに発表した作品群も売れたが、それらは高級官僚や政治家、あるいは暗躍する「黒幕」への反発と指弾を特徴とし、また一時絶対的権力であった占領軍の「陰謀」を『日本の黒い霧』ではえがいた。「社会派推理小説」と呼ばれた松本作品は純文学の範疇にはおさまらないものの、確実に売れ行きが見込めたため嶋中鵬二はどうしても入れたかった。しかし三島由紀夫は強い懐疑をしめし、松本清張を入れるなら自分は編集委員を降りる、自分の作品も取り下げる、とまでいった。

三島は、たんに生理的に松本清張を嫌悪したのではなかった。周到な三島は少し前、松本清張とともに河出書房の文学全集の編集委員となったとき清張作品を読んでいた。そしてこれは「社会派」ではない、それをいうなら社会的事件を素材に『金閣寺』『宴のあと』『美しい星』などを書いた自分こそが「社会派」ではないかと考え、松本清張を拒絶したのである。

七月十二日、朝日新聞に「日本の文学」刊行予告と「編集委員の言葉」が載った。キーンが初出席した七月十七日の第三回でも松本清張をめぐる議論はつづき、三島の意見に大岡昇平、高見順も賛成した。第二回編集委員会のあと嶋中鵬二は三島ら編集委員宅を直接訪ね、松本清張反対派と懐疑派の編集委員の説得を試みたが不調に終った。十七日の第三回でも、編集サイドの松本は二人で一冊ではどうかという提案に対し三島は、一人で一冊、二人で一冊ということではない、彼を入れればこの全集の性格がかわってしまう、編集委員として責任が持てないと強硬だった。七月三十日の第四回で、松本清張のかわりに川端の提案で徳田秋声を二巻分とし、三島の提案で柳田国男を入れることになったが、その巻は柳田国男と折口信夫に斎藤茂吉を加えた、いささか変則的なものになった。第五回編集委員会は八月十七日に行われて最終的に決着を見た。

　結局「日本の文学」で三島由紀夫は、泉鏡花、川端康成、谷崎潤一郎、林房雄、尾崎一雄、内田百閒らの「解説」を書いた。稲垣足穂の巻の「月報」では本来なら存命する本人と対談するのが筋であるところ、あえて澁澤龍彦を相手にえらんだ。その対談中で三島は、稲垣足穂との対談を避けた理由を、こう語っている。

「一つの理由は、稲垣さんの昔からの小説をずっと愛読しておりますから、稲垣さんを、いまだに、白い、洗濯屋から返ってきたてのカラーをした、小学校の上級生だと思いたいんですよね」

「もう一つは、非常に個人的な理由ですけれども、僕はこれからの人生でなにか愚行を演ずるかもしれない。そして日本じゅうの人がばかにして、もの笑いの種にするかもしれない」「日本じゅうが笑った場合に、たった一人わかってくれる人が稲垣さんだという確信が、僕はあるんだ。僕のうぬぼれかもしれないけれども。なぜかというと、稲垣さんは男性の秘密を知っているただ一人の作家だと思うから」

　澁澤龍彦は、こう返した。

「三島さんのほんとうの愚行に到達するまでの小さな愚行がいくつかある（笑）。その点については、稲垣さんかなり辛辣なことを、現におっしゃっていますけれどもね。ほんとうの愚行が出れば評価は逆転する」

三島由紀夫の「小さな愚行」をドナルド・キーンは「いたずら」と呼んだ。それは大映と契約して映画に主演したこと、その主題歌を自ら歌ったこと、またあえて青年たちにまじって祭りの神輿をかつぎ、ボディビルや剣道に熱中したこと、大真面目でUFO観測会に参加したことなどを指していた。キーンにいわせれば、三島の「いたずら」とは、彼がかぶったいくつもの仮面に血を通わせるための真率な努力であった。

六四年二月から刊行開始した「日本の文学」は最初からよく売れ、八〇か月後の七〇年十月に最終巻を刊行して終った。一冊平均二〇万部出たというから驚く。

七一年、「月報」を編集した単行本『対談日本の文学』の刊行に寄せて、大岡昇平はこう回想している（本書「『対談 日本の文学』に寄せて」）。

〈幾度か回を重ねた編集委員会は、必ずしも平穏ではなかった。むしろ荒れ模様の時の方が多かった〉〈「日本の文学」八十巻に誰と誰を入れるべきか、誰を一巻とすべきか、二人一巻とするにしても誰と誰とを組ませるべきか、について蜿蜒《えんえん》と議論を闘わせたのであった〉

〈喧嘩になった時の眼付とか、頬や額の色とか、同意に達した時の笑い声とかが、特に今は亡い同僚について、思い出される〉

谷崎潤一郎が亡くなったのは刊行開始翌年の六五年七月、七十九歳であった。その翌月には高見順が五十八歳で、六九年には伊藤整が六十四歳で亡くなっている。三島由紀夫が亡くなったのは刊行終了後の七〇年十一月、四十五歳であった。澁澤龍彦との対談時には「愚行」といいつつすでに決意していた自裁を実行したのは、その六か月半後であった。

七二年には川端康成も七十二歳で自殺した。大岡昇平は八八年、七十九歳で、もっとも長命だったドナルド・キーンは、二〇一九年、九十六歳で没した。

一九七〇年代前半まで、文学と歴史と哲学を教養書として成功裏に刊行した中央公論社だが、過剰な刊行ペースに編集者、校閲者、営業部員の負担は重く、やがて日本社会に走った「反体制的気分」の刺激もあって社内の空気はとげとげしくなり、最後のシリーズ「日本の名著」の完成は五年近くも遅れた。出版産業と教養主義が手を取り合って進んだ幸福な時代は去ったのである。

（せきかわ・なつお　作家）

出席者別対談一覧

Ⅰ＝『素顔の文豪たち』　Ⅱ＝『わが文学の道程』　Ⅲ＝『作家の肖像』

阿川弘之

われらの時代と文学（阿川弘之／庄野潤三／有吉佐和子／奥野健男）　Ⅱ

志賀直哉を語る（網野菊／阿川弘之）　Ⅲ

秋山駿

戦後文学を語る（大岡昇平／秋山駿）　Ⅰ

芥川比呂志

芥川龍之介を語る（芥川比呂志／大岡昇平）　Ⅰ

浅見淵

丹羽文学について（丹羽文雄／浅見淵）　Ⅱ

安部公房

石川淳の人と文学（石川淳／安部公房）　Ⅱ

戦後と「近代文学」（堀田善衛／安部公房／島尾敏雄）　Ⅱ

阿部知二

文学と演劇（山本有三／阿部知二）　Ⅰ

伝統と変質（永井龍男／阿部知二）　Ⅰ

男）　Ⅱ

正宗白鳥（伊藤整／大岩鉱／中島河太郎）　Ⅲ

三人の詩人（伊藤整／伊藤信吉）　Ⅲ

詩人・佐藤春夫（堀口大学／伊藤整）　Ⅲ

菊池寛と広津和郎（里見弴／伊藤整）　Ⅲ

稲垣達郎

明治文学を語る（稲垣達郎／瀬沼茂樹）　Ⅰ

井上友一郎

昭和初期の文壇情勢（井上友一郎／田宮虎彦／河盛好蔵）　Ⅰ

井上靖

井上靖文学について（井上靖／河上徹太郎）　Ⅱ

井伏鱒二

井伏文学について（井伏鱒二／河盛好蔵）　Ⅱ

臼井吉見

「夜明け前」をめぐって（臼井吉見／野間宏）　Ⅲ

內田百閒

漱石先生よもやま話（內田百閒／高橋義孝）　Ⅰ

宇野千代

宇野千代をかこんで（宇野千代／川端康成／丸谷才一）　Ⅱ

江藤淳

大正時代と文学（小島信夫／江藤淳）　Ⅰ

文学と実生活（広津和郎／江藤淳）　Ⅲ

平） Ⅲ

奥野健男

昭和十年代と伊藤整文学（伊藤整／奥野健男） Ⅱ

われらの時代と文学（阿川弘之／庄野潤三／有吉佐和子／奥野健男） Ⅱ

尾崎一雄

私小説の底流（尾崎一雄／三島由紀夫） Ⅱ

小田切進

プロレタリア文学のころ（佐多稲子／小田切進） Ⅲ

小田切秀雄

反戦文学の屈折（小田切秀雄／立野信之） Ⅰ

中野重治とその周辺（中野重治／小田切秀雄） Ⅱ

開高健

文学における普遍と固有（石原慎太郎／開高健／大江健三郎） Ⅱ

亀井勝一郎

島崎藤村の詩と真実（亀井勝一郎／瀬沼茂樹） Ⅲ

河上徹太郎

井上靖文学について（井上靖／河上徹太郎） Ⅱ

横光利一を語る（河上徹太郎／永井龍男） Ⅲ

川端康成

徳田秋声の人と作品（徳田一穂／川端康成） Ⅰ

佐多・壺井文学の周辺（佐多稲子／佐々木基一）　Ⅱ
プロレタリア文学のころ（佐多稲子／小田切進）　Ⅲ

里見弴

里見弴をめぐって（里見弴／伊藤整）　Ⅰ
有島武郎と長与善郎（里見弴／本多秋五）　Ⅰ
菊池寛と広津和郎（里見弴／伊藤整）　Ⅲ

椎名麟三

「美しい女」と「幻化」（椎名麟三／本多秋五）　Ⅱ

塩田良平

女流作家について（塩田良平／平野謙）　Ⅲ

篠田一士

野間宏と戦後文学（野間宏／篠田一士）　Ⅱ

澁澤龍彦

泉鏡花の魅力（三島由紀夫／澁澤龍彦）　Ⅲ
稲垣足穂の世界（三島由紀夫／澁澤龍彦）　Ⅲ

島尾敏雄

戦後と「近代文学」（堀田善衛／安部公房／島尾敏雄）　Ⅱ

嶋中鵬二

荷風散人を語る（武田泰淳／嶋中鵬二）　Ⅲ

庄野潤三

われらの時代と文学（阿川弘之／庄野潤三／有吉佐和子／奥野健男）　Ⅱ

瀬沼茂樹

幸田露伴の思い出（幸田文／瀬沼茂樹）　I

明治文学を語る（稲垣達郎／瀬沼茂樹）　I

島崎藤村の詩と真実（亀井勝一郎／瀬沼茂樹）　III

曽野綾子

青春と文学を語る（安岡章太郎／吉行淳之介／曽野綾子）　II

高橋義孝

漱石先生よもやま話（内田百閒／高橋義孝）　I

尾崎士郎と火野葦平（吉田健一／高橋義孝）　III

高見順

昭和時代の文学（高見順／中村真一郎）　II

武田泰淳

武田文学と仏教（武田泰淳／寺田透）　II

荷風散人を語る（武田泰淳／嶋中鵬二）　III

立野信之

反戦文学の屈折（小田切秀雄／立野信之）　I

谷崎潤一郎

谷崎文学の周辺（谷崎潤一郎／円地文子）　II

谷崎精二

私小説の三作家（谷崎精二／山本健吉）　III

谷崎松子

「細雪」のころ（谷崎松子／サイデンステッカー）　I

田宮虎彦

壺井栄	1899〜1967	作家・児童文学者
永井龍男	1904〜1990	作家・編集者
中島河太郎	1917〜1999	文芸評論家
中村光夫	1911〜1988	文芸評論家
野間宏	1915〜1991	作家・評論家
平野謙	1907〜1978	文芸評論家
平林たい子	1905〜1972	作家
広津和郎	1891〜1968	作家・文芸評論家
福田清人	1904〜1995	児童文学者・文芸評論家
堀口大学	1892〜1981	詩人・仏文学者
三島由紀夫	1925〜1970	作家・文芸評論家
山本健吉	1907〜1988	文芸評論家
吉田健一	1912〜1977	文芸評論家・英文学者
和田芳恵	1906〜1977	作家・文芸評論家

対談者略歴

阿川弘之	1920～2015	作家・評論家
網野菊	1900～1978	作家
伊藤信吉	1906～2002	詩人・近代文学研究者
伊藤整	1905～1969	詩人・文芸評論家
臼井吉見	1905～1987	編集者・文芸評論家
江藤淳	1932～1999	文芸評論家
大岩鉱		文芸評論家
大江健三郎	1935～2023	作家
大岡昇平	1909～1988	作家・評論家
大原富枝	1912～2000	作家
奥野信太郎	1899～1968	中国文学者・歌人
小田切進	1924～1992	近代文学研究者
亀井勝一郎	1907～1966	文芸評論家
河上徹太郎	1902～1980	評論家
ドナルド・キーン	1922～2019	日本文学研究者
佐多稲子	1904～1998	作家
里見弴	1888～1983	作家・有島武郎の弟
塩田良平	1899～1971	近代文学研究者
澁澤龍彦	1928～1987	作家・仏文学者
嶋中鵬二	1923～1997	編集者・中央公論社社長
瀬沼茂樹	1904～1988	文芸評論家
高橋義孝	1913～1995	独文学者・評論家
武田泰淳	1912～1976	作家
谷崎精二	1890～1971	英文学者・谷崎潤一郎の弟

編集付記

一、『対談 日本の文学』（一九七一年九月中央公論社刊）は中央公論社創業八十周年記念出版『日本の文学』全八十巻（一九六四年二月～七〇年十月）の付録月報において、行われた対談・鼎談・座談会を一冊にまとめたものである。同書を『素顔の文豪たち』『わが文学の道程』『作家の肖像』の三分冊に再編集、文庫化した。

一、『作家の肖像』は、全集編集委員や評論家による作家論を収めた。

一、巻末に、底本より大岡昇平「『対談 日本の文学』に寄せて」を収録し、関川夏央「『日本の文学』刊行と一九六三年という時代」、出席者別対談一覧をあらたに付した。

一、明らかに誤植と思われる箇所は訂正した。難読と思われる語にはルビを付した。

一、本文中に今日では不適切と思われる表現も見受けられるが、発表当時の時代背景と作品の文化的価値に鑑みて、底本のままとした。

中公文庫

対談《たいだん》 日本《にほん》の文学《ぶんがく》
——作家《さっか》の肖像《しょうぞう》

2023年 6 月25日　初版発行

編　者　中央公論新社《ちゅうおうこうろんしんしゃ》

発行者　安 部 順 一

発行所　中央公論新社
〒100-8152　東京都千代田区大手町1-7-1
電話　販売 03-5299-1730　編集 03-5299-1890
URL https://www.chuko.co.jp/

DTP　ハンズ・ミケ
印　刷　三晃印刷
製　本　小泉製本

Published by CHUOKORON-SHINSHA, INC.
Printed in Japan　ISBN978-4-12-207379-1 C1195

中公文庫既刊より

各書目の下段の数字はISBNコードです。978－4－12が省略してあります。

ち-8-1
教科書名短篇 人間の情景　中央公論新社 編
司馬遼太郎、山本周五郎から遠藤周作、吉村昭まで。人間の生き様を描いた歴史・時代小説を中心に中学教科書から厳選。感涙の12篇。文庫オリジナル。
206246-7

ち-8-2
教科書名短篇 少年時代　中央公論新社 編
ヘッセ、永井龍男から山川方夫、三浦哲郎まで。少年期の苦く切ない記憶、淡い恋情を描いた佳篇を中学教科書から精選。珠玉の12篇。文庫オリジナル。
206247-4

ち-8-9
教科書名短篇 家族の時間　中央公論新社 編
幸田文、向田邦子から庄野潤三、井上ひさしまで。かけがえのない人と時を描いた感動の16篇。中学教科書から精選する好評シリーズ第三弾。文庫オリジナル。
207060-8

ち-8-10
教科書名短篇 科学随筆集　中央公論新社 編
寺田寅彦、中谷宇吉郎、湯川秀樹をはじめ、岡潔、矢野健太郎、福井謙一、日高敏隆七名の名随筆を精選。国語教科書の名文で知る科学の基本。文庫オリジナル。
207112-4

ち-8-8
事件の予兆 文芸ミステリ短篇集　中央公論新社 編
大岡昇平、小沼丹から野坂昭如、田中小実昌まで。非ミステリ作家による知られざる上質なミステリ十編を一冊にした異色のアンソロジー。〈解説〉堀江敏幸
206923-7

み-9-9
作家論 新装版　三島由紀夫
森鷗外、谷崎潤一郎、川端康成ら作家15人の詩精神と美意識を解明。『太陽と鉄』と共に「批評の仕事の二本の柱」と自認する書。〈解説〉関川夏央
206259-7

み-9-10
荒野より 新装版　三島由紀夫
不気味な青年の訪れを綴った短編「荒野より」、東京五輪観戦記「オリンピック」など、〈楯の会〉結成前の心境を綴った作品集。〈解説〉猪瀬直樹
206265-8

み-9-11
小説読本
三島由紀夫
作家を志す人々のために「小説とは何か」を解き明かし、自ら実践する小説作法を披瀝する、三島由紀夫による小説指南の書。〈解説〉平野啓一郎
206302-0

み-9-12
古典文学読本
三島由紀夫
「日本文学小史」をはじめ、独自の美意識によって古今集や能、葉隠まで古典の魅力を綴った秀抜なエッセイを初集成。文庫オリジナル。〈解説〉富岡幸一郎
206323-5

み-9-13
戦後日記
三島由紀夫
「小説家の休暇」「裸体と衣裳」ほか、昭和二十三年から四十二年の間日記形式で発表されたエッセイを年代順に収録。三島による戦後史のドキュメント。
206726-4

み-9-14
太陽と鉄・私の遍歴時代
三島由紀夫
三島文学の本質を明かす自伝的作品二編に、自死直前のロングインタビュー「三島由紀夫最後の言葉」（聞き手・古林尚）を併録した決定版。〈解説〉佐伯彰一
206823-0

み-9-15
文章読本 新装版
三島由紀夫
あらゆる様式の文章・技巧の面白さ美しさを、該博な知識と豊富な実例と実作の経験から詳細に解明した万人必読の書。人名・作品名索引付。〈解説〉野口武彦
206860-5

み-9-16
谷崎潤一郎・川端康成
三島由紀夫
世界的な二大文豪を三島由紀夫はどう読んだのか。両者をめぐる批評・随筆を初集成した谷崎・川端文学への最良の入門書。文庫オリジナル。〈解説〉梶尾文武
206885-8

み-9-17
三島由紀夫 石原慎太郎 全対話
三島由紀夫
石原慎太郎
一九五六年の「新人の季節」から六九年の「守るべきものの価値」まで初収録三編を含む全九編。七〇年の士道をめぐる論争、石原のインタビューを併録する。
206912-1

し-9-7
三島由紀夫おぼえがき
澁澤龍彦
絶対と相対、生と死、精神と肉体――様々な観念を表裏一体とする激しい二元論に生きた天才三島由紀夫。親しくそして本質的な理解者による論考。
201377-3

各書目の下段の数字はISBNコードです。978-4-12が省略してあります。

し-9-9 **少女コレクション序説** 澁澤龍彦
「可憐な少女をガラス箱にコレクションするのは万人の夢であろう」。多くの人々が「少女」に抱いた情熱にまつわる思索。〈巻末エッセイ〉朝吹真理子
206432-4

し-9-10 **エロティシズム** 澁澤龍彦
動物のそれと違い「快楽の欲求」に動かされる「人間の性的活動」。芸術や宗教の根柢に横たわる狂気の世界を渉猟し冒険した軌跡。〈解説〉巖谷國士
206454-6

し-9-11 **エロス的人間** 澁澤龍彦
「太古の闇のなかの恐怖をそのまま現代に持ってきたかのような、社会生活をおびやかす暗い力」即ちエロティシズムへの考察。〈解説〉諏訪哲史
206455-3

し-9-12 **サド侯爵の生涯** 新版 澁澤龍彦
神をも恐れぬ性の饗宴に耽溺し、社会と良識に挑戦した十八世紀フランスの貴族、サドの真実を捉えた画期的評伝。〈解説〉出口裕弘〈巻末エッセイ〉三島由紀夫
206918-3

お-2-10 **ゴルフ酒旅** 大岡昇平
獅子文六、石原慎太郎ら文士とのゴルフ、一年におよぶ米欧旅行の見聞……。多忙な作家の執筆の合間には、いつも「ゴルフ、酒、旅」があった。〈解説〉宮田毬栄
206224-5

お-2-11 **ミンドロ島ふたたび** 大岡昇平
自らの生と死との彷徨の跡。亡き戦友への追慕と鎮魂の情をこめて、詩情ゆたかに戦場の島を描く。『俘虜記』の舞台、ミンドロ、レイテへの旅。〈解説〉湯川豊
206272-6

お-2-12 **大岡昇平 歴史小説集成** 大岡昇平
「挙兵」「吉村虎太郎」など長篇『天誅組』に連なる作品群ほか、「高杉晋作」「竜馬殺し」「将門記」など戦争小説としての歴史小説全10編。〈解説〉川村湊
206352-5

お-2-13 **レイテ戦記(一)** 大岡昇平
太平洋戦争の天王山・レイテ島での死闘を再現した戦記文学の金字塔。巻末に講演「『レイテ戦記』の意図」を付す。毎日芸術賞受賞。〈解説〉大江健三郎
206576-5

お-2-14
レイテ戦記（二）
大岡昇平
リモン峠で戦った第一師団の歩兵は、日本の歴史自身と戦っていたのである――インタビュー「『レイテ戦記』を語る」を収録。〈解説〉加賀乙彦
206580-2

お-2-15
レイテ戦記（三）
大岡昇平
マッカーサー大将がレイテ戦終結を宣言後も、徹底抗戦を続ける日本軍。大西巨人との対談「戦争・文学・人間」を巻末に新収録。〈解説〉菅野昭正
206595-6

お-2-16
レイテ戦記（四）
大岡昇平
太平洋戦争最悪の戦場を鎮魂の祈りを込め描く著者渾身の巨篇。巻末に「連載後記」、エッセイ「『レイテ戦記』を直す」を新たに付す。〈解説〉加藤陽子
206610-6

お-2-17
小林秀雄
大岡昇平
親交五十五年、評論から追悼文まで「人生の教師」であった批評家の詩と真実を綴った全文集。巻末に小林との対談収録。文庫オリジナル。〈解説〉山城むつみ
206656-4

お-2-18
成城だより 付・作家の日記
大岡昇平
文学、映画、漫画……闊達に綴った日記文学。一九七九年十一月から八〇年十月まで。「作家の日記」を併録。全三巻。〈巻末付録〉小林信彦・三島由紀夫
206765-3

お-2-19
成城だよりⅡ
大岡昇平
六十五年を読書にすごせし、わが一生、本の終焉と共に終らんとす――。大いに読み、書く日々。一九八二年一月から十二月まで。〈巻末エッセイ〉保坂和志
206777-6

お-2-20
成城だよりⅢ
大岡昇平
とにかくひどい戦後四十年目だった――。防衛費一％枠撤廃、靖国参拝……戦後派作家の慷慨。一九八五年一月から十二月まで。全巻完結。〈解説〉金井美恵子
206788-2

つ-34-1
漱石の白百合、三島の松 近代文学植物誌
塚谷裕一
虞美人草、スイートピーから紅茸まで、文豪は植物をいかに描写してきたか。広大な文学作品の森に息づく草花を植物学者の視点で読み解く。〈解説〉大岡玲
207218-3